我
思

敢于运用你的理智

太 古 丛 书

古老中国的现代转型

解剖我自己

坟 热风

鲁迅 著

長江出版傳媒 | 崇文書局

图书在版编目（CIP）数据

解剖我自己：坟 热风 / 鲁迅著；邓晓芒导读.
— 武汉：崇文书局，2019.9
（太古丛书）
ISBN 978-7-5403-5272-1

Ⅰ.① 解…
Ⅱ.① 鲁… ② 邓…
Ⅲ.① 鲁迅杂文—杂文集
Ⅳ.① I210.4

中国版本图书馆 CIP 数据核字（2018）第 245214 号

我思

敢于运用你的理智

解剖我自己：坟 热风

出　　品　崇文书局人文学术出版中心
策 划 人　梅文辉（mwh902@163.com）
责任编辑　梅文辉
出版发行　长江出版传媒｜崇文书局
地　　址　武汉市雄楚大街 268 号 C 座 11 层
电　　话　(027)87680797　邮政编码　430070
印　　刷　武汉中科兴业印务有限公司
开　　本　880mm×1230mm　1/32
印　　张　10.125
字　　数　208 千字
版　　次　2019 年 9 月第 1 版
印　　次　2019 年 9 月第 1 次印刷
定　　价　38.00 元

（读者服务电话：027—87679738）

目　录

孤独的鲁迅

邓晓芒

多年以前，曾听一位朋友谈起，中国有文字记载的历史虽有数千年，但其实不过一个甲子，60 年一循环。当时听后付之一笑，以为很机智，但也未必，夸张而已。不料纪念鲁迅先生逝世 60 周年的时候，将先生当年所作文章翻来一看，大为惊异，竟如写于昨日。

当然，就我们大多数人的感觉来说，这 60 年我们是大有长进的。从社会变革上看，这也是确实的。但就思想文化上说呢？的确，鲁迅时代最进步、最先锋的思潮即马克思主义取得了胜利。我很怕现在那些“新”“后新”“新后新”“现代”“后现代”“后后现代”，以及“后哲学”“后文学”“后理论”等的时髦，又要来一次对全部文化的“革命”（现在称作“解构”），而与这股势力相抗衡的，现在仿佛只有“国学家”和保守主义了。其实双方恰好是相通的：“后现代”的目标在我们这里正是回归传统。理论家们在那里争来争去，多半是为了抢话筒（争夺话语权），一旦真的抢到手，又期期艾艾说不出个所以然，只是在那里做姿态，趁机亮一回相而已。

然而，正当看客们这边鼓几下巴掌，那边打几声吆喝的时候，鲁迅先生早已被人们遗忘了。今天许多人对鲁迅的了解，大多不过道听途说的那几句话，旋即就淹没在各种新说旧说之中，间或看到几篇谈鲁迅的文章，又大都是50年代的“胡风分子”和“右派”写的。年轻一代则多以为自己已超越了鲁迅老远，用不着再来捡这出不了风头的老话题了。不过，鲁迅之所以被人们忽视的更深刻的原因，还在于他的思想颇不合国民的口味。博尔赫斯曾经说过，一个民族的精神的代表人物，往往是与这个民族大多数人的精神状况背道而驰的，如莎士比亚就与英国人优雅的绅士派头相去甚远，塞万提斯无情嘲弄的正是西班牙传统的骑士精神。如果他对鲁迅有所了解，他一定会说，鲁迅也正是以他独立的人格抗拒整个国民的劣根性，而成为了“民族魂”。

而这也就注定了鲁迅的孤独了。这种孤独不仅表现在没有多少人理解鲁迅方面，而且还表现在不论什么人都认为自己可以大谈一通鲁迅方面。平心而论，鲁迅在现代文学的作家中，至今还是最受关注的一位。1981年版的《鲁迅全集》16卷在15年内已印行9次，最后一次在中共中央党校图书订货会上以580元一套（涨价100%）的价格一次就订出6000套。而且，在鲁迅生前和死后，海内外对鲁迅的高度评价一直都没有中断过，甚至在“文化大革命”中，鲁迅的书也不在被禁之列。现在的一些年轻人对鲁迅的不感兴趣，未必不是出于一种逆反心理。但这些其实都与鲁迅毫不相干。他自己历来都认为，自己的书被后人高度评价并不是一件好事，这只说明国家、民族的不幸，也说明自己白费了力气。他盼望自己的书真正被人遗忘的一天早日到来。

于是，事情便成了这样：无论我们今天是冷落鲁迅，还是抬高鲁迅，我们始终都不能进入鲁迅。鲁迅是孤独的，大众无法和他打交道（于是冷落他），他也无法和大众打交道（于是抬高他）。孤独的鲁迅只和孤独的读者打交道。要了解这一点，必须了解鲁迅的思想与任何其他思想家都不同的特殊之处。

一、自我否定的忏悔精神

鲁迅的一个最大的特点，就是他思想中那种深深的忏悔精神，那种极为敏锐的自我批判精神。人们都知道，鲁迅是五四激进的反传统主义的急先锋；但很少人指出，他的这种反传统首先是针对自己，是对自己身上传统毒素的无情的自我拷问。他说："我的确时时解剖别人，然而更多的是更无情面地解剖我自己"，"我觉得古人写在书上的可恶思想，我的心里也常有……我常常诅咒我的这思想，也希望不再见于后来的青年"（《写在〈坟〉后面》）。在《狂人日记》中，他在批判了中国传统四千年"吃人"的历史之后，笔锋一转，指向了自己："四千年来时时吃人的地方，今天知道，我也在其中混了多年……我未必无意之中，不吃了我妹子的几片肉，现在也轮到我自己"，"有了四千年吃人履历的我，当初虽然不知道，现在明白，难见真的人！"这种忏悔，涉及到人性的根，类似于希腊神话中俄狄浦斯的忏悔，即对自己“无意中”犯罪（杀父娶母）的忏悔。

中国人历来相信“不知者不为罪”。难道对不知道而做下的事也值得忏悔吗？鲁迅的回答是：是的，否则你永远也不可能知道。忏悔、反省、自我否定是第一性的，“知道”或自知之明只是结果；人类心灵永远是个有待认识的谜，而不是当下即能“返身而诚”地把握的本心、本性、赤子真心或“童心”。甚至儿童即已有犯罪的萌芽（原罪），只是尚未自知罢了。鲁迅在《风筝》中记述了他少年时代折断了他弟弟快要做好的风筝的事，因为他当时认为放风筝是“没出息的孩子”干的勾当；20 年后他向弟弟去忏悔，可悲的是弟弟已经完全忘得一干二净，早已不觉得痛苦，于是“无意中吃人”的事仍可以每天在我们周围悄悄地进行。《伤逝》中的忏悔精神则更加明显和强烈。这种忏悔，不是忏悔自己做了某种不符合既定道德标准的事，而恰好是忏悔自己从前自认为光明磊落的行为及其不言而喻的道德标准，即“真诚”，是对没有任何遮掩地袒露出来的一片赤诚进行忏悔。涓生和子君结合的基础是真诚，但为什么失去了爱情呢？是因为对这真诚未经反省，自以为绝对可靠，双方都不思进取，只是互相依赖，最终互相都成了负担。鲁迅在篇末发出了这样的悲鸣：“我活着，我总得向着新的生路跨出去，那第一步，——却不过是写下我的悔恨和悲哀，为子君，为自己”，“我要向着新的生路跨进第一步去，我要将真实深深地藏在心的创伤中，默默地前行，用遗忘和说谎做我的前导”。中国人从来只忏悔自己的虚伪，只有鲁迅第一次忏悔了自己的真诚。所谓“遗忘”，是对那原先那么刻骨铭心的、后来发现是虚假的“爱”的遗忘；所谓“说谎”，是要建立自己的人格面具，将真心深深藏起，不是为了骗人，而是要留给自己来不断地反省和拷问，即为了“抉心自食”。

在《墓碣文》中鲁迅说：“于浩歌狂热之际中寒，于天上看见深渊，于一切眼中看见无所有，于无所希望中得救。”在当时，“浩歌狂热”最典型的代表是郭沫若，尤其是他的《女神》《凤凰涅槃》等诗篇。郭沫若在其中鼓吹自我包容宇宙、气吞日月，这个“大我”具有“全宇宙的能的总量”，它“如烈火一样地燃烧”，“如大海一样地狂叫”，颇有王阳明“宇宙即我心，我心即宇宙”的气概。鲁迅却是彻底冷静的，他在这种美好的天上境界里窥见了黑暗的深渊和虚无的寒气。如果说，郭沫若的精神象征是集香木而自焚并再生的火中凤凰，那么，鲁迅的象征则是游魂和毒蛇：“有一游魂，化为长蛇，不以啮人，自啮其身，终以殒颠”，“抉心自食，欲知本味，创痛酷烈，本味何能知？”“痛定之后，徐徐食之，然其心已陈旧，本味又何由知？”美国鲁迅研究专家李欧梵评论说，这是“中国文学史中最令人毛骨悚然的作品”。的确，从来没有人像鲁迅那样对自己作如此阴郁的反思，那样使自己置之死地而后生。郭沫若式的狂热瞬间便会消失，成为一种大话、装饰。鲁迅却更早地从天上降到现实的地上，并潜入到自己内心深处。他并没有解决什么“问题”，但他发现了自身的矛盾。

这就是鲁迅所谓“人道主义和个人主义”这两种思想的矛盾，它导致鲁迅对人类爱恨交加的复杂感情。他说：“我的思想太黑暗……所以只能在自身试验，不敢邀请别人。”（《两地书》，1925 年 5 月 30 日）在同时代人中，唯有鲁迅承认自己的心是黑暗的，其他人（如郭沫若）则全都自我感觉良好，内心一片光明；唯有鲁迅揭发了自己这样深刻的内心矛盾，其他人则用外在冲突（不论是“启蒙”还是“救亡”）掩盖了内心矛盾，想到什么便傲然发表出来，深信会得到喝彩，且的确受到了喝彩。鲁迅的呼声却犹如夜游的鸱枭，令人恐惧和不快，就连他的自言自语，都被怀疑是在骂人。鲁迅的个性和人格就体现在他的不断自我蚕食、毁掉内心一切堂皇的人生支柱而向更深处寻求生命的意义上，但表现出来则是向人类的病根开刀，是不向任何庸众的温情妥协，这就形成了他的“摩罗”性格。

二、大无畏的“摩罗”性格

摩罗，即梵语“魔鬼”之意。鲁迅在《摩罗诗力说》中提出，谓世间人当莫不秉有魔血，但“非强怒善战豁达能思之士，不任受也”。鲁迅推崇魔性，是着眼于其独立个性及叛逆精神，要“张个性而排众数”，在这方面，尼采、拜伦、雪莱、弥尔顿等人是其精神楷模。中国古代也有屈狷、庄狂、济癫、八怪，但只是外部现象上的一种“乖戾之气”，而在内心生活上，他们所追求的无非是逍遥自在、率性自得的平和旷达之境，就是死，也觉得自己是“出淤泥而不染”“质本洁来还洁去”“虽九死其犹未悔”，而缺乏性格内在的魔性力量。鲁迅不是这种消极无为的态度，他向往着“真的猛士”：“叛逆的猛士出于人间；他屹立着，洞见一切已改和现有的废墟和荒坟，记得一切深广和久远的苦痛，正视一切重叠淤积的凝血，深知一切已死、方生、将生和未生。他看透了造化的把戏，他要起来使人类苏生，或者使人类灭尽，这些造物主的良民们。”（《淡淡的血痕中》）为此，他提倡“绝望的抗战”，在绝望中奋起，相信“绝望之为虚妄，正与希望相同”。他认为只有这样，人类才或许可以得救，当然也可能灭亡，但却保持着人的尊严。人心的火焰不应当成为供人玩赏的、玲珑剔透的小摆设，与其不死不活地冻僵在那里，还不如尽其火焰的本性而“烧完”（《死火》）。

但这样的人，必是狂人，多事的人。譬如一间封闭的铁屋子里，人们都睡得好好的，就是被闷死也是“安乐死”，你却要去唤醒他们，使他们经历死亡的痛苦（见《呐喊·自序》）。你取得胜利的可能性微乎其微，而失败却几乎是必然的。帕斯卡通过“打赌”而信仰上帝的存在，因为他算出自己会稳操胜券。鲁迅却明白自己注定要输：人类若不能因此得救，他就是瞎折腾一番；人类即使万一得救了，也决不会感谢他，而会忘掉他，就像部落的人群踏灭了丹柯的心那样。但他不顾这一切而“举起了投枪”。依他的才华，他可以去埋头炮制鸿篇巨制，获诺贝尔奖，但他为了战斗而抛弃了这一切。他认为这样的土地只长野草，不生乔木。他宁可像一盏油灯，熬干了自己，照亮了虚空，“此后如竟没有炬火，我便是唯一的光；倘若有了炬火，出了太阳，我们自然心悦诚服的消失，不但毫无不平，而且还要随喜赞美这炬火或太阳，因为它照了人类，连我都在内”（《热风·随想录四十一》）。他当然知道个人是渺小的，他决不是个“振臂一呼应者云集的英雄”（《呐喊·自序》），但他偏要给这“太平”世道上，添上一点不平和烦恼，使那些安心享乐的人们不痛快，揭开他们坦然自得、问心无愧后面的虚伪和腐朽。这在那些自认为正大光明的“君子”眼里便显出是一种阴暗的复仇心理。鲁迅自己也不否认这一点，并说过“写这些无聊的东西”，“获得的乃是我自己的灵魂的荒凉和粗糙”（《华盖集·题记》）；还说自己“不过是与黑暗捣乱”（《两地书》，1925年5月30日），即一种恶作剧式的玩笑。

但这种恶作剧却正是鲁迅“爱人类”的一种方式，这是人们至今未能发现的。

三、爱人类的方式：批判

通常人们认为，爱人类只有一片温情、甘为孺子牛这一种形式。其实还有另一种方式，即尼采的方式。尼采拒绝同情和怜悯，而要教人类以“超人”，亦即对人类抽鞭子，这是他爱人类的方式。可见爱人类的方式要看是怎样的对象而定。如果说苏格拉底是雅典国家的“牛虻”，那么鲁迅就是中国的“牛虻”。许多人抱怨鲁迅太尖刻、太偏激，对什么人都无情攻击，有怪癖。这正说明这些人的懒惰和麻木，他们正是合适的抨击对象。鲁迅的似乎不分青红皂白的攻击决非泄私愤，而是要这些人站起来，要他们自我反省，成为有自我意识和独立意识的人。他自己在对自己的深深忏悔中揭示了整个民族普遍的病根，见到那些不知忏悔的人（他的论敌），就忍不住要刺他一下，使他自觉，要他一起来打破自我感觉良好的自欺，这几乎成了鲁迅一项欲罢不能的使命。所以他后期的杂文热衷于打笔战，为一些速朽的事投入不相称的精力，耗尽了自己的生命，得罪了不少人。他在死之前还声明："让他们怨恨去，我也一个都不宽恕。"（《死》）有些人就此认为他是个心地狭窄的人，殊不知这正是他救人（也救己）的方式。他曾讲到他的解剖自己，也"就此驱除旁人，到那时还不唾弃我的，即便是枭蛇鬼怪，也是我的朋友，这才真是我的朋友"（《写在〈坟〉的后面》）。但可惜并无人做到这一步，人人都是无辜的好人，"造物主的良民"，不是枭蛇鬼怪，即使不唾弃他，至少也感到自己冤枉。无人能反省到鲁迅的层次。

这点最明显地表现在人们对待《阿 Q 正传》的态度上。鲁迅"哀其不幸，怒其不争"，批判阿 Q 也是批判自己，是批判我们大家，希望大家都对自己多多地反省。但许多人一开始疑心是专对自己而来的；后来排除了自己，又疑心是对某某人而来的；最后弄明白了，是批判"国民性"，却又怪他"以偏概全"，把未庄的一个贫苦农民当作全中国人民的代表；在最好的情况下，人们也把鲁迅本人排除在外，然后责备他太刻薄、不厚道。中国人不能接受这种"爱人类"的方式，以为是侮辱，就因为人们总是把自己看得太好，他们绝对想象不出一个人可以像鲁迅这样自己挖苦自己，只能把他的血与泪的忏悔解释为恶意伤人。

四、对进化论的超越

20 世纪以来，中国最激进的思想、最锐利的武器莫过于进化论，即使对马克思主义、共产主义的理解，也往往掺入了强烈的进化论色彩。鲁迅在很长时期内，也相信优胜劣汰，新的总是好的，社会进步是必然的“铁的规律”。不过一开始，他就与其他进化论者有一点不同，即他对现实的全盘否定态度，而把进化的希望完全留给了未来。他早已看出现实生活并不一定遵守进化原则，优胜劣汰只是个有待实现的理想。因此他寄希望于将来的孩子：“没有吃过人的孩子或许还有？救救孩子！”（《狂人日记》）他甚至认为自己已经不行了，中毒太深，所做的只能是背着因袭的重负，肩起黑暗的闸门，放孩子们到光明的地方去。他常诅咒自己的恶劣思想，希望不要传给青年。所以，对他所生活的现实世界，他毋宁抱有一种“原罪观”，而把进化原则作为一种理想推到未来，使之成了一种类似于宗教的信念。

但现实最终教育了他。一代一代的青年无可奈何地走上了旧的轨道，有的学生反过来暗算老师，有的颓唐，有的叛变，一切都是老样子，甚至一代不如一代，优汰劣胜。在《颓败线的颤动》中，他描写青年责怪养育他们的母亲挡了道，成了累赘，小孩子刚会说话已能喊“杀”。进化论决不是什么可以依靠和信赖的“社会规律”，人类若不自己长进，的确会退化、堕落、灭绝，历史上这种例子多得很。

这样，鲁迅的思想就从进化论的藩篱超越出来，更多地带上了存在主义的色彩。当然，对于青年他始终还寄予希望，但这并不是由于相信将来必定比现在好，而是由于有将来，毕竟就有不同于现在的希望，有再次努力的可能。

五、对传统的批判

鲁迅对传统文化的批判不仅是最激烈的，也是最实在、最致命的。他把传统文化归结为“吃人”二字，并劝青年不要读太多的中国书、多读外国书，这很为现在一些研究“国学”的人不平，他们为此给鲁迅扣上了“民族虚无主义”的大帽子。但他们似乎有意无意地忽略了，鲁迅只是建议“青年”不要读太多中国书，而要先接触些外国的眼光和方法，才具有抗拒传统毒素的免疫力。鲁迅自己也研究传统，但他仍认为他对青年的建议“乃是用许多苦痛换来的真话，决不是聊且快意，或什么玩笑，愤激之辞”（《写在〈坟〉后面》）；他也对魏晋文章、女吊和民间复仇故事（眉间尺等）感兴趣，但归根结底认为这些研究都是些无聊和无可奈何的事，因为传统中的这些反正统因素毕竟带有传统的局限，而这只有从“外国书”的眼光才能看得出来。

鲁迅对整个中国五千年文明史的概括也令传统文化的鼓吹者大为不满，他概括为两个不断交替循环的时代：1. 暂时做稳了奴隶的时代；2. 想做奴隶而不得的时代（《灯下漫笔》）。但不满归不满，却只见人们摇头，不见有人去和他论理较真，因为若较起真来，恐怕还得承认他说得不无道理。他对中国传统文人的攻击也是不遗余力的，曾指出他们不敢正视各方面，用“瞒和骗”造出奇妙的逃路来，而自以为正路（《论睁了眼看》）。只要我们认同他的从现实出发的立场，就可见出他的这些话从根本上来说毕竟是深刻的。他的原则是：“要我们保存国粹，也须国粹能保存我们。”（《热风·随想录三十五》）

我们只要看看鲁迅的《坟》《热风》中的文章，几乎全是针对今天的国学热和保守主义思潮的，就可见出历史的确没有走多远。鲁迅当时所批驳的“爱国论”的五大论点至今还在流行着，它们是：1. 中国地大物博，开化最早，道德天下第一；2. 外国物质文明，中国精神文明；3. 外国的好东西，中国古已有之；4. 外国也有叫花子、臭虫，等等；5. 中国就是野蛮得好。鲁迅指出，前面几条都不值一驳，唯有最后这条最令人“寒心”，因为它说得更“实在”（《热风·随想录三十八》）。承认中国“野蛮”的事实，却仍然说“好”，这是《水浒》中牛二的态度。这种态度我们今天在各种“寻根”“回归”和展示中国野蛮风俗的“好处”和“美点”的文学作品中，看得更加分明。我们怎能说鲁迅已经“过时”了呢?

但国人的无是非心，于今尤甚。看来，鲁迅是注定还要孤独到更远的将来。

（《人文论丛》1998年卷，武汉大学出版社）

坟

题记

将这些体式上截然不同的东西，集合了做成一本书样子的缘由，说起来是很没有什么冠冕堂皇的。首先就因为偶尔看见了几篇将近二十年前所做的所谓文章。这是我做的么？我想。看下去，似乎也确是我做的。那是寄给《河南》的稿子；因为那编辑先生有一种怪脾气，文章要长，愈长，稿费便愈多。所以如《摩罗诗力说》那样，简直是生凑。倘在这几年，大概不至于那么做了。又喜欢做怪句子和写古字，这是受了当时的《民报》的影响；现在为排印的方便起见，改了一点，其余的便都由他。这样生涩的东西，倘是别人的，我恐怕不免要劝他"割爱"，但自己却总还想将这存留下来，而且也并不"行年五十而知四十九年非"，愈老就愈进步。其中所说的几个诗人，至今没有人再提起，也是使我不忍抛弃旧稿的一个小原因。他们的名，先前是怎样地使我激昂呵，民国告成以后，我便将他们忘却了，而不料现在他们竟又时时在我的眼前出现。

其次，自然因为还有人要看，但尤其是因为又有人憎恶着我的文章。说话说到有人厌恶，比起毫无动静来，还是一种幸福。天下不舒服的人们多着，而有些人们却一心一意在造专给自己舒服的世界。这是不能如此便宜的，也给他们放一点可恶的东西在眼前，使他有时小不舒服，知道原来自己的世界也不容易十分美满。苍蝇的飞鸣，是不知道人们在憎恶他的；我却明知道，然而只要能飞鸣就偏要飞鸣。我的可恶有时自己也觉得，即如我的戒酒，吃鱼肝油，以望延长我的生命，倒不尽是为了我的爱人，大大半乃是为了我的敌人——给他们说得体面一点，就是敌人罢——要在他的好世界上多留一些缺陷。君子之徒曰：你何以不骂杀人不眨眼的军阀呢？斯亦卑怯也已！但我是不想上这些诱杀手段的当的。木皮道人说得好，“几年家软刀子割头不觉死”，我就要专指斥那些自称“无枪阶级”而其实是拿着软刀子的妖魔。即如上面所引的君子之徒的话，也就是一把软刀子。假如遭了笔祸了，你以为他就尊你为烈士了么？不，那时另有一番风凉话。倘不信，可看他们怎样评论那死于三一八惨杀的青年。

此外，在我自己，还有一点小意义，就是这总算是生活的一部分的痕迹。所以虽然明知道过去已经过去，神魂是无法追蹑的，但总不能那么决绝，还想将糟粕收敛起来，造成一座小小的新坟，一面是埋藏，一面也是留恋。至于不远的踏成平地，那是不想管，也无从管了。

我十分感谢我的几个朋友，替我搜集，抄写，校印，各费去许多追不回来的光阴。我的报答，却只能希望当这书印钉成工时，或者可以博得各人的真心愉快的一笑。别的奢望，并没有什么；至多，但愿这本书能够暂时躺在书摊上的书堆里，正如博厚的大地，不至于容不下一点小土块。再进一步，可就有些不安分了，那就是中国人的思想，趣味，目下幸而还未被所谓正人君子所统一，譬如有的专爱瞻仰皇陵，有的却喜欢凭吊荒冢，无论怎样，一时大概总还有不惜一顾的人罢。只要这样，我就非常满足了；那满足，盖不下于取得富家的千金云。

一九二六年十月三十大风之夜

鲁迅记于厦门

人之历史

—— 德国黑格尔氏种族发生学之一元研究诠解

进化之说，黏灼于希腊智者德黎（Thales），至达尔文（Ch. Darwin）而大定。德之黑格尔（E. Haeckel）者，犹赫胥黎（T. H. Huxley）然，亦近世达尔文说之讴歌者也，顾亦不笃于旧，多所更张，作生物进化系图，远追动植之绳迹，明其曼衍之由，间有不足，则补以化石，区分记述，蔚为鸿裁，上自单幺，近迄人类，会成一统，征信历然。虽后世学人，或更上征而无底极，然十九世纪末之言进化者，固已大就于斯人矣。中国迩日，进化之语，几成常言，喜新者凭以丽其辞，而笃故者则病侪人类于猕猴，辄沮遏以全力。德哲学家保罗生（Fr. Paulsen）亦曰，读黑格尔书者多，吾德之羞也。夫德意志为学术渊薮，保罗生亦爱智之士，而犹有斯言，则中国抱残守阙之辈，耳新声而疾走，固无足异矣。虽然，人类进化之说，实未尝渎灵长也，自卑而高，日进无既，斯益见人类之能，超乎群动，系统何昉，宁足耻乎？黑氏著书至多，辄明斯旨，且立种族发生学（Phylogenie），使与个体发生学

(Ontogenie)并，远稽人类由来，及其曼衍之迹，群疑冰泮，大阏犁然，为近日生物学之峰极。今乃敷张其义，先述此论造端，止于近世，而以黑氏所张皇者终。

人类种族发生学者，乃言人类发生及其系统之学，职所治理，在动物种族，何所由昉，事始近四十年来，生物学分支之最新者也。盖古之哲士宗徒，无不目人为灵长，超迈群生，故纵疑官品起原，亦彷徨于神话之歧途，诠释率神阏而不可思议。如中国古说，谓盘古辟地，女娲死而遗骸为天地，则上下未形，人类已现，冥昭瞢暗，安所措足乎？屈灵均谓"鳌载山抃，何以安之"，衷怀疑而词见也。西国创造之谭，摩西最古，其《创世记》开篇，即云帝以七日作天地万有，抟埴成男，析其肋为女。当十三世纪时，力大伟于欧土，科学隐耀，妄信横行，罗马法王，又竭全力以塞学者之口，天下为之智昏，黑格尔谥之曰世界史之大欺罔者（Die grossten Gaukler Weltgeschichte），非虚言也。已而宗教改萌，景教之迷信亦渐破，歌白尼（Copernicus）首出，知地实绕日而运，恒动不居，于此地球中心之说隳，而考核人类之士，亦稍稍现，如韦赛黎(A. Vesalius)、欧斯泰几(Eustachi)等，无不以瓠验之术，进智识于光明。至动物系统论，则以林那出而一振。

林那（K. von Linné）者，瑞典耆宿也，病其时诸国之治天物者，率以方言命名，繁杂而不可理，则著《天物系统论》，悉名动植以腊丁，立二名法，与以属名与种名二。如猫虎狮三物大同，则谓之猫属(Felis)；而三物又各异，则猫曰 Felis domestica，虎曰 Felis tigris，狮曰 Felis leo。又集与此相似者，谓之猫科；科进为目，为纲，为门，为界。界者，动植之判也。且所著书中，复各各记其特点，使一披而了然。惟天物繁多，不可猝尽，故每见新种，必与新名，于是世之欲以得新种博令誉者，皆相竞搜采，所得至多，林那之名大显，而物种（Arten）者何，与其内容界域之疑问，亦同为学者所注目矣。虽然，林那于此，固仍袭摩西创造之说也，《创世记》谓今之生物，皆造自世界开辟之初，故《天物系统论》亦云免诺亚时洪水之难，而留遗于今者，是为物种，凡动植种类，绝无增损变化，以殊异于神所手创云。盖林那仅知现在之生物，而往古无量数年前，尝有生物栖息地球之上，为今日所无有者，则未之觉，故起原之研究，遂不可几。并世博物家，亦笃守旧说，无所发挥，即偶有觉者，谓生物种类，经久久年月间，不无微变，而世人闻之皆峻拒，不能昌也。递十九世纪初，乃始诚有知生物进化之事实，立理论以诠释之者，其人曰兰麻克，而寇伟实先之。

寇伟（G. Cuvier）法国人，勤学博识，于学术有伟绩，尤所致力者，为动物比较解剖及化石之研究，著《化石骨胳论》，为今日古生物学所由昉。盖化石者，太古生物之遗体，留迹石中，历无数劫以至今，其形了然可识，于以知前世界动植之状态，于以知古今生物之不同，实造化之历史，自泐其业于人间者也。揣古希腊哲人，似不无微知此意者，而厥后则牵强附会之说大行，或谓化石之成，不过造化之游戏，或谓两间精气，中人为胎，迷入石中，则为石蛤石螺之属。逮兰麻克查贝类之化石，寇伟查鱼兽之化石，始知化石诚古生物之留蜕，其物已不存于今，而林那创造以来无增减变迁之说遂失当。然寇伟为人，固仍袭生物种类永住不变之观念者也，前说垂破，则别建“变动说”以解之。其言曰，今日生存动物之种属，皆开辟之时，造自天帝之手者尔。特动植之遭开辟，非止一回，每开辟前，必有大变，水转成陆，海坟为山，于是旧种死而新种生，故今兹化石，悉由神造，惟造之之时不同，则为状自异，其间无系属也。高山之颠，实见鱼贝，足为故海之征，而化石为形，大率撑拒惨苦，人可知其变之剧矣。自开辟以至今，地球表面之大故，至少亦十五六度，每一变动起，旧种悉亡，爰成化石，留后世也。其说逞肊，无实可征，而当时力乃至伟，崇信者满学界，惟圣契黎（E. Geoffroy St. Hilaire）与抗于巴黎学士会院，而寇伟博识，据垒极坚，圣契黎动物进化之说，复不具足。于是千八百三十年七月三十日之讨论，圣契黎遂败。寇伟变动之说，盛行于时。

虽然，不变之说，遂不足久餍学者之心也，十八世纪后叶，已多欲以自然释其疑问，于是有瞿提（W. von Goethe）起，建“形蜕论”。瞿提者，德之大诗人也，又邃于哲理，故其论虽凭理想以立言，不尽根于事实，而识见既博，思力复丰，则犁然知生物有相互之关系，其由来本于一原。千七百九十年，著《植物形态论》，谓诸种植物，出皆原型，即其机关，亦悉从原官而出；原官者，叶也。次复比较骨胳，造诣至深，知动物之骨，亦当归一，即在人类，更无别于他种动物之型，而外状之异，特缘形变而已。形变之因，有大力之构成作用二：在内谓之求心力，在外谓之离心力，求心力所以归同，离心力所以趋异。归同犹今之遗传，趋异犹今之适应。盖瞿提所研究，为从自然哲学深入官品构造及变成之因，虽谓为兰麻克达尔文之先驱，蔑不可也。所憾者则其进化之观念，与康德（I. Kant）、倭堪（L. Oken）诸哲学家立意略同，不能奋其伟力，以撼种族不变说之基础耳。有之，自兰麻克始。

兰麻克（Jean de Lamarck）者，法之大科学家也，千八百二年所著《生体论》，已言及种族之不恒，与形态之转变；而精力所注，尤在《动物哲学》一书，中所张皇，先在生物种别，由于人为之立异。其言曰，凡在地球之上，无间有生无生，决无差别，空间凡有，悉归于一，故支配非官品之原因，亦即支配有官品之原因，而吾党所执以治非官品者，亦即治有官品之途术。盖世所谓生，仅力学的现象而已。动植诸物，与人类同，无不能诠解以自然之律；惟种亦然，决非如《圣书》所言，出天帝之创造。况寇伟之说，谓经十余回改作者乎？凡此有生，皆自古代联绵继续而来，起于无官，结构至简，继随地球之转变，以渐即于高等，如今日也。至最下等生物，渐趋高等之因，则氏有二律，一曰假有动物，雏而未壮，用一官独多，则其官必日强，作用亦日盛。至新能力之大小强弱，则视使用之久暂有差。浅譬之，如锻人之腕，荷夫之胫，初固弗殊于常人，逮就职之日多，则力亦加进，使反是，废而不用，则官渐小弱，能力亦亡，如盲肠者，鸟以转化食品，而无用于人，则日萎，耳筋者，兽以动耳者也，至人而失其用，则留微迹而已：是为适应。二曰凡动物一生中，由外缘所得或失之性质，必依生殖作用，而授诸子孙。官之大小强弱亦然，惟在此时，必其父母之性质相等：是为遗传。适应之说，迄今日学人犹奉为圭臬，遗传之说，则论诤方烈，未有折衷，惟其所言，固进化之大法，即谓以机械作用，进动物于高等是已。试翻《动物哲学》一书，殆纯以一元论眼光，烛天物之系统，而所凭借，则进化论也。故进化论之成，自破神造说始。兰麻克亦如圣契黎然，力驳寇伟，而不为世所知。盖当是时，生物学之研究方殷，比较解剖及生理之学亦盛，且细胞说初成，更近于个体发生学者一步，于是萃人心于一隅，遂蔑有致意于物种由来之故者。而一般人士，又笃守旧说，得新见无所动其心，故兰麻克之论既出，应者寂然，即寇伟之《动物学年报》中，亦不为一记，则说之孤立无和，可以知矣。迨千八百五十八年而达尔文暨华累斯（A. R. Wallace）之"天择论"现，越一年而达尔文《物种由来》成，举世震动，盖生物学界之光明，扫群疑于一说之下者也。

达尔文治生学之术，不同兰麻克，主用内籀，集知识之大成，年二十二，即乘汽舰壁克耳，环世界一周，历审生物，因悟物种所由始，渐而搜集事实，融会贯通，立生物进化之大原，且晓形变之因，本于淘汰，而淘汰原理，乃在争存，建"淘汰论"，亦曰"达尔文说"（Selektionstheorie od. Darwinismus），空前古者也。举其要旨，首为人择，设有人立一定之仪的，择动物之与相近者育之，既得苗裔，则又育其子之近似，历年既永，宜者遂传。古之牧者园丁，已知此术，赫胥黎谓亚美利加有豰羊者，惧羊跳踉，超圈而去，则留短足者而渐汰其他，递生子孙，亦复如是，久之短足者独传，修胫遂绝，此以人力传宜种者也。然此特人择动植而已，天然之力，亦择生物，与人择动植无大殊，所异者人择出人意，而天择则以生物争存之故，行于不知不觉间耳。盖生物增加，皆遵几何级数，设有动物一偶于此，毕生能产四子，四子又育，当得八孙，五传六十四，十传而千二十八，如是递增，繁殖至迅。然时有强物，灭其耎弱，沮其长成，故强之种日昌，而弱之种日耗；时代既久，宜者遂留，而天择即行其中，使生物臻于极适。达尔文言此，所征引信据，盖至繁博而坚实也。故究进化论历史，当首德黎，继乃局脊于神造之论；比至兰麻克而一进；得达尔文而大成；迨黑格尔出，复总会前此之结果，建官品之种族发生学，于是人类演进之事，昭然无疑影矣。

黑格尔以前，凡云发生，皆指个体，至氏而建此学，使与个体发生学对立，著《生物发生学上之根本律》一卷，言二学有至密之关系，种族进化，亦缘遗传及适应二律而来，而尤所置重者，为形蜕论。其律曰，凡个体发生，实为种族发生之反复，特期短而事迅者耳，至所以决定之者，遗传及适应之生理作用也。黑氏以此法治个体发生，知禽兽鱼虫，虽繁不可计，而逖推本原，咸归于一；又以治种族发生，知一切生物，实肇自至简之原官，由进化而繁变，以至于人。盖人类女性之胚卵，亦与他种脊椎动物之胚卵，同为极简之细胞；男性精丝，亦复无异。二性既会，是成根干细胞，此细胞成，而个人之存在遂始。若求诸动物界，为阿弥巴属，构造至简，仅有自动及求食之力而已，继乃分裂，依几何级数成细胞群，如班陀黎那（Pandorina），作桑葚状，葚空其中，渐而内陷，是成原肠，今日淡水沟渠中动物希特拉

（Hydra），亦如是也。更进，则由心房生血管四偶，曲向左右，状如鱼鳃，胎儿届此时，适合动物界之鱼类；复次之发达，皆与人类以外之高等动物无微殊，即已有脑髓耳目及足，而以较他种脊椎动物之胎儿，仍无辨也。凡此研究，皆能目击，日审胚胎之发育而得其变化。惟种族发生学独不然，所追迹者，事距今数千万载，其为演进，目不可窥，即直接观察，亦局于至隘之分域，可据者仅间接推理与批判反省二术，及取诸科学所经验荟萃之材，较量擘究之而已。故黑格尔曰，此其为学，肄治滋难，决非个体发生学所能较也。

往之言此事者，有达尔文《原人论》，赫胥黎《化中人位论》。黑格尔著《人类发生学》，则以古生物学个体发生学及形态学证人类之系统，知动物进化，与人类胎儿之发达同，凡脊椎动物之始为鱼类，见地质学上太古代之僦罗纪，继为迭逢纪之蛀鱼，为石墨纪之两栖，为二叠纪之爬虫，及中古代之哺乳动物，递近古代第三纪，乃见半猿，次生真猿，猿有狭鼻族，由其族生犬猿，次生人猿，人猿生猿人，不能言语，降而能语，是谓之人，此皆比较解剖个体发生及脊椎动物所明证者也。惟个体发达之序亦然，故曰种族发生，为个体发生之反复。然此仅有脊椎动物而已，若更上溯无脊椎动物而探其统系，为业尤艰巨于前。盖此种动物，无骨骼之存，故不见于化石，特据生物学原则，知人类所始为原生动物，与胎孕时之根干细胞相当，下此亦各有相当之动物。于是黑格尔乃追进化之迹而识别之，间有不足，则补以化石与悬拟之生物，而自单幺以至人类之系图遂成，图中所载，即自穆那罗（Monera）渐进以至人类之历史，生物学上所谓种族的发生者是也。其系图如别幅。

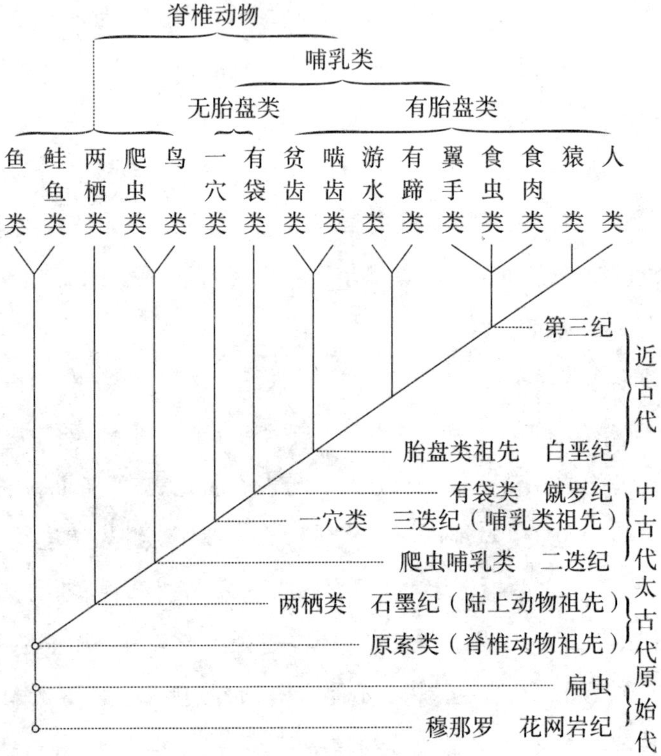

近三十年来，古生物学之发见，亦多有力之证，最著者为爪哇之猿人化石，是石现，而人类系统遂大成。盖往者狭鼻猿类与人之系属，缺不可见，逮得化石，征信弥真，力不逊比较解剖及个体发生学也。故论人类从出，为物至卑，曰原生动物。原生动物出自穆那罗，穆那罗出自泼罗比翁（Probion）；泼罗比翁，原生物也。若更究原生物由来，则以那格黎（Naegeli）氏说为近理，其说曰，有生始于无生，盖质力不灭律所生之成果尔；若物质全界，无不由因果而成，宇宙间现象，亦遵此律，则成于非官品之质，且终转化而为非官品之官品，究其本始，亦为非官品必矣。近者法有学人，能以质力之变，转非官品为植物，又有以毒鸩金属杀之，易其导电传热之性者。故有生无生二界，且日益近接，终不能分，无生物之转有生，是成不易之真理，十九世纪末学术之足惊怖，有如是也。至无生物所始，则当俟宇宙发生学（Kosmogenie）言之。

一九〇七年作

科学史教篇

观于今之世，不瞿然者几何人哉？自然之力，既听命于人间，发纵指挥，如使其马，束以器械而用之；交通贸迁，利于前时，虽高山大川，无足沮核；饥疠之害减；教育之功全；较以百祀前之社会，改革盖无烈于是也。孰先驱是，孰偕行是？察其外状，虽不易于犁然，而实则多缘科学之进步。盖科学者，以其知识，历探自然见象之深微，久而得效，改革遂及于社会，继复流衍，来溅远东，浸及震旦，而洪流所向，则尚浩荡而未有止也。观其所发之强，斯足测所蕴之厚，知科学盛大，决不缘于一朝。索其真源，盖远在夫希腊，既而中止，几一千年，递十七世纪中叶，乃复决为大川，状益汪洋，流益曼衍，无有断绝，以至今兹。实益骈生，人间生活之幸福，悉以增进。第相科学历来发达之绳迹，则勤劬艰苦之影在焉，谓之教训。

希腊罗马科学之盛，殊不逊于艺文。尔时巨制，有毕撒哥拉（Pythagoras）之生理音阶，亚里士多德（Aristoteles）之解剖气象二学，柏拉图（Platon）之《谛妙斯篇》（*Timaeus*）暨《邦国篇》，迪穆克黎多（Demokritos）之“质点论”，至流质力学则昉于亚勒密提士（Archimedes），几何则建于宥克立（Eukleides），械具学则成于希伦（Heron），此他学者，犹难列举。其亚利山德大学，特称学者渊薮，藏书至十万余卷，较以近时，盖无愧色。而思想之伟妙，亦至足以铄今。盖尔时智者，实不仅启上举诸学之端而已，且运其思理，至于精微，冀直解宇宙之元质，德黎（Thales）谓水，亚那克希美纳（Anaximenes）谓气，希拉克黎多（Herakleitos）谓火。其说无当，固不俟言。华惠尔尝言其故曰，探自然必赖夫玄念，而希腊学者无有是，即有亦极微，盖缘定此念之意义，非名学之助不为功也。（中略）而尔时诸士，直欲以今日吾曹滥用之文字，解宇宙之玄纽而去之。然其精神，则毅然起叩古人所未知，研索天然，不肯止于肤廓，方诸近世，直无优劣之可言。盖世之评一时代历史者，褒贬所加，辄不一致，以当时人文所现，合之近今，得其差池，因生不满。若自设为古之一人，返其旧心，不思近世，平意求索，与之批评，则所论始云不妄，略有思理之士，无不然矣。若据此立言，则希腊学术之隆，为至可褒而不可黜；其他亦然。世有哂神话为迷信，斥古教为谫陋者，胥自迷之徒耳，足悯谏也。盖凡论往古人文，加之轩轾，必取他种人与是相当之时劫，相度其所能至而较量之，决论之出，斯近正耳。惟张皇近世学说，无不本之古人，一切新声，胥为绍述，则意之所执，与蔑古亦相同。盖神思一端，虽古之胜今，非无前例，而学则构思验实，必与时代之进而俱升，古所未知，后无可愧，且亦无庸讳也。昔英人设水道于天竺，其国人恶而拒之，有谓水道本创自天竺古贤，久而术失，白人不过窃取而更新之者，水道始大行。旧国笃古之余，每至不惜于自欺如是。震旦死抱国粹之士，作此说者最多，一若今之学术艺文，皆我数千载前所已具。不知意之所在，将如天竺造说之人，聊弄术以入新学，抑诚尸祝往时，视为全能而不可越也？虽然，非是不协不听之社会，亦有罪焉已。

希腊既苓落，罗马亦衰，而亚剌伯人继起，受学于那思得理亚与僦思人，翻译诠释之业大盛；眩其新异，妄信以生，于是科学之观念漠然，而进步亦遂止。盖希腊罗马之科学，在探未知，而亚剌伯之科学，在模前有，故以注疏易征验，以评骘代会通，博览之风兴，而发见之事少，宇宙见象，在当时乃又神秘而不可测矣。怀念既尔，所学遂妄，科学隐，幻术兴，天学不昌，占星代起，所谓点金通幽之术，皆以昉也。顾亦有不可贬者，为尔时学士，实非懒散而无为，精神之弛，因人退守；徒以方术之误，结果乃止于无功，至所致力，固有足以惊叹。如当时回教新立，政事学术，相辅而蒸，可尔特跋暨巴格达德之二帝，对峙东西，竞导希腊罗马之学，传之其国，又好读亚里士多德与柏拉图书。而学校亦林立，以治文理数理爱智质学及医药之事；质学有醇酒硝硫酸之发明，数学有代数三角之进步；又复设度测地，以摆计时，星表之作，亦始此顷，其学术之盛，盖几世界之中枢矣。而景教子弟，复多出入于日斯巴尼亚之学校，取亚剌伯科学而传诸宗邦，景教国之学术，为之一振；递十一世纪，始衰微也。赫胥黎作《十九世纪后叶科学进步志》，论之曰，中世学校，咸以天文几何算术音乐为高等教育之四分科，学者非知其一，不足称有适当之教育；今不遇此，吾徒耻之。此其言表，与震旦谋新之士，大号兴学者若同，特中之所指，乃理论科学居其三，非此之重有形应用科学而又其方术者，所可取以自涂泽其说者也。

时亚剌伯虽如是，而景教诸国，则于科学无发扬。且不独不发扬而已，又进而摈斥夭阏之，谓人之最可贵者，无逾于道德上之义务与宗教上之希望，苟致力于科学，斯谬用其所能。有拉克坦谛（Lactantius）者，彼教之能才也，尝曰，探万汇之原因，问大地之动定，谈月表之隆陷，究星辰之悬属，考成天之质分，而焦心苦思于此诸问端者，犹絮陈未见之国都，其愚为不可几及。贤者如是，庸俗可知，科学之光，遂以黯淡。顾大势如是，究亦不起于无因。准丁达尔（J. Tyndall）言，则以其时罗马及他国之都，道德无不颓废，景教适以时起，宣福音于平人，制非极严，不足以矫俗，故宗徒之遘害虽多，而终得以制胜。惟心意之受婴久，斯痕迹之漫漶也难，于是虽奉为灵粮之圣文，亦以供科学之判决。见象如是，夫何进步之可期乎？至厥后教会与列国政府间之冲突，亦于肇究之受妨，与有力也。由是观之，可知人间教育诸科，每不即于中道，甲张则乙弛，乙盛则甲衰，迭代往来，无有纪极。如希腊罗马之科学，以极盛称，迨亚剌伯学者兴，则一归于学古；景教诸国，则建至严之教，为德育本根，知识之不绝者如线。特以世事反复，时势迁流，终乃屹然更兴，蒸蒸以至今日。所谓世界不直进，常曲折如螺旋，大波小波，起伏万状，进退久之而达水裔，盖诚言哉。且此又不独知识与道德为然也，即科学与美艺之关系亦然。欧洲中世，画事各有原则，迨科学进，又益以他因，而美术为之中落，迨复遵守，则辀近事耳。惟此消长，论者亦无利害之可言，盖中世宗教暴起，压抑科学，事或足以震惊，而社会精神，乃于此不无洗涤，熏染陶冶，亦胎嘉葩。二千年来，其色益显，或为路德，或为克灵威尔，为弥耳敦，为华盛顿，为嘉来勒，后世瞻思其业，将孰谓之不伟欤？此其成果，以偿沮遏科学之失，绰然有余裕也。盖无间教宗学术美艺文章，均人间曼衍之要旨，定其孰要，今兹未能。惟若眩至显之实利，摹至肤之方术，则准史实所垂，当反本心而获恶果，可决论而已。此何以故？则以如是种人之得久，盖于文明政事二史皆未之见也。

迄今所述，止于昏黄，若去而求明星于尔时，则亦有可言者一二，如十二世纪有摩格那思（A. Magnus），十三世纪有洛及培庚（Roger Bacon，生一二一四年，中国所习闻者生十六世纪与此异），尝作书论失学之故，画恢复之策，中多名言，至足称述；然其见知于世，去今才百余年耳。书首举失学元因凡四：曰摹古，曰伪智，曰泥于习，曰惑于常。近世华惠尔亦论之，籍当时见象，统归四因，与培庚言殊异，因一曰思不坚，二曰卑琐，三曰不假之性，四曰热中之性，且多援例以实之。丁达尔后出，于第四因有违言，谓热中妨学，盖指脑之弱者耳，若其诚强，乃反足以助学。科学者耄，所发见必不多，此非智力衰也，正坐热中之性渐微故。故人有谓知识的事业，当与道德力分者，此其说为不真，使诚脱是力之鞭策而惟知识之依，则所营为，特可悯者耳。发见之故，此其一也。今更进究发见之深因，则尤有大于此者。盖科学发见，常受超科学之力，易语以释之，亦可曰非科学的理想之感动，古今知名之士，概如是矣。阑喀曰，孰辅相人，而使得至真之知识乎？不为真者，不为可知者，盖理想耳。此足据为铁证者也。英之赫胥黎，则谓发见本于圣觉，不与人之能力相关；如是圣觉，即名曰真理发见者。有此觉而中才亦成宏功，如无此觉，则虽天纵之才，事亦终于不集。说亦至深切而可听也。茀勒那尔以力数学之研究有名，尝柬其友曰，名誉之心，去已久矣。吾今所为，不以令誉，特以吾意之嘉受耳。其恬淡如是。且发见之誉大矣，而威累司逊其成就于达尔文，本生付其勤劬于吉息霍甫，其谦逊又如是。故科学者，必常恬淡，常逊让，有理想，有圣觉，一切无有，而能贻业绩于后世者，未之有闻。即其他事业，亦胥如此矣。若曰，此累叶之言，皆空虚而无当于实欤？则曰然亦近世实益增进之母耳。此述其母，为厥子故，即以慰之。

前此黑暗期中，虽有图复古之一二伟人出，而终亦不能如其所期，东方之光，盖实作于十五六两世纪顷。惟苓落既久，思想大荒，虽冀履前人之旧迹，亦不可以猝得，故直近十七世纪中叶，人始诚闻夫晓声，回顾其前，则歌白尼（N. Copernicus）首出，说太阳系，开布勒（J. Kepler）行星运动之法继之，此他有格里累阿（Galileo Galilei），于星力二学，多所发明，又善导人，使事斯学；后复有思迭文（S. Stevin）之机械学，吉勒裒德（W. Gilbert）之磁学，哈维（W. Harvey）之生理学。法朗西意大利诸国学校，则解剖之学大盛；科学协会亦始立，意之林舍亚克特美（Accademia dei Lincei）即科学研究之渊薮也。事业之盛，足惊叹矣。夫气运所趣既如此，则桀士自以笃生，故英则有法朗希思培庚，法则有特嘉尔。

培庚（F. Bacon, 1561—1626）著书，序古来科学之进步，与何以达其主的之法曰《格致新机》。虽后之结果，不如著者所希，而平议其业，决不可云不伟。惟中所张主，为循序内籀之术，而不更云征验：后以是多讶之。顾培庚之时，学风至异，得一二琐末之事实，辄视为大法之前因，培庚思矫其俗，势自不得不斥前古悬拟夸大之风，而一偏于内籀，则其不崇外籀之事，固非得已矣。况此又特未之语耳，察其思惟，亦非偏废；氏所述理董自然见象者凡二法：初由经验而入公论，次更由公论而入新经验。故其言曰，事物之成，以手乎，抑以心乎？此不完于一。必有机械而辅以其他，乃以具足焉。盖事业者，成以手，亦赖乎心者也。观于此言，则《新机论》第二分中，当必有言外籀者，然其第二分未行世也。顾由是而培庚之术为不完，凡所张皇，仅至具足内籀而止。内籀之具足者，不为人所能，其所成就，亦无逾于实历；就实历而探新理，且更进而窥宇宙之大法，学者难之。况悬拟虽培庚所不喜，而今日之有大功于科学，致诸盛大之域者，实多悬拟为之乎？然其说之偏于一方，视为匡世之术可耳，无足深难也。

后斯人几三十年，有特嘉尔（R. Descartes，1596—1650）生于法，以数学名，近世哲学之基，亦赖以立。尝屹然扇尊疑之大潮，信真理之有在，于是专心一志，求基础于意识，觅方术于数理。其言有曰，治几何者，能以至简之名理，会解定理之繁多。吾因悟凡人智以内事，亦咸得以如是法解。若不以不真者为真，而履当履之道，则事之不成物之不解者，将无有矣。故其哲理，盖全本外籀而成，扩而用之，即以驭科学，所谓由因入果，非自果导因，为其著《哲学要义》中所自述，亦特嘉尔方术之本根，思理之枢机也。至其方术，则论者亦谓之不完，奉而不贰，弊亦弗异于偏倚培庚之内籀，惟于过重经验者，可为救正之用而已。若其执中，则偏于培庚之内籀者固非，而笃于特嘉尔之外籀者，亦不云是。二术俱用，真理始昭，而科学之有今日，亦实以有会二术而为之者故。如格里累阿，如哈维，如波尔（R. Boyle），如奈端（I. Newton），皆偏内籀不如培庚，守外籀不如特嘉尔，卓然独立，居中道而经营者也。培庚生时，于国民之富有，与实践之结果，企望极坚，越百年，科学益进而事乃不如其意。奈端发见至卓，特嘉尔数理亦至精，而世人所得，仅脑海之富而止；国之安舒，生之乐易，未能获也。他若波尔立质力二学征实之法，巴斯加耳（B. Pascal）暨多烈舍黎（E. Torricelli）测大气之量，摩勒毕奇（M. Malpighi）等精擘官品之理，而工业如故，交通未良，矿业亦无所进益，惟以机械学之结果，始见极粗之时辰表而已。至十八世纪中叶，英法德意诸国科学之士辈出，质学生学地学之进步，灿然可观，惟所以福社会者若何，则论者尚难于置对。迨酝酿既久，实益乃昭，当同世纪末叶，其效忽大著，举工业之械具资材，植物之滋殖繁养，动物之畜牧改良，无不蒙科学之泽，所谓十九世纪之物质文明，亦即胚胎于是时矣。洪波浩然，精神亦以振，国民风气，因而一新。顾治科学之桀士，则不以是婴心也，如前所言，盖仅以知真理为惟一之仪的，扩脑海之波澜，扫学区之荒秽，因举其身心时力，日探自然之大法而已。尔时之科学名家，无不如是，如侯失勒（J. Herschel）暨拉布拉（S. de Laplace）之于星学，扬俱（Th. Young）暨弗勒那尔（A. Fresnel）之于光学，欧思第德（H. C. Oersted）之于力学，兰麻克（J. de Lamarck）之于生学，迭亢陀耳（A. de Candolle）之于植物学，威那（A. G. Werner）之于矿物学，哈敦（J. Hutton）之于地学，瓦特（J. Watt）之于机械学，其尤著者也。试察所仪，岂在实利哉？然防火灯作矣，汽机出矣，矿术兴矣。而社会之耳目，乃独震惊有此点，日颂当前之结果，于学者独恝然而置之。倒果为因，莫甚于此。欲以求进，殆无异鼓鞭于马勒欤，夫安得如所期？第谓惟科学足以生实业，而实业更无利于科学，人皆慕科学之荣，则又不如是也。社会之事繁，分业之要起，人自不得不有所专，相互为援，于以两进。故实业之蒙益于科学者固多，而科学得实业之助者亦非鲜。今试置身于野人之中，显镜衡机不俟言，即醇酒玻璃，亦不可致，则科学者将何如，仅得运其思理而已。思理孤运，此雅典暨亚历山德府科学之所以中衰也。事多共其悲喜，盖亦诚言也夫。

故震他国之强大，栗然自危，兴业振兵之说，日腾于口者，外状固若成然觉矣，按其实则仅眩于当前之物，而未得其真谛。夫欧人之来，最眩人者，固莫前举二事若，然此亦非本柢而特葩叶耳。寻其根源，深无底极，一隅之学，夫何力焉。顾著者于此，亦非谓人必以科学为先务，待其结果之成，始以振兵兴业也，特信进步有序，曼衍有源，虑举国惟枝叶之求，而无一二士寻其本，则有源者日长，逐末者仍立拨耳。居今之世，不与古同，尊实利可，摹方术亦可，而有不为大潮所漂泛，屹然当横流，如古贤人，能播将来之佳果于今兹，移有根之福祉于宗国者，亦不能不要求于社会，且亦当为社会要求者矣。丁达尔不云乎：止属目于外物，或但以政事之感，而误凡事之真者，每谓邦国安危，一系于政治之思想，顾至公之历史，则立证其不然。夫法之有今日也，宁有他因耶？特以科学之长，胜他国耳。千七百九十二年之变，全欧嚣然，争执干戈以攻法国，联军伺其外，内讧兴于中，武库空虚，战士多死，既不能以疲卒当锐兵，而又无粮以济守者，武人抚剑而视太空，政家饮泪而悲来日，束手衔恨，俟天运矣。而时之振作其国人者何人？震怖其外敌者又何人？曰，科学也。其时学者，无不尽其心力，竭其智能，见兵士不足，则补以发明，武具不足，则补以发明，当防守之际，即知有科学者在，而后之战胜必矣。然此犹可曰丁达尔自治科学，因阿所好而立言耳，然证以阿罗戈之所载书，乃益明其不妄，书所记曰，时公会征九十万人，盖御外敌之四集，实非此不胜用尔。而人不如数；众乃大惧。加以武库久空，战备不足，故目前之急，有非人力所能救者。盖时所必要，首为弹药，而原料硝石，曩悉来自印度，至此时遂穷。次为枪炮，而法地产铜不多，必仰俄英印度之给，至今亦绝。三为钢铁，然平日亦取诸外国，制造之术，无知之者。于是行最后之策，集通国学者，开会议之，其最要而最难得者为火药。政府使者皆知不能成，叹曰，硝石安在？声未绝，学者孟耆即起曰，有之。至适当之地，如马厩土仓中，有硝石无量，为汝所梦想不到者。氏禀天才，加以知识，爱国出于至诚，乃睥睨阖室曰，吾能集其土为之，不越三日，火药就矣，于是以至简之法，晓谕国中，老弱妇稚，悉能制造，俄顷间全法国如大工厂也。此外有质学家，以法化分钟铜，用作武器，而炼铁新法亦昉于是时，凡铸刀剑枪械，无不可用国产。柔皮术亦不日竟成，制履之韦，因以不匮。尔时所称异之气球暨空气中之电报，亦均改良扩张，用之争战，前者即摩洛将军乘之探敌阵，得其情实，因制殊胜者也。丁达尔乃论曰，法国尔时，实生二物，曰：科学与爱国。其至有力者，为孟耆（Monge）与加尔诺（Carnot），与有力者，为孚勒克洛，穆勒惠，暨巴列克黎之徒。大业之成，此其枢纽。故科学者，神圣之光，照世界者也，可以遏末流而生感动。时泰，则为人性之光；时危，则由其灵感，生整理者如加尔诺，生强者强于拿坡仑之战将云。今试总观前例，本根之要，洞然可知。盖末虽亦能灿烂于一时，而所宅不坚，顷刻可以蕉萃，储能于初，始长久耳。顾犹有不可忽者，为当防社会入于偏，日趋而之一极，精神渐失，则破灭亦随之。盖使举世惟知识之崇，人生必大归于枯寂，如是既久，则美上之感情漓，明敏之思想失，所谓科学，亦同趣于无有矣。故人群所当希冀要求者，不惟奈端已也，亦希诗人如狭斯丕尔（Shakespeare）；不惟波尔，亦希画师如洛菲罗（Raphaelo）；既有康德，亦必有乐人如培得诃芬（Beethoven）；既有达尔文，亦必有文人如嘉来勒（Garlyle）。凡此者，皆所以致人性于全，不使之偏倚，因以见今日之文明者也。嗟夫，彼人文史实之所垂示，固如是已！

一九〇七年作

文化偏至论

中国既以自尊大昭闻天下，善诋諆者，或谓之顽固；且将抱守残阙，以底于灭亡。近世人士，稍稍耳新学之语，则亦引以为愧，翻然思变，言非同西方之理弗道，事非合西方之术弗行，掊击旧物，惟恐不力，曰将以革前缪而图富强也。间尝论之：昔者帝轩辕氏之戡蚩尤而定居于华土也，典章文物，于以权舆，有苗裔之繁衍于兹，则更改张皇，益臻美大。其蠢蠢于四方者，胥蕞尔小蛮夷耳，厥种之所创成，无一足为中国法，是故化成发达，咸出于己而无取乎人。降及周秦，西方有希腊罗马起，艺文思理，灿然可观，顾以道路之艰，波涛之恶，交通梗塞，未能择其善者以为师资。洎元明时，虽有一二景教父师，以教理暨历算质学干中国，而其道非盛。故迄于海禁既开，皙人踵至之顷，中国之在天下，见夫四夷之则效上国，革面来宾者有之；或野心怒发，狡焉思逞者有之；若其文化昭明，诚足以相上下者，盖未之有也。屹然出中央而无校雠，则其益自尊大，宝自有而傲睨万物，固人情所宜然，亦非甚背于理极者矣。虽然，惟无校雠故，则宴安日久，苓落以胎，迫拶不来，上征亦辍，使人茶，使人屯，其极为见善而不思式。有新国林起于西，以其殊异之方术来向，一施吹拂，块然踣傹，人心始自危，而辁才小慧之徒，于是竞言武事。后有学于殊域者，近不知中国之情，远复不察欧美之实，以所拾尘芥，罗列人前，谓钩爪锯牙，为国家首事，又引文明之语，用以自文，征印度波兰，作之前鉴。夫以力角盈绌者，于文野亦何关？远之则罗马之于东西戈尔，迩之则中国之于蒙古女真，此程度之离距为何如，决之不待智者。然其胜负之数，果奈何矣？苟曰是惟往古为然，今则机械其先，非以力取，故胜负所判，即文野之由分也。则曷弗启人智而开发其性灵，使知罟获戈矛，不过以御豺虎，而喋喋誉白人肉攫之心，以为极世界之文明者又何耶？且使如其言矣，而举国犹孱，授之巨兵，奚能胜任，仍有僵死而已矣。嗟夫，夫子盖以习兵事为生，故不根本之图，而仅提所学以干天下；虽兜牟深隐其面，威武若不可陵，而干禄之色，固灼然现于外矣！计其次者，乃复有制造商估立宪国会之说。前二者素见重于中国青年间，纵不主张，治之者亦将不可缕数。盖国若一日存，固足以假力图富强之名，博志士之誉，即有不幸，宗社为墟，而广有金资，大能温饱，即使怙恃既失，或被虐杀如犹太遗黎，然善自退藏，或不至于身受；纵大祸垂及矣，而幸免者非无人，其人又适为己，则能得温饱又如故也。若夫后二，可无论已。中较善者，或诚痛乎外侮迭来，不可终日，自既荒陋，则不得已，姑拾他人之绪余，思鸠大群以抗御，而又飞扬其性，善能攘扰，见异己者兴，必借众以陵寡，托言众治，压制乃尤烈于暴君。此非独于理至悖也,即缘救国是图,不惜以个人为供献,而考索未用,思虑粗疏,茫未识其所以然,辄皈依于众志,盖无殊痼疾之人,去药石摄卫之道弗讲,而乞灵于不知之力,拜祷稽首于祝由之门者哉。至尤下而居多数者,乃无过假是空名,遂其私欲,不顾见诸实事,将事权言议,悉归奔走干进之徒,或至愚屯之富人,否亦善垄断之市侩,特以自长营措,当列其班,况复掩自利之恶名,以福群之令誉,捷径在目,斯不惮竭蹶以求之耳。呜呼,古之临民者,一独夫也;由今之道,且顿变而为千万无赖之尤,民不堪命矣,于兴国究何与焉。顾若而人者,当其号召张皇,盖蔑弗托近世文明为后盾,有佛戾其说者起,辄谥之曰野人,谓为辱国害群,罪当甚于流放。第不知彼所谓文明者,将已立准则,慎施去取,指善美而可行诸中国之文明乎,抑成事旧章,咸弃捐不顾,独指西方文化而为言乎?物质也,众数也,十九世纪末叶文明之一面或在兹,而论者不以为有当。盖今所成就,无一不绳前时之遗迹,则文明必日有其迁流,又或抗往代之大潮,则文明亦不能无偏至。诚若为今立计,所当稽求既往,相度方来,掊物质而张灵明,任个人而排众数。人既发扬踔厉矣,则邦国亦以兴起。奚事抱枝拾叶,徒金铁国会立宪之云乎?夫势利之念昌狂于中,则是非之辨为之昧,措置张主,辄失其宜,况乎志行污下,将借新文明之名,以大遂其私欲者乎?是故今所谓识时之彦,为按其实,则多数常为盲子,宝赤菽以为玄珠,少数乃为巨奸,垂微饵以冀鲸鲵。即不若是,中心皆中正无瑕玷矣,于是拮据辛苦,展其雄才,渐乃志遂事成,终致彼所谓新文明者,举而纳之中国,而此迁流偏至之物，已陈旧于殊方者，馨香顶礼，吾又何为若是其芒芒哉！是何也？曰物质也，众数也，其道偏至。根史实而见于西方者不得已，横取而施之中国则非也。借曰非乎？请循其本——

夫世纪之元，肇于耶稣出世，历年既百，是为一期，大故若兴，斯即此世纪所有事，盖从历来之旧贯，而假是为区分，无奥义也。诚以人事连绵，深有本柢，如流水之必自原泉，卉木之茁于根芨，倏忽隐见，理之必无。故苟为寻绎其条贯本末，大都蝉联而不可离，若所谓某世纪文明之特色何在者，特举荦荦大者而为言耳。按之史实，乃如罗马统一欧洲以来，始生大洲通有之历史；已而教皇以其权力，制御全欧，使列国靡然受圈，如同社会，疆域之判，等于一区；益以梏亡人心，思想之自由几绝，聪明英特之士，虽摘发新理，怀抱新见，而束于教令，胥缄口结舌而不敢言。虽然，民如大波，受沮益浩，则于是始思脱宗教之系缚，英德二国，不平者多，法皇宫庭，实为怨府，又以居于意也，乃并意太利人而疾之。林林之民，咸致同情于不平者，凡有能阻泥教旨，抗拒法皇，无闻是非，辄与赞和。时则有路德（M. Luther）者起于德，谓宗教根元，在乎信仰，制度戒法，悉其荣华，力击旧教而仆之。自所创建，在废弃阶级，黜法皇僧正诸号，而代以牧师，职宣神命，置身社会，弗殊常人；仪式祷祈，亦简其法。至精神所注，则在牧师地位，无所胜于平人也。转轮既始，烈栗遍于欧洲，受其改革者，盖非独宗教而已，且波及于其他人事，如邦国离合，争战原因，后兹大变，多基于是。加以束缚弛落，思索自由，社会蔑不有新色，则有尔后超形气学上之发见，与形气学上之发明。以是胚胎，又作新事：发隐地也，善机械也，展学艺而拓贸迁也，非去羁勒而纵人心，不有此也。顾世事之常，有动无定，宗教之改革已，自必益进而求政治之更张。溯厥由来，则以往者颠覆法皇，一假君主之权力，变革既毕，其力乃张，以一意孤临万民，在下者不能加之抑制，日夕孳孳，惟开拓封域是务，驱民纳诸水火，绝无所动于心：生计绌，人力耗矣。而物反于穷，民意遂动，革命于是见于英，继起于美，复次则大起于法朗西，扫荡门第，平一尊卑，政治之权，主以百姓，平等自由之念，社会民主之思，弥漫于人心。流风至今，则凡社会政治经济上一切权利，义必悉公诸众人，而风俗习惯道德宗教趣味好尚言语暨其他为作，俱欲去上下贤不肖之闲，以大归乎无差别。同是者是，独是者非，以多数临天下而暴独特者，实十九世纪大潮之一派，且曼衍入今而未有既者也。更举其他，则物质文明之进步是已。当旧教盛时，威力绝世，学者有见，大率默然，其有毅然表白于众者，每每获囚戮之祸。递教力堕地，思想自由，凡百学术之事，勃焉兴起，学理为用，实益遂生，故至十九世纪，而物质文明之盛，直傲睨前此二千余年之业绩。数其著者，乃有棉铁石炭之属，产生倍旧，应用多方，施之战斗制造交通，无不功越于往日；为汽为电，咸听指挥，世界之情状顿更，人民之事业益利。久食其赐，信乃弥坚，渐而奉为圭臬，视若一切存在之本根，且将以之范围精神界所有事，现实生活，胶不可移，惟此是尊，惟此是尚，此又十九世纪大潮之一派，且曼衍入今而未有既者也。虽然，教权庞大，则覆之假手于帝王，比大权尽集一人，则又颠之以众庶。理若极于众庶矣，而众庶果足以极是非之端也耶？宴安逾法，则矫之以教宗，递教宗淫用其权威，则又掊之以质力。事若尽于物质矣，而物质果足尽人生之本也耶？平意思之，必不然矣。然而大势如是者，盖如前言，文明无不根旧迹而演来，亦以矫往事而生偏至，缘督校量，其颇灼然，犹孑与躄焉耳。特其见于欧洲也，为不得已，且亦不可去，去孑与躄，斯失孑与躄之德，而留者为空无。不安受宝重之者奈何？顾横被之不相系之中国而膜拜之，又宁见其有当也？明者微睇，察逾众凡，大士哲人，乃蚤识其弊而生愤叹，此十九世纪末叶思潮之所以变矣。德人尼佉（Fr. Nietzsche）氏，则假察罗图斯德罗（Zarathustra）之言曰，吾行太远，孑然失其侣，返而观夫今之世，文明之邦国矣，斑斓之社会矣。特其为社会也，无确固之崇信；众庶之于知识也，无作始之性质。邦国如是，奚能淹留？吾见放于父母之邦矣！聊可望者，独苗裔耳。此其深思遐瞩，见近世文明之伪与偏，又无望于今之人，不得已而念来叶者也。

然则十九世纪末思想之为变也，其原安在，其实若何，其力之及于将来也又奚若？曰言其本质，即以矫十九世纪文明而起者耳。盖五十年来，人智弥进，渐乃返观前此，得其通弊，察其黮暗，于是浡焉兴作，会为大潮，以反动破坏充其精神，以获新生为其希望，专向旧有之文明，而加之掊击扫荡焉。全欧人士，为之栗然震惊者有之，芒然自失者有之，其力之烈，盖深入于人之灵府矣。然其根柢，乃远在十九世纪初叶神思一派；递夫后叶，受感化于其时现实之精神，已而更立新形，起以抗前时之现实，即所谓神思宗之至新者也。若夫影响，则眇眇来世，肊测殊难，特知此派之兴，决非突见而靡人心，亦不至突灭而归乌有，据地极固，函义甚深。以是为二十世纪文化始基，虽云早计，然其为将来新思想之朕兆，亦新生活之先驱，则按诸史实所昭垂，可不俟繁言而解者已。顾新者虽作，旧亦未僵，方遍满欧洲，冥通其地人民之呼吸，余力流衍，乃扰远东，使中国之人，由旧梦而入于新梦，冲决嚣叫，状犹狂醒。夫方贱古尊新，而所得既非新，又至偏而至伪，且复横决，浩乎难收，则一国之悲哀亦大矣。今为此篇，非云已尽西方最近思想之全，亦不为中国将来立则，惟疾其已甚，施之抨弹，犹神思新宗之意焉耳。故所述止于二事：曰非物质，曰重个人。

个人一语，入中国未三四年，号称识时之士，多引以为大诟，苟被其谥，与民贼同。意者未遑深知明察，而迷误为害人利己之义也欤？夷考其实，至不然矣。而十九世纪末之重个人，则吊诡殊恒，尤不能与往者比论。试案尔时人性，莫不绝异其前，入于自识，趣于我执，刚愎主己，于庸俗无所顾忌。如诗歌说部之所记述，每以骄蹇不逊者为全局之主人。此非操觚之士，独凭神思构架而然也，社会思潮，先发其朕，则逐之载籍而已矣。盖自法朗西大革命以来，平等自由，为凡事首，继而普通教育及国民教育，无不基是以遍施。久浴文化，则渐悟人类之尊严；既知自我，则顿识个性之价值；加以往之习惯坠地，崇信荡摇，则其自觉之精神，自一转而之极端之主我。且社会民主之倾向，势亦大张，凡个人者，即社会之一分子，夷隆实陷，是为指归，使天下人人归于一致，社会之内，荡无高卑。此其为理想诚美矣，顾于个人殊特之性，视之蔑如，既不加之别分，且欲致之灭绝。更举黮暗，则流弊所至，将使文化之纯粹者，精神益趋于固陋，颓波日逝，纤屑靡存焉。盖所谓平社会者，大都夷峻而不湮卑，若信至程度大同，必在前此进步水平以下。况人群之内，明哲非多，伧俗横行，浩不可御，风潮剥蚀，全体以沦于凡庸。非超越尘埃，解脱人事，或愚屯罔识，惟众是从者，其能缄口而无言乎？物反于极，则先觉善斗之士出矣：德人斯契纳尔（M. Stirner）乃先以极端之个人主义现于世。谓真之进步，在于己之足下。人必发挥自性，而脱观念世界之执持。惟此自性，即造物主。惟有此我，本属自由；既本有矣，而更外求也，是曰矛盾。自由之得以力，而力即在乎个人，亦即资财，亦即权利。故苟有外力来被，则无间出于寡人，或出于众庶，皆专制也。国家谓吾当与国民合其意志，亦一专制也。众意表现为法律，吾即受其束缚，虽曰为我之舆台，顾同是舆台耳。去之奈何？曰：在绝义务。义务废绝，而法律与偕亡矣。意盖谓凡一个人，其思想行为，必以己为中枢，亦以己为终极：即立我性为绝对之自由者也。至勖宾霍尔（A. Schopenhauer），则自既以兀傲刚愎有名，言行奇觚，为世希有；又见夫盲瞽鄙倍之众，充塞两间，乃视之与至劣之动物并等，愈益主我扬己而尊天才也。至丹麦哲人契开迦尔（S. Kierkegaard）则愤发疾呼，谓惟发挥个性，为至高之道德，而顾瞻他事，胥无益焉。其后有显理伊勃生（Henrik Ibsen）见于文界，瑰才卓识，以契开迦尔之诠释者称。其所著书，往往反社会民主之倾向，精力旁注，则无间习惯信仰道德，苟有拘于虚而偏至者，无不加之抵排。更睹近世人生，每托平等之名，实乃愈趋于恶浊，庸凡凉薄，日益以深，顽愚之道行，伪诈之势逞，而气宇品性，卓尔不群之士，乃反穷于草莽，辱于泥涂，个性之尊严，人类之价值，将咸归于无有，则常为慷慨激昂而不能自已也。如其《民敌》一书，谓有人宝守真理，不阿世媚俗，而不见容于人群，狡狯之徒，乃巍然独为众愚领袖，借多陵寡，植党自私，于是战斗以兴，而其书亦止：社会之象，宛然具于是焉。若夫尼佉，斯个人主义之至雄桀者矣，希望所寄，惟在大士天才；而以愚民为本位，则恶之不殊蛇蝎。意盖谓治任多数，则社会元气，一旦可隳，不若用庸众为牺牲，以冀一二天才之出世，递天才出而社会之活动亦以萌，即所谓超人之说，尝震惊欧洲之思想界者也。由是观之，彼之讴歌众数，奉若神明者，盖仅见光明一端，他未遍知，因加赞颂，使反而观诸黑暗，当立悟其不然矣。一梭格拉第也，而众希腊人鸩之，一耶稣基督也，而众犹太人磔之，后世论者，孰不云缪，顾其时则从众志耳。设留今之众志，连诸载籍，以俟评骘于来哲，则其是非倒置，或正如今人之视往古，未可知也。故多数相朋，而仁义之途，是非之端，樊然淆乱；惟常言是解，于奥义也漠然。常言奥义，孰近正矣？是故布鲁多既杀该撒，昭告市人，其词秩然有条，名分大义，炳如观火；而众之受感，乃不如安多尼指血衣之数言。于是方群推为爱国之伟人，忽见逐于域外。夫誉之者众数也，逐之者又众数也，一瞬息中，变易反复，其无特操不俟言；即观现象，已足知不祥之消息矣。故是非不可公于众，公之则果不诚；政事不可公于众，公之则治不郅。惟超人出，世乃太平。苟不能然，则在英哲。嗟夫，彼持无政府主义者，其颠覆满盈，铲除阶级，亦已至矣，而建说创业诸雄，大都以导师自命。夫一导众从，智愚之别即在斯。与其抑英哲以就凡庸，曷若置众人而希英哲？则多数之说，缪不中经，个性之尊，所当张大，盖揆之是非利害，已不待繁言深虑而可知矣。虽然，此亦赖夫勇猛无畏之人，独立自强，去离尘垢，排舆言而弗沦于俗囿者也。

若夫非物质主义者，犹个人主义然，亦兴起于抗俗。盖唯物之倾向，固以现实为权舆，浸润人心，久而不止。故在十九世纪，爰为大潮，据地极坚，且被来叶，一若生活本根，舍此将莫有在者。不知纵令物质文明，即现实生活之大本，而崇奉逾度，倾向偏趋，外此诸端，悉弃置而不顾，则按其究竟，必将缘偏颇之恶因，失文明之神旨，先以消耗，终以灭亡，历世精神，不百年而具尽矣。递夫十九世纪后叶，而其弊果益昭，诸凡事物，无不质化，灵明日以亏蚀，旨趣流于平庸，人惟客观之物质世界是趋，而主观之内面精神，乃舍置不之一省。重其外，放其内，取其质，遗其神，林林众生，物欲来蔽，社会憔悴，进步以停，于是一切诈伪罪恶，蔑弗乘之而萌，使性灵之光，愈益就于黯淡：十九世纪文明一面之通弊，盖如此矣。时乃有新神思宗徒出，或崇奉主观，或张皇意力，匡纠流俗，厉如电霆，使天下群伦，为闻声而摇荡。即其他评骘之士，以至学者文家，虽意主和平，不与世迕，而见此唯物极端，且杀精神生活，则亦悲观愤叹，知主观与意力主义之兴，功有伟于洪水之有方舟者焉。主观主义者，其趣凡二：一谓惟以主观为准则，用律诸物；一谓视主观之心灵界，当较客观之物质界为尤尊。前者为主观倾向之极端，力特著于十九世纪末叶，然其趋势，颇与主我及我执殊途，仅于客观之习惯，无所盲从，或不置重，而以自有之主观世界为至高之标准而已。以是之故，则思虑动作，咸离外物，独往来于自心之天地，确信在是，满足亦在是，谓之渐自省其内曜之成果可也。若夫兴起之由，则原于外者，为大势所向，胥在平庸之客观习惯，动不由己，发如机缄，识者不能堪，斯生反动；其原于内者，乃实以近世人心，日进于自觉，知物质万能之说，且逸个人之情意，使独创之力，归于槁枯，故不得不以自悟者悟人，冀挽狂澜于方倒耳。如尼佉伊勃生诸人，皆据其所信，力抗时俗，示主观倾向之极致；而契开迦尔则谓真理准则，独在主观，惟主观性，即为真理，至凡有道德行为，亦可弗问客观之结果若何，而一任主观之善恶为判断焉。其说出世，和者日多，于是思潮为之更张，骛外者渐转而趣内，渊思冥想之风作，自省抒情之意苏，去现实物质与自然之樊，以就其本有心灵之域；知精神现象实人类生活之极颠，非发挥其辉光，于人生为无当；而张大个人之人格，又人生之第一义也。然尔时所要求之人格，有甚异于前者。往所理想，在知见情操，两皆调整，若主智一派，则在聪明睿智，能移客观之大世界于主观之中者。如是思惟，迨黑该尔（F. Hegel）出而达其极。若罗曼暨尚古一派，则息孚支培黎（Shaftesbury）承卢骚（J. Rousseau）之后，尚容情感之要求，特必与情操相统一调和，始合其理想之人格。而希籁（Fr. Schiller）氏者，乃谓必知感两性，圆满无间，然后谓之全人。顾至十九世纪垂终，则理想为之一变。明哲之士，反省于内面者深，因以知古人所设具足调协之人，决不能得之今世；惟有意力轶众，所当希求，能于情意一端，处现实之世，而有勇猛奋斗之才，虽屡踣屡僵，终得现其理想：其为人格，如是焉耳。故如勖宾霍尔所张主，则以内省诸己，豁然贯通，因曰意力为世界之本体也；尼佉之所希冀，则意力绝世，几近神明之超人也；伊勃生之所描写，则以更革为生命，多力善斗，即迕万众不慑之强者也。夫诸凡理想，大致如斯者，诚以人丁转轮之时，处现实之世，使不若是，每至舍己从人，沉溺逝波，莫知所届，文明真髓，顷刻荡然；惟有刚毅不挠，虽遇外物而弗为移，始足作社会桢干。排斥万难，黾勉上征，人类尊严，于此攸赖，则具有绝大意力之士贵耳。虽然，此又特其一端而已。试察其他，乃亦以见末叶人民之弱点，盖往之文明流弊，浸灌性灵，众庶率纤弱颓靡，日益以甚，渐乃反观诸己，为之欿然，于是刻意求意力之人，冀倚为将来之柱石。此正犹洪水横流，自将灭顶，乃神驰彼岸，出全力以呼善没者尔，悲夫！

由是观之，欧洲十九世纪之文明，其度越前古，凌驾亚东，诚不俟明察而见矣。然既以改革而胎，反抗为本，则偏于一极，固理势所必然。洎夫末流，弊乃自显。于是新宗蹶起，特反其初，复以热烈之情，勇猛之行，起大波而加之涤荡。直至今日，益复浩然。其将来之结果若何，盖未可以率测。然作旧弊之药石，造新生之津梁，流衍方长，曼不遽已，则相其本质，察其精神，有可得而征信者。意者文化常进于幽深，人心不安于固定，二十世纪之文明，当必沉邃庄严，至与十九世纪之文明异趣。新生一作，虚伪道消，内部之生活，其将愈深且强欤？精神生活之光耀，将愈兴起而发扬欤？成然以觉，出客观梦幻之世界，而主观与自觉之生活，将由是而益张欤？内部之生活强，则人生之意义亦愈邃，个人尊严之旨趣亦愈明，二十世纪之新精神，殆将立狂风怒浪之间，恃意力以辟生路者也。中国在今，内密既发，四邻竞集而迫拶，情状自不能无所变迁。夫安弱守雌，笃于旧习，固无以争存于天下。第所以匡救之者，缪而失正，则虽日易故常，哭泣叫号之不已，于忧患又何补矣？此所为明哲之士，必洞达世界之大势，权衡校量，去其偏颇，得其神明，施之国中，翕合无间。外之既不后于世界之思潮，内之仍弗失固有之血脉，取今复古，别立新宗，人生意义，致之深邃，则国人之自觉至，个性张，沙聚之邦，由是转为人国。人国既建，乃始雄厉无前，屹然独见于天下，更何有于肤浅凡庸之事物哉？顾今者翻然思变，历岁已多，青年之所思惟，大都归罪恶于古之文物，甚或斥言文为蛮野，鄙思想为简陋，风发浡起，皇皇焉欲进欧西之物而代之，而于适所言十九世纪末之思潮，乃漠然不一措意。凡所张主，惟质为多，取其质犹可也，更按其实，则又质之至伪而偏，无所可用。虽不为将来立计，仅图救今日之阽危，而其术其心，违戾亦已甚矣。况乎凡造言任事者，又复有假改革公名，而阴以遂其私欲者哉？今敢问号称志士者曰，将以富有为文明欤，则犹太遗黎，性长居积，欧人之善贾者，莫与比伦，然其民之遭遇何如矣？将以路矿为文明欤，则五十年来非澳二洲，莫不兴铁路矿事，顾此二洲土著之文化何如矣？将以众治为文明欤，则西班牙波陀牙二国，立宪且久，顾其国之情状又何如矣？若曰惟物质为文化之基也，则列机括，陈粮食，遂足以雄长天下欤？曰惟多数得是非之正也，则以一人与众禺处，其亦将木居而芧食欤？此虽妇竖，必否之矣。然欧美之强，莫不以是炫天下者，则根柢在人，而此特现象之末，本原深而难见，荣华昭而易识也。是故将生存两间，角逐列国是务，其首在立人，人立而后凡事举；若其道术，乃必尊个性而张精神。假不如是，槁丧且不俟夫一世。夫中国在昔，本尚物质而疾天才矣，先王之泽，日以殄绝，逮蒙外力，乃退然不可自存。而辁才小慧之徒，则又号召张皇，重杀之以物质而囿之以多数，个人之性，剥夺无余。往者为本体自发之偏枯，今则获以交通传来之新疫，二患交伐，而中国之沉沦遂以益速矣。呜呼，眷念方来，亦已焉哉！

一九〇七年作

摩罗诗力说

求古源尽者将求方来之泉，将求新源。嗟我昆弟，新生之作，新泉之涌于渊深，其非远矣。

——尼佉

一

人有读古国文化史者，循代而下，至于卷末，必凄以有所觉，如脱春温而入于秋肃，勾萌绝朕，枯槁在前，吾无以名，姑谓之萧条而止。盖人文之留遗后世者，最有力莫如心声。古民神思，接天然之閟宫，冥契万有，与之灵会，道其能道，爰为诗歌。其声度时劫而入人心，不与缄口同绝；且益曼衍，视其种人。递文事式微，则种人之运命亦尽，群生辍响，荣华收光；读史者萧条之感，即以怒起，而此文明史记，亦渐临末页矣。凡负令誉于史初，开文化之曙色，而今日转为影国者，无不如斯。使举国人所习闻，最适莫如天竺。天竺古有《韦陀》四种，瑰丽幽夐，称世界大文；其《摩诃波罗多》暨《罗摩衍那》二赋，亦至美妙。厥后有诗人加黎陀萨（Kalidasa）者出，以传奇鸣世，间染抒情之篇；日耳曼诗宗瞿提（W. von Goethe），至崇为两间之绝唱。降及种人失力，而文事亦共零夷，至大之声，渐不生于彼国民之灵府，流转异域，如亡人也。次为希伯来，虽多涉信仰教诫，而文章以幽邃庄严胜，教宗文术，此其源泉，灌溉人心，迄今兹未艾。特在以色列族，则止耶利米（Jeremiah）之声；列王荒矣，帝怒以赫，耶路撒冷遂隳，而种人之舌亦默。当彼流离异地，虽不遽忘其宗邦，方言正信，拳拳未释，然《哀歌》而下，无赓响矣。复次为伊兰埃及，皆中道废弛，有如断绠，灿烂于古，萧瑟于今。若震旦而逸斯列，则人生大戬，无逾于此。何以故？英人加勒尔（Th. Carlyle）曰，得昭明之声，洋洋乎歌心意而生者，为国民之首义。意太利分崩矣，然实一统也，彼生但丁（Dante Alighieri），彼有意语。大俄罗斯之札尔，有兵刃炮火，政治之上，能辖大区，行大业。然奈何无声？中或有大物，而其为大也喑。（中略）迨兵刃炮火，无不腐蚀，而但丁之声依然。有但丁者统一，而无声兆之俄人，终支离而已。

尼佉（Fr. Nietzsche）不恶野人，谓中有新力，言亦确凿不可移。盖文明之朕，固孕于蛮荒，野人狉獉其形，而隐曜即伏于内。文明如华，蛮野如蕾，文明如实，蛮野如华，上征在是，希望亦在是。惟文化已止之古民不然：发展既央，隳败随起，况久席古宗祖之光荣，尝首出周围之下国，暮气之作，每不自知，自用而愚，污如死海。其煌煌居历史之首，而终匿形于卷末者，殆以此欤？俄之无声，激响在焉。俄如孺子，而非喑人；俄如伏流，而非古井。十九世纪前叶，果有鄂戈理（N. Gogol）者起，以不可见之泪痕悲色，振其邦人，或以拟英之狭斯丕尔（W. Shakespeare），即加勒尔所赞扬崇拜者也。顾瞻人间，新声争起，无不以殊特雄丽之言，自振其精神而绍介其伟美于世界；若渊默而无动者，独前举天竺以下数古国而已。嗟夫，古民之心声手泽，非不庄严，非不崇大，然呼吸不通于今，则取以供览古之人，使摩挲咏叹而外，更何物及其子孙？否亦仅自语其前此光荣，即以形迩来之寂寞，反不如新起之邦，纵文化未昌，而大有望于方来之足致敬也。故所谓古文明国者，悲凉之语耳，嘲讽之辞耳！中落之胄，故家荒矣，则喋喋语人，谓厥祖在时，其为智慧武怒者何似，尝有闳宇崇楼，珠玉犬马，尊显胜于凡人。有闻其言，孰不腾笑？夫国民发展，功虽有在于怀古，然其怀也，思理朗然，如鉴明镜，时时上征，时时反顾，时时进光明之长途，时时念辉煌之旧有，故其新者日新，而其古亦不死。若不知所以然，漫夸耀以自悦，则长夜之始，即在斯时。今试履中国之大衢，当有见军人蹀躞而过市者，张口作军歌，痛斥印度波阑之奴性；有漫为国歌者亦然。盖中国今日，亦颇思历举前有之耿光，特未能言，则姑曰左邻已奴，右邻且死，择亡国而较量之，冀自显其佳胜。夫二国与震旦究孰劣，今姑弗言；若云颂美之什，国民之声，则天下之咏者虽多，固未见有此作法矣。诗人绝迹，事若甚微，而萧条之感，辄以来袭。意者欲扬宗邦之真大，首在审己，亦必知人，比较既周，爰生自觉。自觉之声发，每响必中于人心，清晰昭明，不同凡响。非然者，口舌一结，众语俱沦，沉默之来，倍于前此。盖魂意方梦，何能有言？即震于外缘，强自扬厉，不惟不大，徒增欷耳。故曰国民精神之发扬，与世界识见之广博有所属。

今且置古事不道，别求新声于异邦，而其因即动于怀古。新声之别，不可究详；至力足以振人，且语之较有深趣者，实莫如摩罗诗派。摩罗之言，假自天竺，此云天魔，欧人谓之撒但，人本以目裴伦（G. Byron）。今则举一切诗人中，凡立意在反抗，指归在动作，而为世所不甚愉悦者悉入之，为传其言行思惟，流别影响，始宗主裴伦，终以摩迦（匈加利）文士。凡是群人，外状至异，各禀自国之特色，发为光华；而要其大归，则趣于一：大都不为顺世和乐之音，动吭一呼，闻者兴起，争天拒俗，而精神复深感后世人心，绵延至于无已。虽未生以前，解脱而后，或以其声为不足听；若其生活两间，居天然之掌握，辗转而未得脱者，则使之闻之，固声之最雄桀伟美者矣。然以语平和之民，则言者滋惧。

二

平和为物，不见于人间。其强谓之平和者，不过战事方已或未始之时，外状若宁，暗流仍伏，时劫一会，动作始矣。故观之天然，则和风拂林，甘雨润物，似无不以降福祉于人世，然烈火在下，出为地囱，一旦偾兴，万有同坏。其风雨时作，特暂伏之见象，非能永劫安易，如亚当之故家也。人事亦然，衣食家室邦国之争，形现既昭，已不可以讳掩；而二士室处，亦有吸呼，于是生颢气之争，强肺者致胜。故杀机之昉，与有生偕；平和之名，等于无有。特生民之始，既以武健勇烈，抗拒战斗，渐进于文明矣，化定俗移，转为新懦，知前征之至险，则爽然思归其雌，而战场在前，复自知不可避，于是运其神思，创为理想之邦，或托之人所莫至之区，或迟之不可计年以后。自柏拉图（Platon）《邦国论》始，西方哲士，作此念者不知几何人。虽自古迄今，绝无此平和之朕，而延颈方来，神驰所慕之仪的，日逐而不舍，要亦人间进化之一因子欤？吾中国爱智之士，独不与西方同，心神所注，辽远在于唐虞，或迳入古初，游于人兽杂居之世；谓其时万祸不作，人安其天，不如斯世之恶浊阽危，无以生活。其说照之人类进化史实，事正背驰。盖古民曼衍播迁，其为争抗劬劳，纵不厉于今，而视今必无所减；特历时既永，史乘无存，汗迹血腥，泯灭都尽，则追而思之，似其时为至足乐耳。傥使置身当时，与古民同其忧患，则颓唐侘傺，复远念盘古未生，斧凿未经之世，又事之所必有者已。故作此念者，为无希望，为无上征，为无努力，较以西方思理，犹水火然；非自杀以从古人，将终其身更无可希冀经营，致人我于所仪之主的，束手浩叹，神质同隳焉而已。且更为忖度其言，又将见古之思士，决不以华土为可乐，如今人所张皇；惟自知良懦无可为，乃独图脱屣尘埃，惝恍古国，任人群堕于虫兽，而己身以隐逸终。思士如是，社会善之，咸谓之高蹈之人，而自云我虫兽我虫兽也。其不然者，乃立言辞，欲致人同归于朴古，老子之辈，盖其枭雄。老子书五千语，要在不撄人心；以不撄人心故，则必先自致槁木之心，立无为之治；以无为之为化社会，而世即于太平。其术善也。然奈何星气既凝，人类既出而后，无时无物，不禀杀机，进化或可停，而生物不能返本。使拂逆其前征，势即入于苓落，世界之内，实例至多，一览古国，悉其信证。若诚能渐致人间，使归于禽虫卉木原生物，复由渐即于无情，则宇宙自大，有情已去，一切虚无，宁非至净。而不幸进化如飞矢，非堕落不止，非著物不止，祈逆飞而归弦，为理势所无有。此人世所以可悲，而摩罗宗之为至伟也。人得是力，乃以发生，乃以曼衍，乃以上征，乃至于人所能至之极点。

中国之治，理想在不撄，而意异于前说。有人撄人，或有人得撄者，为帝大禁，其意在保位，使子孙王千万世，无有底止，故性解（Genius）之出，必竭全力死之；有人撄我，或有能撄人者，为民大禁，其意在安生，宁蜷伏堕落而恶进取，故性解之出，亦必竭全力死之。柏拉图建神思之邦，谓诗人乱治，当放域外；虽国之美污，意之高下有不同，而术实出于一。盖诗人者，撄人心者也。凡人之心，无不有诗，如诗人作诗，诗不为诗人独有，凡一读其诗，心即会解者，即无不自有诗人之诗。无之何以能解？惟有而未能言，诗人为之语，则握拨一弹，心弦立应，其声澈于灵府，令有情皆举其首，如睹晓日，益为之美伟强力高尚发扬，而污浊之平和，以之将破。平和之破，人道蒸也。虽然，上极天帝，下至舆台，则不能不因此变其前时之生活；协力而夭阏之，思永保其故态，殆亦人情已。故态永存，是曰古国。惟诗究不可灭尽，则又设范以囚之。如中国之诗，舜云言志；而后贤立说，乃云持人性情，三百之旨，无邪所蔽。夫既言志矣，何持之云？强以无邪，即非人志。许自繇于鞭策羁縻之下，殆此事乎？然厥后文章，乃果辗转不逾此界。其颂祝主人，悦媚豪右之作，可无俟言。即或心应虫鸟，情感林泉，发为韵语，亦多拘于无形之囹圄，不能舒两间之真美；否则悲慨世事，感怀前贤，可有可无之作，聊行于世。倘其嗫嚅之中，偶涉眷爱，而儒服之士，即交口非之。况言之至反常俗者乎？惟灵均将逝，脑海波起，通于汨罗，返顾高丘，哀其无女，则抽写哀怨，郁为奇文。茫洋在前，顾忌皆去，怼世俗之浑浊，颂己身之修能，怀疑自遂古之初，直至百物之琐末，放言无惮，为前人所不敢言。然中亦多芳菲凄恻之音，而反抗挑战，则终其篇未能见，感动后世，为力非强。刘彦和所谓才高者菀其鸿裁，中巧者猎其艳辞，吟讽者衔其山川，童蒙者拾其香草。皆著意外形，不涉内质，孤伟自死，社会依然，四语之中，函深哀焉。故伟美之声，不震吾人之耳鼓者，亦不始于今日。大都诗人自倡，生民不耽。试稽自有文字以至今日，凡诗宗词客，能宣彼妙音，传其灵觉，以美善吾人之性情，崇大吾人之思理者，果几何人？上下求索，几无有矣。第此亦不能为彼徒罪也，人人之心，无不泐二大字曰实利，不获则劳，既获便睡。纵有激响，何能撄之？夫心不受撄，非槁死则缩朒耳，而况实利之念，复煔煔热于中，且其为利，又至陋劣不足道，则驯至卑懦俭啬，退让畏葸，无古民之朴野，有末世之浇漓，又必然之势矣，此亦古哲人所不及料也。夫云将以诗移人性情，使即于诚善美伟强力敢为之域，闻者或哂其迂远乎；而事复无形，效不显于顷刻。使举一密栗之反证，殆莫如古国之见灭于外仇矣。凡如是者，盖不止笞击縻系，易于毛角而已，且无有为沉痛著大之声，撄其后人，使之兴起；即间有之，受者亦不为之动，创痛少去，即复营营于治生，活身是图，不恤污下，外仇又至，摧败继之。故不争之民，其遭遇战事，常较好争之民多，而畏死之民，其苓落殇亡，亦视强项敢死之民众。

千八百有六年八月，拿坡仑大挫普鲁士军，翌年七月，普鲁士乞和，为从属之国。然其时德之民族，虽遭败亡窘辱，而古之精神光耀，固尚保有而未隳。于是有爱伦德（E. M. Arndt）者出，著《时代精神篇》（*Geist der Zeit*），以伟大壮丽之笔，宣独立自繇之音，国人得之，敌忾之心大炽；已而为敌觉察，探索极严，乃走瑞士。递千八百十二年，拿坡仑挫于墨斯科之酷寒大火，逃归巴黎，欧土遂为云扰，竞举其反抗之兵。翌年，普鲁士帝威廉三世乃下令召国民成军，宣言为三事战，曰自由正义祖国；英年之学生诗人美术家争赴之。爱伦德亦归，著《国民军者何》暨《莱因为德国大川特非其界》二篇，以鼓青年之意气。而义勇军中，时亦有人曰台陀开纳（Theodor Körner），慨然投笔，辞维也纳国立剧场诗人之职，别其父母爱者，遂执兵行；作书贻父母曰，普鲁士之鹫，已以鸷击诚心，觉德意志民族之大望矣。吾之吟咏，无不为宗邦神往。吾将舍所有福祉欢欣，为宗国战死。嗟夫，吾以明神之力，已得大悟。为邦人之自由与人道之善故，牺牲孰大于是？热力无量，涌吾灵台，吾起矣！后此之《竖琴长剑》（*Leier und Schwert*）一集，亦无不以是精神，凝为高响，展卷方诵，血脉已张。然时之怀热诚灵悟如斯状者，盖非止开纳一人也，举德国青年，无不如是。开纳之声，即全德人之声，开纳之血，亦即全德人之血耳。故推而论之，败拿坡仑者，不为国家，不为皇帝，不为兵刃，国民而已。国民皆诗，亦皆诗人之具，而德卒以不亡。此岂笃守功利，摈斥诗歌，或抱异域之朽兵败甲，冀自卫其衣食室家者，意料之所能至哉？然此亦仅譬诗力于米盐，聊以震崇实之士，使知黄金黑铁，断不足以兴国家，德法二国之外形，亦非吾邦所可活剥；示其内质，冀略有所悟解而已。此篇本意，固不在是也。

三

由纯文学上言之，则以一切美术之本质，皆在使观听之人，为之兴感怡悦。文章为美术之一，质当亦然，与个人暨邦国之存，无所系属，实利离尽，究理弗存。故其为效，益智不如史乘，诫人不如格言，致富不如工商，弋功名不如卒业之券。特世有文章，而人乃以几于具足。英人道覃（E. Dowden）有言曰，美术文章之桀出于世者，观诵而后，似无裨于人间者，往往有之。然吾人乐于观诵，如游巨浸，前临渺茫，浮游波际，游泳既已，神质悉移。而彼之大海，实仅波起涛飞，绝无情愫，未始以一教训一格言相授。顾游者之元气体力，则为之陡增也。故文章之于人生，其为用决不次于衣食，宫室，宗教，道德。盖缘人在两间，必有时自觉以勤劬，有时丧我而惝恍，时必致力于善生，时必并忘其善生之事而入于醇乐，时或活动于现实之区，时或神驰于理想之域；苟致力于其偏，是谓之不具足。严冬永留，春气不至，生其躯壳，死其精魂，其人虽生，而人生之道失。文章不用之用，其在斯乎？约翰穆黎曰，近世文明，无不以科学为术，合理为神，功利为鹄。大势如是，而文章之用益神。所以者何？以能涵养吾人之神思耳。涵养人之神思，即文章之职与用也。

此他丽于文章能事者，犹有特殊之用一。盖世界大文，无不能启人生之閟机，而直语其事实法则，为科学所不能言者。所谓閟机，即人生之诚理是已。此为诚理，微妙幽玄，不能假口于学子。如热带人未见冰前，为之语冰，虽喻以物理生理二学，而不知水之能凝，冰之为冷如故；惟直示以冰，使之触之，则虽不言质力二性，而冰之为物，昭然在前，将直解无所疑沮。惟文章亦然，虽缕判条分，理密不如学术，而人生诚理，直笼其辞句中，使闻其声者，灵府朗然，与人生即会。如热带人既见冰后，曩之竭研究思索而弗能喻者，今宛在矣。昔爱诺尔特（M. Arnold）氏以诗为人生评骘，亦正此意。故人若读鄂谟（Homeros）以降大文，则不徒近诗，且自与人生会，历历见其优胜缺陷之所存，更力自就于圆满。此其效力，有教示意；既为教示，斯益人生；而其教复非常教，自觉勇猛发扬精进，彼实示之。凡苓落颓唐之邦，无不以不耳此教示始。

顾有据群学见地以观诗者，其为说复异：要在文章与道德之相关。谓诗有主分，曰观念之诚。其诚奈何？则曰为诗人之思想感情，与人类普遍观念之一致。得诚奈何？则曰在据极溥博之经验。故所据之人群经验愈溥博，则诗之溥博视之。所谓道德，不外人类普遍观念所形成。故诗与道德之相关，缘盖出于造化。诗与道德合，即为观念之诚，生命在是，不朽在是。非如是者，必与群法僢驰。以背群法故，必反人类之普遍观念；以反普遍观念故，必不得观念之诚。观念之诚失，其诗宜亡。故诗之亡也，恒以反道德故。然诗有反道德而竟存者奈何？则曰，暂耳。无邪之说，实与此契。苟中国文事复兴之有日，虑操此说以力削其萌蘖者，尚有徒也。而欧洲评骘之士，亦多抱是说以律文章。十九世纪初，世界动于法国革命之风潮，德意志西班牙意太利希腊皆兴起，往之梦意，一晓而苏；惟英国较无动。顾上下相迕，时有不平，而诗人裴伦，实生此际。其前有司各德（W. Scott）辈，为文率平妥翔实，与旧之宗教道德极相容。迨有裴伦，乃超脱古范，直抒所信，其文章无不函刚健抗拒破坏挑战之声。平和之人，能无惧乎？于是谓之撒但。此言始于苏惹（R. Southey），而众和之；后或扩以称修黎（P. B. Shelley）以下数人，至今不废。苏惹亦诗人，以其言能得当时人群普遍之诚故，获月桂冠，攻裴伦甚力。裴伦亦以恶声报之，谓之诗商。所著有《纳尔逊传》（*The Life of Lord Nelson*）今最行于世。

《旧约》记神既以七日造天地，终乃抟埴为男子，名曰亚当，已而病其寂也，复抽其肋为女子，是名夏娃，皆居伊甸。更益以鸟兽卉木；四水出焉。伊甸有树，一曰生命，一曰知识。神禁人勿食其实；魔乃侂蛇以诱夏娃，使食之，爰得生命知识。神怒，立逐人而诅蛇，蛇腹行而土食；人则既劳其生，又得其死，罚且及于子孙，无不如是。英诗人弥耳敦（J. Milton），尝取其事作《失乐园》（*The Paradise Lost*），有天神与撒但战事，以喻光明与黑暗之争。撒但为状，复至狞厉。是诗而后，人之恶撒但遂益深。然使震旦人士异其信仰者观之，则亚当之居伊甸，盖不殊于笼禽，不识不知，惟帝是悦，使无天魔之诱，人类将无由生。故世间人，当蔑弗秉有魔血，惠之及人世者，撒但其首矣。然为基督宗徒，则身被此名，正如中国所谓叛道，人群共弃，艰于置身，非强怒善战豁达能思之士，不任受也。亚当夏娃既去乐园，乃举二子，长曰亚伯，次曰凯因。亚伯牧羊，凯因耕植是事，尝出所有以献神。神喜脂膏而恶果实，斥凯因献不视；以是，凯因渐与亚伯争，终杀之。神则诅凯因，使不获地力，流于殊方。裴伦取其事作传奇，于神多所诘难。教徒皆怒，谓为渎圣害俗，张皇灵魂有尽之诗，攻之至力。迄今日评骘之士，亦尚有以是难裴伦者。尔时独穆亚（Th. Moore）及修黎二人，深称其诗之雄美伟大。德诗宗瞿提，亦谓为绝世之文，在英国文章中，此为至上之作；后之劝遏克曼（J. P. Eckermann）治英国语言，盖即冀其直读斯篇云。《约》又记凯因既流，亚当更得一子，历岁永永，人类益繁，于是心所思惟，多涉恶事。主神乃悔，将殄之。有挪亚独善事神，神令致亚斐木为方舟，将眷属动植，各从其类居之。遂作大雨四十昼夜，洪水泛滥，生物灭尽，而挪亚之族独完，水退居地，复生子孙，至今日不绝。吾人记事涉此，当觉神之能悔，为事至奇；而人之恶撒但，其理乃无足诧。盖既为挪亚子孙，自必力斥抗者，敬事主神，战战兢兢，绳其祖武，冀洪水再作之日，更得密诏而自保于方舟耳。抑吾闻生学家言，有云反种一事，为生物中每现异品，肖其远先，如人所牧马，往往出野物，类之不拉（Zebra），盖未驯以前状，复现于今日者。撒但诗人之出，殆亦如是，非异事也。独众马怒其不伏箱，群起而交踶之，斯足悯叹焉耳。

四

裴伦名乔治戈登（George Gordon），系出司堪第那比亚海贼蒲隆（Burun）族。其族后居诺曼，从威廉入英，递显理二世时，始用今字。裴伦以千七百八十八年一月二十二日生于伦敦，十二岁即为诗；长游堪勃力俱大学不成，渐决去英国，作汗漫游，始于波陀牙，东至希腊突厥及小亚细亚，历审其天物之美，民俗之异，成《哈洛尔特游草》（*Childe Harold's Pilgrimage*）二卷，波谲云诡，世为之惊绝。次作《不信者》（*The Giaour*）暨《阿毕陀斯新妇行》（*The Bride of Abydos*）二篇，皆取材于突厥。前者记不信者（对回教而言）通哈山之妻，哈山投其妻于水，不信者逸去，后终归而杀哈山，诣庙自忏；绝望之悲，溢于毫素，读者哀之。次为女子苏黎加爱舍林，而其父将以婚他人，女偕舍林出奔，已而被获，舍林斗死，女亦终尽；其言有反抗之音。迨千八百十四年一月，赋《海贼》（*The Corsair*）之诗。篇中英雄曰康拉德，于世已无一切眷爱，遗一切道德，惟以强大之意志，为贼渠魁，领其从者，建大邦于海上。孤舟利剑，所向悉如其意。独家有爱妻，他更无有；往虽有神，而康拉德早弃之，神亦已弃康拉德矣。故一剑之力，即其权利，国家之法度，社会之道德，视之蔑如。权力若具，即用行其意志，他人奈何，天帝何命，非所问也。若问定命之何如？则曰，在鞘中，一旦外辉，彗且失色而已。然康拉德为人，初非元恶，内秉高尚纯洁之想，尝欲尽其心力，以致益于人间；比见细人蔽明，谗谄害聪，凡人营营，多猜忌中伤之性，则渐冷淡，则渐坚凝，则渐嫌厌；终乃以受自或人之怨毒，举而报之全群，利剑轻舟，无间人神，所向无不抗战。盖复仇一事，独贯注其全精神矣。一日攻塞特，败而见囚，塞特有妃爱其勇，助之脱狱，泛舟同奔，遇从者于波上，乃大呼曰，此吾舟，此吾血色之旗也，吾运未尽于海上！然归故家，则银釭暗而爱妻逝矣。既而康拉德亦失去，其徒求之波间海角，踪迹杳然，独有以无量罪恶，系一德义之名，永存于世界而已。裴伦之祖约翰，尝念先人为海王，因投海军为之帅；裴伦赋此，缘起似同；有即以海贼字裴伦者，裴伦闻之窃喜，则篇中康拉德为人，实即此诗人变相，殆无可疑已。越三月，又作赋曰《罗罗》（*Lara*），记其人尝杀人不异海贼，后图起事，败而伤，飞矢来贯其胸，遂死。所叙自尊之夫，力抗不可避之定命，为状惨烈，莫可比方。此他犹有所制，特非雄篇。其诗格多师司各德，而司各德由是锐意于小说，不复为诗，避裴伦也。已而裴伦去其妇，世虽不知去之之故，然争难之，每临会议，嘲骂即四起，且禁其赴剧场。其友穆亚为之传，评是事曰，世于裴伦，不异其母，忽爱忽恶，无判决也。顾窘戮天才，殆人群恒状，滔滔皆是，宁止英伦。中国汉晋以来，凡负文名者，多受谤毁，刘彦和为之辩曰，人禀五才，修短殊用，自非上哲，难以求备，然将相以位隆特达，文士以职卑多诮，此江河所以腾涌，涓流所以寸析者。东方恶习，尽此数言。然裴伦之祸，则缘起非如前陈，实反由于名盛，社会顽愚，仇敌窥覗，乘隙立起，众则不察而妄和之；若颂高官而厄寒士者，其污且甚于此矣。顾裴伦由是遂不能居英，自曰，使世之评骘诚，吾在英为无值，若评骘谬，则英于我为无值矣。吾其行乎？然未已也，虽赴异邦，彼且蹑我。已而终去英伦，千八百十六年十月，抵意太利。自此，裴伦之作乃益雄。

裴伦在异域所为文，有《哈洛尔特游草》之续，《堂祥》(*Don Juan*)之诗，及三传奇称最伟，无不张撒但而抗天帝，言人所不能言。一曰《曼弗列特》(*Manfred*)，记曼以失爱绝欢，陷于巨苦，欲忘弗能，鬼神见形问所欲，曼云欲忘，鬼神告以忘在死，则对曰，死果能令人忘耶？复衷疑而弗信也。后有魅来降曼弗列特，而曼忽以意志制苦，毅然斥之曰，汝曹决不能诱惑灭亡我。(中略)我，自坏者也。行矣，魅众！死之手诚加我矣，然非汝手也。意盖谓己有善恶，则褒贬赏罚，亦悉在己，神天魔龙，无以相凌，况其他乎？曼弗列特意志之强如是，裴伦亦如是。论者或以拟瞿提之传奇《法斯忒》(*Faust*)云。二曰《凯因》(*Cain*)，典据已见于前分，中有魔曰卢希飞勒，导凯因登太空，为论善恶生死之故，凯因悟，遂师摩罗。比行世，大遭教徒攻击，则作《天地》(*Heaven and Earth*)以报之，英雄为耶彼第，博爱而厌世，亦以诘难教宗，鸣其非理者。夫撒但何由昉乎？以彼教言，则亦天使之大者，徒以陡起大望，生背神心，败而堕狱，是云魔鬼。由是言之，则魔亦神所手创者矣。已而潜入乐园，至善美安乐之伊甸，以一言而立毁，非具大能力，曷克至是？伊甸，神所保也，而魔毁之，神安得云全能？况自创恶物，又从而惩之，且更瓜蔓以惩人，其慈又安在？故凯因曰，神为不幸之因。神亦自不幸，手造破灭之不幸者，何幸福之可言？而吾父曰，神全能也。问之曰，神善，何复恶邪？则曰，恶者，就善之道尔。神之为善，诚如其言：先以冻馁，乃与之衣食；先以疠疫，乃施之救援；手造罪人，而曰吾赦汝矣。人则曰，神可颂哉，神可颂哉！营营而建伽兰焉。卢希飞勒不然，曰吾誓之两间，吾实有胜我之强者，而无有加于我之上位。彼胜我故，名我曰恶，若我致胜，恶且在神，善恶易位耳。此其论善恶，正异尼佉。尼佉意谓强胜弱故，弱者乃字其所为曰恶，故恶实强之代名；此则以恶为弱之冤谥。故尼佉欲自强，而并颂强者；此则亦欲自强，而力抗强者，好恶至不同，特图强则一而已。人谓神强，因亦至善。顾善者乃不喜华果，特嗜腥膻，凯因之献，纯洁无似，则以旋风振而落之。人类之始，实由主神，一拂其心，即发洪水，并无罪之禽虫卉木而殄之。人则曰，爰灭罪恶，神可颂哉！耶彼第乃曰，汝得救孺子众！汝以为脱身狂涛，获天幸欤？汝曹偷生，逞其食色，目击世界之亡，而不生其悯叹；复无勇力，敢当大波，与同胞之人，共其运命；偕厥考逃于方舟，而建都邑于世界之墓上，竟无惭耶？然人竟无惭也，方伏地赞颂，无有休止，以是之故，主神遂强。使众生去而不之理，更何威力之能有？人既授神以力，复假之以厄撒但；而此种人，又即主神往所殄灭之同类。以撒但之意观之，其为顽愚陋劣，如何可言？将晓之欤，则音声未宣，众已疾走，内容何若，不省察也。将任之欤，则非撒但之心矣，故复以权力现于世。神，一权力也；撒但，亦一权力也。惟撒但之力，即生于神，神力若亡，不为之代；上则以力抗天帝，下则以力制众生，行之背驰，莫甚于此。顾其制众生也，即以抗故。倘其众生同抗，更何制之云？裴伦亦然，自必居人前，而怒人之后于众。盖非自居人前，不能使人勿后于众故；任人居后而自为之前，又为撒但大耻故。故既揄扬威力，颂美强者矣，复曰，吾爱亚美利加，此自由之区，神之绿野，不被压制之地也。由是观之，裴伦既喜拿坡仑之毁世界，亦爱华盛顿之争自由，既心仪海贼之横行，亦孤援希腊之独立，压制反抗，兼以一人矣。虽然，自由在是，人道亦在是。

五

自尊至者，不平恒继之，忿世嫉俗，发为巨震，与对蹠之徒争衡。盖人既独尊，自无退让，自无调和，意力所如，非达不已，乃以是渐与社会生冲突，乃以是渐有所厌倦于人间。若裴伦者，即其一矣。其言曰，硗确之区，吾侪奚获耶？（中略）凡有事物，无不定以习俗至谬之衡，所谓舆论，实具大力，而舆论则以昏黑蔽全球也。此其所言，与近世诺威文人伊孛生（H. Ibsen）所见合，伊氏生于近世，愤世俗之昏迷，悲真理之匿耀，假《社会之敌》以立言，使医士斯托克曼为全书主者，死守真理，以拒庸愚，终获群敌之谥。自既见放于地主，其子复受斥于学校，而终奋斗，不为之摇。末乃曰，吾又见真理矣。地球上至强之人，至独立者也！其处世之道如是。顾裴伦不尽然，凡所描绘，皆禀种种思，具种种行，或以不平而厌世，远离人群，宁与天地为侪偶，如哈洛尔特；或厌世至极，乃希灭亡，如曼弗列特；或被人天之楚毒，至于刻骨，乃咸希破坏，以复仇雠，如康拉德与卢希飞勒；或弃斥德义，蹇视淫游，以嘲弄社会，聊快其意，如堂祥。其非然者，则尊侠尚义，扶弱者而平不平，颠仆有力之蠢愚，虽获罪于全群无惧，即裴伦最后之时是已。彼当前时，经历一如上述书中众士，特未欷歔断望，愿自逖于人间，如曼弗列特之所为而已。故怀抱不平，突突上发，则倨傲纵逸，不恤人言，破坏复仇，无所顾忌，而义侠之性，亦即伏此烈火之中，重独立而爱自繇，苟奴隶立其前，必衷悲而疾视，衷悲所以哀其不幸，疾视所以怒其不争，此诗人所为援希腊之独立，而终死于其军中者也。盖裴伦者，自繇主义之人耳，尝有言曰，若为自由故，不必战于宗邦，则当为战于他国。是时意太利适制于墺，失其自由，有秘密政党起，谋独立，乃密与其事，以扩张自由之元气者自任，虽狙击密侦之徒，环绕其侧，终不为废游步驰马之事。后秘密政党破于墺人，企望悉已，而精神终不消。裴伦之所督励，力直及于后日，起马志尼，起加富尔，于是意之独立成。故马志尼曰，意太利实大有赖于裴伦。彼，起吾国者也！盖诚言已。裴伦平时，又至有情愫于希腊，思想所趣，如磁指南。特希腊时自由悉丧，入突厥版图，受其羁縻，不敢抗拒。诗人惋惜悲愤，往往见于篇章，怀前古之光荣，哀后人之零落，或与斥责，或加激励，思使之攘突厥而复兴，更睹往日耀灿庄严之希腊，如所作《不信者》暨《堂祥》二诗中，其怨愤谯责之切，与希冀之诚，无不历然可征信也。比千八百二十三年，伦敦之希腊协会驰书托裴伦，请援希腊之独立。裴伦平日，至不满于希腊今人，尝称之曰世袭之奴，曰自由苗裔之奴，因不即应；顾以义愤故，则终诺之，遂行。而希腊人民之堕落，乃诚如其说，励之再振，为业至难，因羁滞于克茀洛尼亚岛者五月，始向密淑伦其。其时海陆军方奇困，闻裴伦至，狂喜，群集迓之，如得天使也。次年一月，独立政府任以总督，并授军事及民事之全权，而希腊是时，财政大匮，兵无宿粮，大势几去。加以式列阿忒佣兵见裴伦宽大，复多所要索，稍不满，辄欲背去；希腊堕落之民，又诱之使窘裴伦。裴伦大愤，极诋彼国民性之陋劣；前所谓世袭之奴，乃果不可猝救如是也。而裴伦志尚不灰，自立革命之中枢，当四围之艰险，将士内讧，则为之调和，以己为楷模，教之人道，更设法举债，以振其穷，又定印刷之制，且坚堡垒以备战。内争方烈，而突厥果攻密淑伦其，式列阿忒佣兵三百人，复乘乱占要害地。裴伦方病，闻之泰然，力平党派之争，使一心以面敌。特内外迫拶，神质剧劳，久之，疾乃渐革。将死，其从者持楮墨，将录其遗言。裴伦曰否，时已过矣。不之语，已而微呼人名，终乃曰，吾言已毕。从者曰，吾不解公言。裴伦曰，吁，不解乎？呜呼晚矣！状若甚苦。有间，复曰，吾既以吾物暨吾康健，悉付希腊矣。今更付之吾生。他更何有？遂死，时千八百二十四年四月十八日夕六时也。今为反念前时，则裴伦抱大望而来，将以天纵之才，致希腊复归于往时之荣誉，自意振臂一呼，人必将靡然向之。盖以异域之人，犹凭义愤为希腊致力，而彼邦人，纵堕落腐败者日久，然旧泽尚存，人心未死，岂意遂无情愫于故国乎？特至今兹，则前此所图，悉如梦迹，知自由苗裔之奴，乃果不可猝救有如此也。次日，希腊独立政府为举国民丧，市肆悉罢，炮台鸣炮三十七，如裴伦寿也。

吾今为案其为作思惟，索诗人一生之内閟，则所遇常抗，所向必动，贵力而尚强，尊己而好战，其战复不如野兽，为独立自由人道也，此已略言之前分矣。故其平生，如狂涛如厉风，举一切伪饰陋习，悉与荡涤，瞻顾前后，素所不知；精神郁勃，莫可制抑，力战而毙，亦必自救其精神；不克厥敌，战则不止。而复率真行诚，无所讳掩，谓世之毁誉褒贬是非善恶，皆缘习俗而非诚，因悉措而不理也。盖英伦尔时，虚伪满于社会，以虚文缛礼为真道德，有秉自由思想而探究者，世辄谓之恶人。裴伦善抗，性又率真，夫自不可以默矣，故托凯因而言曰，恶魔者，说真理者也。遂不恤与人群敌。世之贵道德者，又即以此交非之。遏克曼亦尝问瞿提以裴伦之文，有无教训。瞿提对曰，裴伦之刚毅雄大，教训即函其中；苟能知之，斯获教训。若夫纯洁之云，道德之云，吾人何问焉。盖知伟人者，亦惟伟人焉而已。裴伦亦尝评朋思（R. Burns）曰，斯人也，心情反张，柔而刚，疏而密，精神而质，高尚而卑，有神圣者焉，有不净者焉，互和合也。裴伦亦然，自尊而怜人之为奴，制人而援人之独立，无惧于狂涛而大儆于乘马，好战崇力，遇敌无所宽假，而于累囚之苦，有同情焉。意者摩罗为性，有如此乎？且此亦不独摩罗为然，凡为伟人，大率如是。即一切人，若去其面具，诚心以思，有纯禀世所谓善性而无恶分者，果几何人？遍观众生，必几无有，则裴伦虽负摩罗之号，亦人而已，夫何诧焉。顾其不容于英伦，终放浪颠沛而死异域者，特面具为之害耳。此即裴伦所反抗破坏，而迄今犹杀真人而未有止者也。嗟夫，虚伪之毒，有如是哉！裴伦平时，其制诗极诚，尝曰，英人评骘，不介我心。若以我诗为愉快，任之而已。吾何能阿其所好为？吾之握管，不为妇孺庸俗，乃以吾全心全情感全意志，与多量之精神而成诗，非欲聆彼辈柔声而作者也。夫如是，故凡一字一辞，无不即其人呼吸精神之形现，中于人心，神弦立应，其力之曼衍于欧土，例不能别求之英诗人中；仅司各德所为说部，差足与相伦比而已。若问其力奈何？则意太利希腊二国，已如上述，可毋赘言。此他西班牙德意志诸邦，亦悉蒙其影响。次复入斯拉夫族而新其精神，流泽之长，莫可阐述。至其本国，则犹有修黎(Percy Bysshe Shelley)一人。契支(John Keats)虽亦蒙摩罗诗人之名，而与裴伦别派，故不述于此。

六

修黎生三十年而死，其三十年悉奇迹也，而亦即无韵之诗。时既艰危，性复狷介，世不彼爱，而彼亦不爱世，人不容彼，而彼亦不容人，客意太利之南方，终以壮龄而夭死，谓一生即悲剧之实现，盖非夸也。修黎者，以千七百九十二年生于英之名门，姿状端丽，夙好静思；比入中学，大为学友暨校师所不喜，虐遇不可堪。诗人之心，乃早萌反抗之朕兆；后作说部，以所得值飨其友八人，负狂人之名而去。次入恶斯佛大学，修爱智之学，屡驰书乞教于名人。而尔时宗教，权悉归于冥顽之牧师，因以妨自由之崇信。修黎蹶起，著《无神论之要》一篇，略谓惟慈爱平等三，乃使世界为乐园之要素，若夫宗教，于此无功，无有可也。书成行世，校长见之大震，终逐之；其父亦惊绝，使谢罪返校，而修黎不从，因不能归。天地虽大，故乡已失，于是至伦敦，时年十八，顾已孤立两间，欢爱悉绝，不得不与社会战矣。已而知戈德文（W. Godwin），读其著述，博爱之精神益张。次年入爱尔兰，檄其人士，于政治宗教，皆欲有所更革，顾终不成。逮千八百十五年，其诗《阿剌斯多》（*Alastor*）始出世，记怀抱神思之人，索求美者，遍历不见，终死旷原，如自叙也。次年乃识裴伦于瑞士；裴伦深称其人，谓奋迅如狮子，又善其诗，而世犹无顾之者。又次年成《伊式阑转轮篇》（*The Revolt of Islam*）。凡修黎怀抱，多抒于此。篇中英雄曰罗昂，以热诚雄辩，警其国民，鼓吹自由，掊击压制，顾正义终败，而压制于以凯还，罗昂遂为正义死。是诗所函，有无量希望信仰，暨无穷之爱，穷追不舍，终以殒亡。盖罗昂者，实诗人之先觉，亦即修黎之化身也。

至其杰作，尤在剧诗；尤伟者二，一曰《解放之普洛美迢斯》（*Prometheus Unbound*），一曰《煔希》（*The Cenci*）。前者事本希腊神话，意近裴伦之《凯因》。假普洛美迢为人类之精神，以爱与正义自由故，不恤艰苦，力抗压制主者僦毕多，窃火贻人，受縶于山顶，猛鹫日啄其肉，而终不降。僦毕多为之辟易；普洛美迢乃眷女子珂希亚，获其爱而毕。珂希亚者，理想也。《煔希》之篇，事出意太利，记女子煔希之父，酷虐无道，毒虐无所弗至，煔希终杀之，与其后母兄弟，同戮于市。论者或谓之不伦。顾失常之事，不能绝于人间，即中国《春秋》，修自圣人之手者，类此之事，且数数见，又多直书无所讳，吾人独于修黎所作，乃和众口而难之耶？上述二篇，诗人悉出以全力，尝自言曰，吾诗为众而作，读者将多。又曰，此可登诸剧场者。顾诗成而后，实乃反是，社会以谓不足读，伶人以谓不可为；修黎抗伪俗弊习以成诗，而诗亦即受伪俗弊习之夭阏，此十九稘上叶精神界之战士，所为多抱正义而骈殒者也。虽然，往时去矣，任其自去，若夫修黎之真值，则至今日而大昭。革新之潮，此其巨派，戈德文书出，初启其端，得诗人之声，乃益深入世人之灵府。凡正义自由真理以至博爱希望诸说，无不化而成醇，或为罗昂，或为普洛美迢，或为伊式阑之壮士，现于人前，与旧习对立，更张破坏，无稍假借也。旧习既破，何物斯存，则惟改革之新精神而已。十九世纪机运之新，实赖有此。朋思唱于前，裴伦修黎起其后，掊击排斥，人渐为之仓皇；而仓皇之中，即亟人生之改进。故世之嫉视破坏，加之恶名者，特见一偏而未得其全体者尔。若为案其真状，则光明希望，实伏于中。恶物悉颠，于群何毒？破坏之云，特可发自冥顽牧师之口，而不可出诸全群者也。若其闻之，则破坏为业，斯愈益贵矣！况修黎者，神思之人，求索而无止期，猛进而不退转，浅人之所观察，殊莫可得其渊深。若能真识其人，将见品性之卓，出于云间，热诚勃然，无可沮遏，自趁其神思而奔神思之乡；此其为乡，则爱有美之本体。奥古斯丁曰，吾未有爱而吾欲爱，因抱希冀以求足爱者也。惟修黎亦然，故终出人间而神行，冀自达其所崇信之境；复以妙音，喻一切未觉，使知人类曼衍之大故，暨人生价值之所存，扬同情之精神，而张其上征渴仰之思想，使怀大希以奋进，与时劫同其无穷。世则谓之恶魔，而修黎遂以孤立；群复加以排挤，使不可久留于人间，于是压制凯还，修黎以死，盖宛然阿剌斯多之殒于大漠也。

虽然，其独慰诗人之心者，则尚有天然在焉。人生不可知，社会不可恃，则对天物之不伪，遂寄之无限之温情。一切人心，孰不如是。特缘受染有异，所感斯殊，故目睛夺于实利，则欲驱天然为之得金资；智力集于科学，则思制天然而见其法则；若至下者，乃自春徂冬，于两间崇高伟大美妙之见象，绝无所感应于心，自堕神智于深渊，寿虽百年，而迄不知光明为何物，又奚解所谓卧天然之怀，作婴儿之笑矣。修黎幼时，素亲天物，尝曰，吾幼即爱山河林壑之幽寂，游戏于断崖绝壁之为危险，吾伴侣也。考其生平，诚如自述。方在稚齿，已盘桓于密林幽谷之中，晨瞻晓日，夕观繁星，俯则瞰大都中人事之盛衰，或思前此压制抗拒之陈迹；而芜城古邑，或破屋中贫人啼饥号寒之状，亦时复历历入其目中。其神思之澡雪，既至异于常人，则旷观天然，自感神阏，凡万汇之当其前，皆若有情而至可念也。故心弦之动，自与天籁合调，发为抒情之什，品悉至神，莫可方物，非狭斯丕尔暨斯宾塞所作，不有足与相伦比者。比千八百十九年春，修黎定居罗马，次年迁毕撒；裴伦亦至，此他之友多集，为其一生中至乐之时。迨二十二年七月八日，偕其友乘舟泛海，而暴风猝起，益以奔电疾雷，少顷波平，孤舟遂杳。裴伦闻信大震，遣使四出侦之，终得诗人之骸于水裔，乃葬罗马焉。修黎生时，久欲与生死问题以诠解，自曰，未来之事，吾意已满于柏拉图暨培庚之所言，吾心至定，无畏而多望，人居今日之躯壳，能力悉蔽于阴云，惟死亡来解脱其身，则秘密始能阐发。又曰，吾无所知，亦不能证，灵府至奥之思想，不能出以言辞，而此种事，纵吾身亦莫能解尔。嗟乎，死生之事大矣，而理至闷，置而不解，诗人未能，而解之之术，又独有死而已。故修黎曾泛舟坠海，乃大悦呼曰，今使吾释其秘密矣！然不死。一日浴于海，则伏而不起，友引之出，施救始苏，曰，吾恒欲探井中，人谓诚理伏焉，当我见诚，而君见我死也。然及今日，则修黎真死矣，而人生之闷，亦以真释，特知之者，亦独修黎已耳。

七

若夫斯拉夫民族，思想殊异于西欧，而裴伦之诗，亦疾进无所沮核。俄罗斯当十九世纪初叶，文事始新，渐乃独立，日益昭明，今则已有齐驱先觉诸邦之概，令西欧人士，无不惊其美伟矣。顾夷考权舆，实本三士：曰普式庚，曰来尔孟多夫，曰鄂戈理。前二者以诗名世，均受影响于裴伦；惟鄂戈理以描绘社会人生之黑暗著名，与二人异趣，不属于此焉。

普式庚（A. Pushkin）以千七百九十九年生于墨斯科，幼即为诗，初建罗曼宗于其文界，名以大扬。顾其时俄多内讧，时势方亟，而普式庚诗多讽喻，人即借而挤之，将流鲜卑，有数耆宿力为之辩，始获免，谪居南方。其时始读裴伦诗，深感其大，思理文形，悉受转化，小诗亦尝摹裴伦；尤著者有《高加索累囚行》，至与《哈洛尔特游草》相类。中记俄之绝望青年，囚于异域，有少女为释缚纵之行，青年之情意复苏，而厥后终于孤去。其《及泼希》（*Gypsy*）一诗亦然，及泼希者，流浪欧洲之民，以游牧为生者也。有失望于世之人曰阿勒戈，慕是中绝色，因入其族，与为婚因，顾多嫉，渐察女有他爱，终杀之。女之父不施报，特令去不与居焉。二者为诗，虽有裴伦之色，然又至殊，凡厥中勇士，等是见放于人群，顾复不离亚历山大时俄国社会之一质分，易于失望，速于奋兴，有厌世之风，而其志至不固。普式庚于此，已不与以同情，诸凡切于报复而观念无所胜人之失，悉指摘不为讳饰。故社会之伪善，既灼然现于人前，而及泼希之朴野纯全，亦相形为之益显。论者谓普式庚所爱，渐去裴伦式勇士而向祖国纯朴之民，盖实自斯时始也。尔后巨制，曰《阿内庚》（*Eugiene Onieguine*），诗材至简，而文特富丽，尔时俄之社会，情状略具于斯。惟以推敲八年，所蒙之影响至不一，故性格迁流，首尾多异。厥初二章，尚受裴伦之感化，则其英雄阿内庚为性，力抗社会，断望人间，有裴伦式英雄之概，特已不凭神思，渐近真然，与尔时其国青年之性质肖矣。厥后外缘转变，诗人之性格亦移，于是渐离裴伦，所作日趣于独立；而文章益妙，著述亦多。至与裴伦分道之因，则为说亦不一：或谓裴伦绝望奋战，意向峻绝，实与普式庚性格不相容，曩之信崇，盖出一时之激越，迨风涛大定，自即弃置而返其初；或谓国民性之不同，当为是事之枢纽，西欧思想，绝异于俄，其去裴伦，实由天性，天性不合，则裴伦之长存自难矣。凡此二说，无不近理：特就普式庚个人论之，则其对于裴伦，仅摹外状，迨放浪之生涯毕，乃骤返其本然，不能如来尔孟多夫，终执消极观念而不舍也。故旋墨斯科后，立言益务平和，凡足与社会生冲突者，咸力避而不道，且多赞诵，美其国之武功。千八百三十一年波阑抗俄，西欧诸国右波阑，于俄多所憎恶。普式庚乃作《俄国之谗谤者》暨《波罗及诺之一周年》二篇，以自明爱国。丹麦评骘家勃阑兑思（G. Brandes）于是有微辞，谓惟武力之恃而狼藉人之自由，虽云爱国，顾为兽爱。特此亦不仅普式庚为然，即今之君子，日日言爱国者，于国有诚为人爱而不坠于兽爱者，亦仅见也。及晚年，与和阑公使子覃提斯迕，终于决斗被击中腹，越二日而逝，时为千八百三十七年。俄自有普式庚，文界始独立，故文史家芘宾谓真之俄国文章，实与斯人偕起也。而裴伦之摩罗思想，则又经普式庚而传来尔孟多夫。

来尔孟多夫（M. Lermontov）生于千八百十四年，与普式庚略并世。其先来尔孟斯（T. Learmont）氏，英之苏格兰人；故每有不平，辄云将去此冰雪警吏之地，归其故乡。顾性格全如俄人，妙思善感，惆怅无间，少即能缀德语成诗；后入大学被黜，乃居陆军学校二年，出为士官，如常武士，惟自谓仅于香宾酒中，加少许诗趣而已。及为禁军骑兵小校，始仿裴伦诗纪东方事，且至慕裴伦为人。其自记有曰，今吾读《世胄裴伦传》，知其生涯有同我者；而此偶然之同，乃大惊我。又曰，裴伦更有同我者一事，即尝在苏格兰，有媪谓裴伦母曰，此儿必成伟人，且当再娶。而在高加索，亦有媪告吾大母，言与此同。纵不幸如裴伦，吾亦愿如其说。顾来尔孟多夫为人，又近修黎。修黎所作《解放之普洛美迢》，感之甚力，于人生善恶竞争诸问，至为不宁，而诗则不之仿。初虽摹裴伦及普式庚，后亦自立。且思想复类德之哲人勖宾赫尔，知习俗之道德大原，悉当改革，因寄其意于二诗，一曰《神摩》(*Demon*)，一曰《谟哜黎》(*Mtsyri*)。前者托旨于巨灵，以天堂之逐客，又为人间道德之憎者，超越凡情，因生疾恶，与天地斗争，苟见众生动于凡情，则辄旋以贱视。后者一少年求自由之呼号也。有孺子焉，生长山寺，长老意已断其情感希望，而孺子魂梦，不离故园，一夜暴风雨，乃乘长老方祷，潜遁出寺，彷徨林中者三日，自由无限，毕生莫伦。后言曰，尔时吾自觉如野兽，力与风雨电光猛虎战也。顾少年迷林中不能返，数日始得之，惟已以斗豹得伤，竟以是殒。尝语侍疾老僧曰，丘墓吾所弗惧，人言毕生忧患，将入睡眠，与之永寂，第忧与吾生别耳。……吾犹少年。……宁汝尚忆少年之梦，抑已忘前此世间憎爱耶？倘然，则此世于汝，失其美矣。汝弱且老，灭诸希望矣。少年又为述林中所见，与所觉自由之感，并及斗豹之事曰，汝欲知吾获自由时，何所为乎？吾生矣。老人，吾生矣。使尽吾生无此三日者，且将惨淡冥暗，逾汝暮年耳。及普式庚斗死，来尔孟多夫又赋诗以寄其悲，末解有曰，汝侪朝人，天才自由之屠伯，今有法律以自庇，士师盖无如汝何，第犹有尊严之帝在天，汝不能以金资为赂。……以汝黑血，不能涤吾诗人之血痕也。诗出，举国传诵，而来尔孟多夫亦由是得罪，定流鲜卑；后遇援，乃戍高加索，见其地之物色，诗益雄美。惟当少时，不满于世者义至博大，故作

《神摩》，其物犹撒但，恶人生诸凡陋劣之行，力与之敌。如勇猛者，所遇无不庸懦，则生激怒；以天生崇美之感，而众生扰扰，不能相知，爰起厌倦，憎恨人世也。顾后乃渐即于实，凡所不满，已不在天地人间，退而止于一代；后且更变，而猝死于决斗。决斗之因，即肇于来尔孟多夫所为书曰《并世英雄记》。人初疑书中主人，即著者自序，迨再印，乃辨言曰，英雄不为一人，实吾曹并时众恶之象。盖其书所述，实即当时人士之状尔。于是有友摩尔迭诺夫者，谓来尔孟多夫取其状以入书，因与索斗。来尔孟多夫不欲杀其友，仅举枪射空中；顾摩尔迭诺夫则拟而射之，遂死，年止二十七。

前此二人之于裴伦，同汲其流，而复殊别。普式庚在厌世主义之外形，来尔孟多夫则直在消极之观念。故普式庚终服帝力，入于平和，而来尔孟多夫则奋战力拒，不稍退转。波覃勖迭氏评之曰，来尔孟多夫不能胜来追之运命，而当降伏之际，亦至猛而骄。凡所为诗，无不有强烈弗和与踔厉不平之响者，良以是耳。来尔孟多夫亦甚爱国，顾绝异普式庚，不以武力若何，形其伟大。凡所眷爱，乃在乡村大野，及村人之生活；且推其爱而及高加索土人。此土人者，以自由故，力敌俄国者也；来尔孟多夫虽自从军，两与其役，然终爱之，所作《伊思迈尔培》（*Ismail Bey*）一篇，即纪其事。来尔孟多夫之于拿坡仑，亦稍与裴伦异趣。裴伦初尝责拿坡仑对于革命思想之谬，及既败，乃有愤于野犬之食死狮而崇之。来尔孟多夫则专责法人，谓自陷其雄士。至其自信，亦如裴伦，谓吾之良友，仅有一人，即是自己。又负雄心，期所过必留影迹。然裴伦所谓非憎人间，特去之而已，或云吾非爱人少，惟爱自然多耳等意，则不能闻之来尔孟多夫。彼之平生，常以憎人者自命，凡天物之美，足以乐英诗人者，在俄国英雄之目，则长此黯淡，浓云疾雷而不见霁日也。盖二国人之异，亦差可于是见之矣。

八

丹麦人勃阑兑思，于波阑之罗曼派，举密克威支（A. Mickiewicz）、斯洛伐支奇（J. Slowacki）、克拉旬斯奇（S. Krasinski）三诗人。密克威支者，俄文家普式庚同时人，以千七百九十八年生于札希亚小村之故家。村在列图尼亚，与波阑邻比。十八岁出就维尔那大学，治言语之学，初尝爱邻女马理维来苏萨加，而马理他去，密克威支为之不欢。后渐读裴伦诗，又作诗曰《死人之祭》(*Dziady*)。中数份叙列图尼亚旧俗，每十一月二日必置酒果于垅上，用享死者，聚村人牧者术士一人，暨众冥鬼，中有失爱自杀之人，已经冥判，每届是日，必更历苦如前此；而诗止断片未成。尔后居加夫诺(Kowno)为教师；二三年返维尔那。递千八百二十二年，捕于俄吏，居囚室十阅月，窗牖皆木制，莫辨昼夜；乃送圣彼得堡，又徙阿兑塞，而其地无需教师，遂之克利米亚，揽其地风物以助咏吟，后成《克利米亚诗集》一卷。已而返墨斯科，从事总督府中，著诗二种，一曰《格罗苏那》(*Grazyna*)，记有王子烈泰威尔，与其外父域多勒特迕，将乞外兵为援，其妇格罗苏那知之，不能令勿叛，惟命守者，勿容日耳曼使人入诺华格罗迭克。援军遂怒，不攻域多勒特而引军薄烈泰威尔，格罗苏那自擐甲，伪为王子与战，已而王子归，虽幸胜，而格罗苏那中流丸，旋死。及葬，縶发炮者同置之火，烈泰威尔亦殉焉。此篇之意，盖在假有妇人，第以祖国之故，则虽背夫子之命，斥去援兵，欺其军士，濒国于险，且召战争，皆不为过，苟以是至高之目的，则一切事，无不可为者也。一曰《华连洛德》（*Wallenrod*），其诗取材古代，有英雄以败亡之余，谋复国仇，因伪降敌陈，渐为其长，得一举而复之。此盖以意太利文人摩契阿威黎（Machiavelli）之意，附诸裴伦之英雄，故初视之亦第罗曼派言情之作。检文者不喻其意，听其付梓，密克威支名遂大起。未几得间，因至德国，见其文人瞿提。此他犹有《佗兑支氏》（*Pan Tadeusz*）一诗，写苏孛烈加暨诃什支珂二族之事，描绘物色，为世所称。其中虽以佗兑支为主人，而其父约舍克易名出家，实其主的。初记二人熊猎，有名华伊斯奇者吹角，起自微声，以至洪响，自榆度榆，自檞至檞，渐乃如千万角声，合于一角；正如密克威支所为诗，有今昔国人之声，寄于是焉。诸凡诗中之声，清澈弘厉，万感悉至，直至波阑一角之天，悉满歌声，虽至今日，而影响于波阑人之心者，力犹无限。令人忆诗中所云，听者当华伊斯奇吹角久已，而尚疑其方吹未已也。密克威支者，盖即生于彼歌声反响之中，至于无尽者夫。

密克威支至崇拿坡仑，谓其实造裴伦，而裴伦之生活暨其光耀，则觉普式庚于俄国，故拿坡仑亦间接起普式庚。拿坡仑使命，盖在解放国民，因及世界，而其一生，则为最高之诗。至于裴伦，亦极崇仰，谓裴伦所作，实出于拿坡仑，英国同代之人，虽被其天才影响，而卒莫能并大。盖自诗人死后，而英国文章，状态又归前纪矣。若在俄国，则善普式庚，二人同为斯拉夫文章首领，亦裴伦分文，逮年渐进，亦均渐趣于国粹；所异者，普式庚少时欲畔帝力，一举不成，遂以铩羽，且感帝意，愿为之臣，失其英年时之主义，而密克威支则长此保持，洎死始已也。当二人相见时，普式庚有《铜马》一诗，密克威支则有《大彼得像》一诗为其记念。盖千八百二十九年顷，二人尝避雨像次，密克威支因赋诗纪所语，假普式庚为言，末解曰，马足已虚，而帝不勒之返。彼曳其枚，行且坠碎。历时百年，今犹未堕，是犹山泉喷水，著寒而冰，临悬崖之侧耳。顾自由日出，熏风西集，寒沍之地，因以昭苏，则喷泉将何如，暴政将何如也？虽然，此实密克威支之言，特托之普式庚者耳。波阑破后，二人遂不相见，普式庚有诗怀之；普式庚伤死，密克威支亦念之至切。顾二人虽甚稔，又同本裴伦，而亦有特异者，如普式庚于晚出诸作，恒自谓少年眷爱自繇之梦，已背之而去，又谓前路已不见仪的之存，而密克威支则仪的如是，决无疑贰也。

斯洛伐支奇以千八百九年生克尔舍密涅克（Krzemieniec），少孤，育于后父；尝入维尔那大学，性情思想如裴伦。二十一岁入华骚户部为书记；越二年，忽以事去国，不能复返。初至伦敦；已而至巴黎，成诗一卷，仿裴伦诗体。时密克威支亦来相见，未几而迕。所作诗歌，多惨苦之音。千八百三十五年去巴黎，作东方之游，经希腊埃及叙利亚；三十七年返意太利，道出曷尔爱列须阻疫，滞留久之，作《大漠中之疫》一诗。记有亚剌伯人，为言目击四子三女，洎其妇相继死于疫，哀情涌于毫素，读之令人忆希腊尼阿孛（Niobe）事，亡国之痛，隐然在焉。且又不止此苦难之诗而已，凶惨之作，恒与俱起，而斯洛伐支奇为尤。凡诗词中，靡不可见身受楚毒之印象或其见闻，最著者或根史实，如《克垒勒度克》（*Król Duch*）中所述俄帝伊凡四世，以剑钉使者之足于地一节，盖本诸古典者也。

波阑诗人多写狱中、戍中刑罚之事，如密克威支作《死人之祭》第三卷中，几尽绘己身所历，倘读其《契珂夫斯奇》（*Cichowski*）一章，或《娑波卢夫斯奇》（*Sobolewski*）之什，记见少年二十橇，送赴鲜卑事，不为之生愤激者盖鲜也。而读上述二人吟咏，又往往闻报复之声。如《死人祭》第三篇，有囚人所歌者：其一央珂夫斯奇曰，欲我为信徒，必见耶稣马理，先惩污吾国土之俄帝而后可。俄帝若在，无能令我呼耶稣之名。其二加罗珂夫斯奇曰，设吾当受谪放，劳役缧绁，得为俄帝作工，夫何靳耶？吾在刑中，所当力作，自语曰，愿此苍铁，有日为帝成一斧也。吾若出狱，当迎鞑靼女子，语之曰，为帝生一巴棱（杀保罗一世者）。吾若迁居植民地，当为其长，尽吾陇亩，为帝植麻，以之成一苍色巨索，织以银丝，俾阿尔洛夫（杀彼得三世者）得之，可缳俄帝颈也。末为康拉德歌曰，吾神已寂，歌在坟墓中矣。惟吾灵神，已嗅血腥，一嗷而起，有如血蝠（Vampire），欲人血也。渴血渴血，复仇复仇！仇吾屠伯！天意如是，固报矣；即不如是，亦报尔！报复诗华，盖萃于是，使神不之直，则彼且自报之耳。

如上所言报复之事，盖皆隐藏，出于不意，其旨在凡窘于天人之民，得用诸术，拯其父国，为圣法也。故格罗苏那虽背其夫而拒敌，义为非谬；华连洛德亦然。苟拒异族之军，虽用诈伪，不云非法，华连洛德伪附于敌，乃歼日耳曼军，故土自由，而自亦忏悔而死。其意盖以为一人苟有所图，得当以报，则虽降敌，不为罪愆。如《阿勒普耶罗斯》（*Alpujarras*）一诗，益可以见其意。中叙摩亚之王阿勒曼若，以城方大疫，且不得不以格拉那陀地降西班牙，因夜出。西班牙人方聚饮，忽白有人乞见，来者一阿剌伯人，进而呼曰，西班牙人，吾愿奉汝明神，信汝先哲，为汝奴仆！众识之，盖阿勒曼若也。西人长者抱之为吻礼，诸首领皆礼之。而阿勒曼若忽仆地，攫其巾大悦呼曰，吾中疫矣！盖以彼忍辱一行，而疫亦入西班牙之军矣。斯洛伐支奇为诗，亦时责奸人自行诈于国，而以诈术陷敌，则甚美之，如《阑勃罗》（*Lambro*）《珂尔强》（*Kordjan*）皆是。《阑勃罗》为希腊人事，其人背教为盗，俾得自由以仇突厥，性至凶酷，为世所无，惟裴伦东方诗中能见之耳。珂尔强者，波阑人谋刺俄帝尼可拉一世者也。凡是二诗，其主旨所在，皆特报复而已矣。

上二士者，以绝望故，遂于凡可祸敌，靡不许可，如格罗苏那之行诈，如华连洛德之伪降，如阿勒曼若之种疫，如珂尔强之谋刺，皆是也。而克拉旬斯奇之见，则与此反。此主力报，彼主爱化。顾其为诗，莫不追怀绝泽，念祖国之忧患。波阑人动于其诗，因有千八百三十年之举；馀忆所及，而六十三年大变，亦因之起矣。即在今兹，精神未忘，难亦未已也。

九

若匈加利当沉默蜷伏之顷，则兴者有裴彖飞（A. Petöfi），沽肉者子也，以千八百二十三年生于吉思珂罗（Kiskörös）。其区为匈之低地，有广漠之普斯多（Puszta，此翻平原），道周之小旅以及村舍，种种物色，感之至深。盖普斯多之在匈，犹俄之有斯第孛（Steppe，此亦翻平原），善能起诗人焉。父虽贾人，而殊有学，能解腊丁文。裴彖飞十岁出学于科勒多，既而至阿琐特，治文法三年。然生有殊禀，挚爱自繇，愿为俳优；天性又长于吟咏。比至舍勒美支，入高等学校三月，其父闻裴彖飞与优人伍，令止读，遂徒步至菩特沛思德，入国民剧场为杂役。后为亲故所得，留养之，乃始为诗咏邻女，时方十六龄。顾亲属谓其无成，仅能为剧，遂任之去。裴彖飞忽投军为兵，虽性恶压制而爱自由，顾亦居军中者十八月，以病疟罢。又入巴波大学，时亦为优，生计极艰，译英法小说自度。千八百四十四年访伟罗思摩谛（M. Vörösmarty），伟为梓其诗，自是遂专力于文，不复为优。此其半生之转点，名亦陡起，众目为匈加利之大诗人矣。次年春，其所爱之女死，因旅行北方自遣，及秋始归。洎四十七年，乃访诗人阿阑尼（J. Arany）于萨伦多，而阿阑尼杰作《约尔提》（*Joldi*）适竣，读之叹赏，订交焉。四十八年以始，裴彖飞诗渐倾于政事，盖知革命将兴，不期而感，犹野禽之识地震也。是年三月，墺大利人革命报至沛思德，裴彖飞感之，作《兴矣摩迦人》(Tolpra Magyar)一诗，次日诵以徇众，至解末叠句云，誓将不复为奴！则众皆和，持至检文之局，逐其吏而自印之，立俟其毕，各持之行。文之脱检，实自此始。裴彖飞亦尝自言曰，吾琴一音，吾笔一下，不为利役也。居吾心者，爰有天神，使吾歌且吟。天神非他，即自由耳。顾所为文章，时多过情，或与众忤；尝作《致诸帝》一诗，人多责之。裴彖飞自记曰，去三月十五数日而后，吾忽为众恶之人矣，褫夺花冠，独研深谷之中，顾吾终幸不屈也。比国事渐急，诗人知战争死亡且近，极思赴之。自曰，天不生我于孤寂，将召赴战场矣。吾今得闻角声召战，吾魂几欲骤前，不及待令矣。遂投国民军(Honvéd)中，四十九年转隶贝谟将军麾下。贝谟者，波阑武人，千八百三十年之役，力战俄人者也。时轲苏士招之来，使当脱阑希勒伐尼亚一面，甚爱裴彖飞，如家人父子然。裴彖飞三去其地，而不久即返，似或引之。是年七月三十一日舍倶思跋之战，遂殁于军。平日所谓为爱而歌，为国而死者，盖至今日而践矣。裴彖飞幼时，尝治裴伦暨修黎之诗，所作率纵言自由，诞放激烈，性情亦仿佛如二人。曾自言曰，吾心如反响之森林，受一呼声，应以百响者也。又善体物色，著之诗歌，妙绝人世，自称为无边自然之野花。所著长诗，有《英雄约诺斯》(*János Vitéz*)一篇，取材于古传，述其人悲欢畸迹。又小说一卷曰《缢吏之缳》(*A Hóhér Kötele*)，记以眷爱起争，肇生孽障，提尔尼阿遂终陷安陀罗奇之子于法。安陀罗奇失爱绝欢，庐其子垅上，一日得提尔尼阿，将杀之。而从者止之曰，敢问死与生之忧患孰大？曰，生哉！乃纵之使去；终诱其孙令自经，而其为绳，即昔日缳安陀罗奇子之颈者也。观其首引耶和华言，意盖云厥祖罪愆，亦可报诸其苗裔，受施必复，且不嫌加甚焉。至于诗人一生，亦至殊异，浪游变易，殆无宁时。虽少逸豫者一时，而其静亦非真静，殆犹大海漩洑中心之静点而已。设有孤舟，卷于旋风，当有一瞬间忽尔都寂，如风云已息，水波不兴，水色青如微笑，顾漩洑偏急，舟复入卷，乃至破没矣。彼诗人之暂静，盖亦犹是焉耳。

上述诸人，其为品性言行思惟，虽以种族有殊，外缘多别，因现种种状，而实统于一宗：无不刚健不挠，抱诚守真；不取媚于群，以随顺旧俗；发为雄声，以起其国人之新生，而大其国于天下。求之华土，孰比之哉？夫中国之立于亚洲也，文明先进，四邻莫之与伦，蹇视高步，因益为特别之发达；及今日虽彫苓，而犹与西欧对立，此其幸也。顾使往昔以来，不事闭关，能与世界大势相接，思想为作，日趣于新，则今日方卓立宇内，无所愧逊于他邦，荣光俨然，可无苍黄变革之事，又从可知尔。故一为相度其位置，稽考其邂逅，则震旦为国，得失滋不云微。得者以文化不受影响于异邦，自具特异之光采，近虽中衰，亦世希有。失者则以孤立自是，不遇校雠，终至堕落而之实利；为时既久，精神沦亡，逮蒙新力一击，即砉然冰泮，莫有起而与之抗。加以旧染既深，辄以习惯之目光，观察一切，凡所然否，谬解为多，此所为呼维新既二十年，而新声迄不起于中国也。夫如是，则精神界之战士贵矣。英当十八世纪时，社会习于伪，宗教安于陋，其为文章，亦摹故旧而事涂饰，不能闻真之心声。于是哲人洛克首出，力排政治宗教之积弊，唱思想言议之自由，转轮之兴，此其播种。而在文界，则有农人朋思生苏格阑，举全力以抗社会，宣众生平等之音，不惧权威，不跽金帛，洒其热血，注诸韵言；然精神界之伟人，非遂即人群之骄子，轗轲流落，终以夭亡。而裴伦修黎继起，转战反抗，具如前陈。其力如巨涛，直薄旧社会之柱石。余波流衍，入俄则起国民诗人普式庚，至波阑则作报复诗人密克威支，入匈加利则觉爱国诗人裴象飞；其他宗徒，不胜具道。顾裴伦修黎，虽蒙摩罗之谥，亦第人焉而已。凡其同人，实亦不必曰摩罗宗，苟在人间，必有如是。此盖聆热诚之声而顿觉者也，此盖同怀热诚而互契者也。故其平生，亦甚神肖，大都执兵流血，如角剑之士，转辗于众之目前，使抱战栗与愉快而观其鏖扑。故无流血于众之目前者，其群祸矣；虽有而众不之视，或且进而杀之，斯其为群，乃愈益祸而不可救也！

今索诸中国，为精神界之战士者安在？有作至诚之声，致吾人于善美刚健者乎？有作温煦之声，援吾人出于荒寒者乎？家国荒矣，而赋最末哀歌，以诉天下贻后人之耶利米，且未之有也。非彼不生，即生而贼于众，居其一或兼其二，则中国遂以萧条。劳劳独躯壳之事是图，而精神日就于荒落；新潮来袭，遂以不支。众皆曰维新，此即自白其历来罪恶之声也，犹云改悔焉尔。顾既维新矣，而希望亦与偕始，吾人所待，则有介绍新文化之士人。特十余年来，介绍无已，而究其所携将以来归者；乃又舍治饼饵守图圄之术而外，无他有也。则中国尔后，且永续其萧条，而第二维新之声，亦将再举，盖可准前事而无疑者矣。俄文人凯罗连珂

（V. Korolenko）作《末光》一书，有记老人教童子读书于鲜卑者，曰，书中述樱花黄鸟，而鲜卑沍寒，不有此也。翁则解之曰，此鸟即止于樱木，引吭为好音者耳。少年乃沉思。然夫，少年处萧条之中，即不诚闻其好音，亦当得先觉之诠解；而先觉之声，乃又不来破中国之萧条也。然则吾人，其亦沉思而已夫，其亦惟沉思而已夫！

一九〇七年作

我之节烈观

“世道浇漓，人心日下，国将不国”这一类话，本是中国历来的叹声。不过时代不同，则所谓“日下”的事情，也有迁变：从前指的是甲事，现在叹的或是乙事。除了“进呈御览”的东西不敢妄说外，其余的文章议论里，一向就带这口吻。因为如此叹息，不但针砭世人，还可以从“日下”之中，除去自己。所以君子固然相对慨叹，连杀人放火嫖妓骗钱以及一切鬼混的人，也都乘作恶余暇，摇着头说道，“他们人心日下了”。

世风人心这件事，不但鼓吹坏事，可以“日下”；即使未曾鼓吹，只是旁观，只是赏玩，只是叹息，也可以叫他“日下”。所以近一年来，居然也有几个不肯徒托空言的人，叹息一番之后，还要想法子来挽救。第一个是康有为，指手画脚的说“虚君共和”才好，陈独秀便斥他不兴；其次是一班灵学派的人，不知何以起了极古奥的思想，要请“孟圣矣乎”的鬼来画策；陈百年钱玄同刘半农又道他胡说。

这几篇驳论，都是《新青年》里最可寒心的文章。时候已是二十世纪了；人类眼前，早已闪出曙光。假如《新青年》里，有一篇和别人辩地球方圆的文字，读者见了，怕一定要发怔。然而现今所辩，正和说地体不方相差无几。将时代和事实，对照起来，怎能不教人寒心而且害怕？

近来虚君共和是不提了，灵学似乎还在那里捣鬼，此时却又有一群人，不能满足；仍然摇头说道，“人心日下”了。于是又想出一种挽救的方法；他们叫作“表彰节烈”！

这类妙法，自从君政复古时代以来，上上下下，已经提倡多年；此刻不过是竖起旗帜的时候。文章议论里，也照例时常出现，都嚷道“表彰节烈”！要不说这件事，也不能将自己提拔，出于“人心日下”之中。

节烈这两个字，从前也算是男子的美德，所以有过“节士”“烈士”的名称。然而现在的“表彰节烈”，却是专指女子，并无男子在内。据时下道德家的意见，来定界说，大约节是丈夫死了，决不再嫁，也不私奔，丈夫死得愈早，家里愈穷，他便节得愈好。烈可是有两种：一种是无论已嫁未嫁，只要丈夫死了，他也跟着自尽；一种是有强暴来污辱他的时候，设法自戕，或者抗拒被杀，都无不可。这也是死得愈惨愈苦，他便烈得愈好，倘若不及抵御，竟受了污辱，然后自戕，便免不了议论。万一幸而遇着宽厚的道德家，有时也可以略迹原情，许他一个烈字。可是文人学士，已经不甚愿意替他作传；就令勉强动笔，临了也不免加上几个“惜夫惜夫”了。

总而言之：女子死了丈夫，便守着，或者死掉；遇了强暴，便死掉；将这类人物，称赞一通，世道人心便好，中国便得救了。大意只是如此。

康有为借重皇帝的虚名，灵学家全靠着鬼话。这表彰节烈，却是全权都在人民，大有渐进自力之意了。然而我仍有几个疑问，须得提出。还要据我的意见，给他解答。我又认定这节烈救世说，是多数国民的意思；主张的人，只是喉舌。虽然是他发声，却和四支五官神经内脏，都有关系。所以我这疑问和解答，便是提出于这群多数国民之前。

首先的疑问是：不节烈（中国称不守节作“失节”，不烈却并无成语，所以只能合称他“不节烈”）的女子如何害了国家？照现在的情形，“国将不国”，自不消说：丧尽良心的事故，层出不穷；刀兵盗贼水旱饥荒，又接连而起。但此等现象，只是不讲新道德新学问的缘故，行为思想，全钞旧帐；所以种种黑暗，竟和古代的乱世仿佛，况且政界军界学界商界等等里面，全是男人，并无不节烈的女子夹杂在内。也未必是有权力的男子，因为受了他们蛊惑，这才丧了良心，放手作恶。至于水旱饥荒，便是专拜龙神，迎大王，滥伐森林，不修水利的祸祟，没有新知识的结果；更与女子无关。只有刀兵盗贼，往往造出许多不节烈的妇女。但也是兵盗在先，不节烈在后，并非因为他们不节烈了，才将刀兵盗贼招来。

其次的疑问是：何以救世的责任，全在女子？照着旧派说起来，女子是“阴类”，是主内的，是男子的附属品。然则治世救国，正须责成阳类，全仗外子，偏劳主体。决不能将一个绝大题目，都阁在阴类肩上。倘依新说，则男女平等，义务略同。纵令该担责任，也只得分担。其余的一半男子，都该各尽义务。不特须除去强暴，还应发挥他自己的美德。不能专靠惩劝女子，便算尽了天职。

其次的疑问是：表彰之后，有何效果？据节烈为本，将所有活着的女子，分类起来，大约不外三种：一种是已经守节，应该表彰的人（烈者非死不可，所以除出）；一种是不节烈的人；一种是尚未出嫁，或丈夫还在，又未遇见强暴，节烈与否未可知的人。第一种已经很好，正蒙表彰，不必说了。第二种已经不好，中国从来不许忏悔，女子做事一错，补过无及，只好任其羞杀，也不值得说了。最要紧的，只在第三种，现在一经感化，他们便都打定主意道："倘若将来丈夫死了，决不再嫁；遇着强暴，赶紧自裁！"试问如此立意，与中国男子做主的世道人心，有何关系？这个缘故，已在上文说明。更有附带的疑问是：节烈的人，既经表彰，自是品格最高。但圣贤虽人人可学，此事却有所不能。假如第三种的人，虽然立志极高，万一丈夫长寿，天下太平，他便只好饮恨吞声，做一世次等的人物。

以上是单依旧日的常识，略加研究，便已发见了许多矛盾。若略带二十世纪气息，便又有两层：

一问节烈是否道德？道德这事，必须普遍，人人应做，人人能行，又于自他两利，才有存在的价值。现在所谓节烈，不特除开男子，绝不相干；就是女子，也不能全体都遇着这名誉的机会。所以决不能认为道德，当作法式。上回《新青年》登出的

《贞操论》里，已经说过理由。不过贞是丈夫还在，节是男子已死的区别，道理却可类推。只有烈的一件事，尤为奇怪，还须略加研究。

照上文的节烈分类法看来，烈的第一种，其实也只是守节，不过生死不同。因为道德家分类，根据全在死活，所以归入烈类。性质全异的，便是第二种。这类人不过一个弱者（现在的情形，女子还是弱者），突然遇着男性的暴徒，父兄丈夫力不能救，左邻右舍也不帮忙，于是他就死了；或者竟受了辱，仍然死了；或者终于没有死。久而久之，父兄丈夫邻舍，夹着文人学士以及道德家，便渐渐聚集，既不羞自己怯弱无能，也不提暴徒如何惩办，只是七口八嘴，议论他死了没有？受污没有？死了如何好，活着如何不好。于是造出了许多光荣的烈女，和许多被人口诛笔伐的不烈女。只要平心一想，便觉不像人间应有的事情，何况说是道德。

二问多妻主义的男子，有无表彰节烈的资格？替以前的道德家说话，一定是理应表彰。因为凡是男子，便有点与众不同，社会上只配有他的意思。一面又靠着阴阳内外的古典，在女子面前逞能。然而一到现在，人类的眼里，不免见到光明，晓得阴阳内外之说，荒谬绝伦；就令如此，也证不出阳比阴尊贵，外比内崇高的道理。况且社会国家，又非单是男子造成。所以只好相信真理，说是一律平等。既然平等，男女便都有一律应守的契约。男子决不能将自己不守的事，向女子特别要求。若是买卖欺骗贡献的婚姻，则要求生时的贞操，尚且毫无理由。何况多妻主义的男子，来表彰女子的节烈。

以上，疑问和解答都完了。理由如此支离，何以直到现今，居然还能存在？要对付这问题，须先看节烈这事，何以发生，何以通行，何以不生改革的缘故。

古代的社会，女子多当作男人的物品。或杀或吃，都无不可；男人死后，和他喜欢的宝贝，日用的兵器，一同殉葬，更无不可。后来殉葬的风气，渐渐改了，守节便也渐渐发生。但大抵因为寡妇是鬼妻，亡魂跟着，所以无人敢娶，并非要他不事二夫。这样风俗，现在的蛮人社会里还有。中国太古的情形，现在已无从详考。但看周末虽有殉葬，并非专用女人，嫁否也任便，并无什么裁制，便可知道脱离了这宗习俗，为日已久。由汉至唐也并没有鼓吹节烈。直到宋朝，那一班"业儒"的才说出"饿死事小失节事大"的话，看见历史上"重适"两个字，便大惊小怪起来。出于真心，还是故意，现在却无从推测。其时也正是"人心日下，国将不国"的时候，全国士民，多不像样。或者"业儒"的人，想借女人守节的话，来鞭策男子，也不一定。但旁敲侧击，方法本嫌鬼祟，其意也太难分明，后来因此多了几个节妇，虽未可知，然而吏民将卒，却仍然无所感动。于是"开化最早，道德第一"的中国终于归了"长生天气力里大福荫护助里"的什么"薛禅皇帝，完泽笃皇帝，曲律皇帝"了。此后皇帝换过了几家，守节思想倒反发达。皇帝要臣子尽忠，男人便愈要女人守节。到了清朝，儒者真是愈加利害。看见唐人文章里有公主改嫁的话，也不免勃然大怒道，"这是什么事！你竟不为尊者讳，这还了得！"假使这唐人还活着，一定要斥革功名，"以正人心而端风俗"了。

国民将到被征服的地位，守节盛了；烈女也从此着重。因为女子既是男子所有，自己死了，不该嫁人，自己活着，自然更不许被夺。然而自己是被征服的国民，没有力量保护，没有勇气反抗了，只好别出心裁，鼓吹女人自杀。或者妻女极多的阔人，婢妾成行的富翁，乱离时候，照顾不到，一遇“逆兵”（或是“天兵”），就无法可想。只得救了自己，请别人都做烈女；变成烈女，“逆兵”便不要了。他便待事定以后，慢慢回来，称赞几句。好在男子再娶，又是天经地义，别讨女人，便都完事。因此世上遂有了“双烈合传”“七姬墓志”，甚而至于钱谦益的集中，也布满了“赵节妇”“钱烈女”的传记和歌颂。

只有自己不顾别人的民情，又是女应守节男子却可多妻的社会，造出如此畸形道德，而且日见精密苛酷，本也毫不足怪。但主张的是男子，上当的是女子。女子本身，何以毫无异言呢？原来“妇者服也”，理应服事于人。教育固可不必，连开口也都犯法。他的精神，也同他体质一样，成了畸形。所以对于这畸形道德，实在无甚意见。就令有了异议，也没有发表的机会。做几首“闺中望月”“园里看花”的诗，尚且怕男子骂他怀春，何况竟敢破坏这“天地间的正气”？只有说部书上，记载过几个女人，因为境遇上不愿守节，据做书的人说：可是他再嫁以后，便被前夫的鬼捉去，落了地狱；或者世人个个唾骂，做了乞丐，也竟求乞无门，终于惨苦不堪而死了！

如此情形，女子便非“服也”不可。然而男子一面，何以也不主张真理，只是一味敷衍呢？汉朝以后，言论的机关，都被“业儒”的垄断了。宋元以来，尤其利害。我们几乎看不见一部非业儒的书，听不到一句非士人的话。除了和尚道士，奉旨可以说话的以外，其余“异端”的声音，决不能出他卧房一步。况且世人大抵受了“儒者柔也”的影响；不述而作，最为犯忌。即使有人见到，也不肯用性命来换真理。即如失节一事，岂不知道必须男女两性，才能实现。他却专责女性；至于破人节操的男子，以及造成不烈的暴徒，便都含糊过去。男子究竟较女性难惹，惩罚也比表彰为难。其间虽有过几个男人，实觉于心不安，说些室女不应守志殉死的平和话，可是社会不听；再说下去，便要不容，与失节的女人一样看待。他便也只好变了“柔也”，不再开口了。所以节烈这事，到现在不生变革。

（此时，我应声明：现在鼓吹节烈派的里面，我颇有知道的人。敢说确有好人在内，居心也好。可是救世的方法是不对，要向西走了北了。但也不能因为他是好人，便竟能从正西直走到北。所以我又愿他回转身来。）

其次还有疑问：

节烈难么？答道，很难。男子都知道极难，所以要表彰他。社会的公意，向来以为贞淫与否，全在女性。男子虽然诱惑了女人，却不负责任。譬如甲男引诱乙女，乙女不允，便是贞节，死了，便是烈；甲男并无恶名，社会可算淳古。倘若乙女允了，便是失节；甲男也无恶名，可是世风被乙女败坏了！别的事情，也是如此。所以历史上亡国败家的原因，每每归咎女子。糊糊涂涂的代担全体的罪恶，已经三千多年了。男子既然不负责任，又不能自己反省，自然放心诱惑；文人著作，反将他传为美谈。所以女子身旁，几乎布满了危险。除却他自己的父兄丈夫以外，便都带点诱惑的鬼气。所以我说很难。

节烈苦么？答道，很苦。男子都知道很苦，所以要表彰他。凡人都想活；烈是必死，不必说了。节妇还要活着。精神上的惨苦，也姑且弗论。单是生活一层，已是大宗的痛楚。假使女子生计已能独立，社会也知道互助，一人还可勉强生存。不幸中国情形，却正相反。所以有钱尚可，贫人便只能饿死。直到饿死以后，间或得了旌表，还要写入志书。所以各府各县志书传记类的末尾，也总有几卷“烈女”。一行一人，或是一行两人，赵钱孙李，可是从来无人翻读。就是一生崇拜节烈的道德大家，若问他贵县志书里烈女门的前十名是谁？也怕不能说出。其实他是生前死后，竟与社会漠不相关的。所以我说很苦。

照这样说，不节烈便不苦么？答道，也很苦。社会公意，不节烈的女人，既然是下品；他在这社会里，是容不住的。社会上多数古人模模糊糊传下来的道理，实在无理可讲；能用历史和数目的力量，挤死不合意的人。这一类无主名无意识的杀人团里，古来不晓得死了多少人物；节烈的女子，也就死在这里。不过他死后间有一回表彰，写入志书。不节烈的人，便生前也要受随便什么人的唾骂，无主名的虐待。所以我说也很苦。

女子自己愿意节烈么？答道，不愿。人类总有一种理想，一种希望。虽然高下不同，必须有个意义。自他两利固好，至少也得有益本身。节烈很难很苦，既不利人，又不利己。说是本人愿意，实在不合人情。所以假如遇着少年女人，诚心祝赞他将来节烈，一定发怒；或者还要受他父兄丈夫的尊拳。然而仍旧牢不可破，便是被这历史和数目的力量挤着。可是无论何人，都怕这节烈。怕他竟钉到自己和亲骨肉的身上。所以我说不愿。

我依据以上的事实和理由，要断定节烈这事是：极难，极苦，不愿身受，然而不利自他，无益社会国家，于人生将来又毫无意义的行为，现在已经失了存在的生命和价值。

临了还有一层疑问：

节烈这事，现代既然失了存在的生命和价值；节烈的女人，岂非白苦一番么？可以答他说：还有哀悼的价值。他们是可怜人；不幸上了历史和数目的无意识的圈套，做了无主名的牺牲。可以开一个追悼大会。

我们追悼了过去的人，还要发愿：要自己和别人，都纯洁聪明勇猛向上。要除去虚伪的脸谱。要除去世上害己害人的昏迷和强暴。

我们追悼了过去的人，还要发愿：要除去于人生毫无意义的苦痛。要除去制造并赏玩别人苦痛的昏迷和强暴。

我们还要发愿：要人类都受正当的幸福。

一九一八年七月

我们现在怎样做父亲

我作这一篇文的本意，其实是想研究怎样改革家庭；又因为中国亲权重，父权更重，所以尤想对于从来认为神圣不可侵犯的父子问题，发表一点意见。总而言之：只是革命要革到老子身上罢了。但何以大模大样，用了这九个字的题目呢？这有两个理由：

第一，中国的“圣人之徒”，最恨人动摇他的两样东西。一样不必说，也与我辈绝不相干；一样便是他的伦常，我辈却不免偶然发几句议论，所以株连牵扯，很得了许多“铲伦常”“禽兽行”之类的恶名。他们以为父对于子，有绝对的权力和威严；若是老子说话，当然无所不可，儿子有话，却在未说之前早已错了。但祖父子孙，本来各各都只是生命的桥梁的一级，决不是固定不易的。现在的子，便是将来的父，也便是将来的祖。我知道我辈和读者，若不是现任之父，也一定是候补之父，而且也都有做祖宗的希望，所差只在一个时间。为想省却许多麻烦起见，我们便该无须客气，尽可先行占住了上风，摆出父亲的尊严，谈谈我们和我们子女的事；不但将来着手实行，可以减少困难，在中国也顺理成章，免得“圣人之徒”听了害怕，总算是一举两得之至的事了。所以说，“我们怎样做父亲”。

第二，对于家庭问题，我在《新青年》的《随感录》（二五，四十，四九）中，曾经略略说及，总括大意，便只是从我们起，解放了后来的人。论到解放子女，本是极平常的事，当然不必有什么讨论。但中国的老年，中了旧习惯旧思想的毒太深了，决定悟不过来。譬如早晨听到乌鸦叫，少年毫不介意，迷信的老人，却总须颓唐半天。虽然很可怜，然而也无法可救。没有法，便只能先从觉醒的人开手，各自解放了自己的孩子。自己背着因袭的重担，肩住了黑暗的闸门，放他们到宽阔光明的地方去；此后幸福的度日，合理的做人。

还有，我曾经说，自己并非创作者，便在上海报纸的《新教训》里，挨了一顿骂。但我辈评论事情，总须先评论了自己，不要冒充，才能像一篇说话，对得起自己和别人。我自己知道，不特并非创作者，并且也不是真理的发见者。凡有所说所写，只是就平日见闻的事理里面，取了一点心以为然的道理；至于终极究竟的事，却不能知。便是对于数年以后的学说的进步和变迁，也说不出会到如何地步，单相信比现在总该还有进步还有变迁罢了。所以说，“我们现在怎样做父亲”。

我现在心以为然的道理，极其简单。便是依据生物界的现象，一，要保存生命；二，要延续这生命；三，要发展这生命（就是进化）。生物都这样做，父亲也就是这样做。

生命的价值和生命价值的高下，现在可以不论。单照常识判断，便知道既是生物，第一要紧的自然是生命。因为生物之所以为生物，全在有这生命，否则失了生物的意义。生物为保存生命起见，具有种种本能，最显著的是食欲。因有食欲才摄取食品，因有食品才发生温热，保存了生命。但生物的个体，总免不了老衰和死亡，为继续生命起见，又有一种本能，便是性欲。因性欲才有性交，因有性交才发生苗裔，继续了生命。所以食欲是保存自己，保存现在生命的事；性欲是保存后裔，保存永久生命的事。饮食并非罪恶，并非不净；性交也就并非罪恶，并非不净。饮食的结果，养活了自己，对于自己没有恩；性交的结果，生出子女，对于子女当然也算不了恩。——前前后后，都向生命的长途走去，仅有先后的不同，分不出谁受谁的恩典。

可惜的是中国的旧见解，竟与这道理完全相反。夫妇是“人伦之中”，却说是“人伦之始”；性交是常事，却以为不净；生育也是常事，却以为天大的大功。人人对于婚姻，大抵先夹带着不净的思想。亲戚朋友有许多戏谑，自己也有许多羞涩，直到生了孩子，还是躲躲闪闪，怕敢声明；独有对于孩子，却威严十足，这种行径，简直可以说是和偷了钱发迹的财主，不相上下了。我并不是说——如他们攻击者所意想的——人类的性交也应如别种动物，随便举行；或如无耻流氓，专做些下流举动，自鸣得意。是说，此后觉醒的人，应该先洗净了东方固有的不净思想，再纯洁明白一些，了解夫妇是伴侣，是共同劳动者，又是新生命创造者的意义。所生的子女，固然是受领新生命的人，但他也不永久占领，将来还要交付子女，像他们的父母一般。只是前前后后，都做一个过付的经手人罢了。

生命何以必需继续呢？就是因为要发展，要进化。个体既然免不了死亡，进化又毫无止境，所以只能延续着，在这进化的路上走。走这路须有一种内的努力，有如单细胞动物有内的努力，积久才会繁复，无脊椎动物有内的努力，积久才会发生脊椎。所以后起的生命，总比以前的更有意义，更近完全，因此也更有价值，更可宝贵；前者的生命，应该牺牲于他。

但可惜的是中国的旧见解，又恰恰与这道理完全相反。本位应在幼者，却反在长者；置重应在将来，却反在过去。前者做了更前者的牺牲，自己无力生存，却苛责后者又来专做他的牺牲，毁灭了一切发展本身的能力。我也不是说——如他们攻击者所意想的——孙子理应终日痛打他的祖父，女儿必须时时咒骂他的亲娘。是说，此后觉醒的人，应该先洗净了东方古传的谬误思想，对于子女，义务思想须加多，而权力思想却大可切实核减，以准备改作幼者本位的道德。况且幼者受了权力，也并非永久占有，将来还要对于他们的幼者，仍尽义务，只是前前后后，都做一切过付的经手人罢了。

“父子间没有什么恩”这一个断语，实是招致“圣人之徒”面红耳赤的一大原因。他们的误点，便在长者本位与利己思想，权力思想很重，义务思想和责任心却很轻。以为父子关系，只须“父兮生我”一件事，幼者的全部，便应为长者所有。尤其堕落的，是因此责望报偿，以为幼者的全部，理该做长者的牺牲。殊不知自然界的安排，却件件与这要求反对，我们从古以来，逆天行事，于是人的能力，十分萎缩，社会的进步，也就跟着停顿。我们虽不能说停顿便要灭亡，但较之进步，总是停顿与灭亡的路相近。

自然界的安排，虽不免也有缺点，但结合长幼的方法，却并无错误。他并不用“恩”，却给予生物以一种天性，我们称他为“爱”。动物界中除了生子数目太多——爱不周到的如鱼类之外，总是挚爱他的幼子，不但绝无利益心情，甚或至于牺牲了自己，让他的将来的生命，去上那发展的长途。

人类也不外此，欧美家庭，大抵以幼者弱者为本位，便是最合于这生物学的真理的办法。便在中国，只要心思纯白，未曾经过“圣人之徒”作践的人，也都自然而然的能发现这一种天性。例如一个村妇哺乳婴儿的时候，决不想到自己正在施恩；一个农夫取妻的时候，也决不以为将要放债。只是有了子女，即天然相爱，愿他生存；更进一步的，便还要愿他比自己更好，就是进化。这离绝了交换关系利害关系的爱，便是人伦的索子，便是所谓“纲”。倘如旧说，抹煞了“爱”，一味说“恩”，又因此责望报偿，那便不但败坏了父子间的道德，而且也大反于做父母的实际的真情，播下乖剌的种子。有人做了乐府，说是“劝孝”，大意是什么“儿子上学堂，母亲在家磨杏仁，预备回来给他喝，你还不孝么”之类，自以为“拚命卫道”。殊不知富翁的杏酪和穷人的豆浆，在爱情上价值同等，而其价值却正在父母当时并无求报的心思；否则变成买卖行为，虽然喝了杏酪，也不异“人乳喂猪”，无非要猪肉肥美，在人伦道德上，丝毫没有价值了。

所以我现在心以为然的，便只是“爱”。

无论何国何人，大都承认“爱己”是一件应当的事。这便是保存生命的要义，也就是继续生命的根基。因为将来的运命，早在现在决定，故父母的缺点，便是子孙灭亡的伏线，生命的危机。易卜生做的《群鬼》（有潘家洵君译本，载在《新潮》一卷五号）虽然重在男女问题，但我们也可以看出遗传的可怕。欧士华本是要生活，能创作的人，因为父亲的不检，先天得了病毒，中途不能做人了。他又很爱母亲，不忍劳他服侍，便藏着吗啡，想待发作时候，由使女瑞琴帮他吃下，毒杀了自己；可是瑞琴走了。他于是只好托他母亲了。

欧：“母亲，现在应该你帮我的忙了。”

阿夫人：“我吗？”

欧：“谁能及得上你。”

阿夫人：“我！你的母亲！”

欧：“正为那个。”

阿夫人：“我，生你的人！”

欧：“我不曾教你生我。并且给我的是一种什么日子？我不要他！你拿回去罢！”

这一段描写，实在是我们做父亲的人应该震惊戒惧佩服的；决不能昧了良心，说儿子理应受罪。这种事情，中国也很多，只要在医院做事，便能时时看见先天梅毒性病儿的惨状；而且傲然的送来的，又大抵是他的父母。但可怕的遗传，并不只是梅毒，另外许多精神上体质上的缺点，也可以传之子孙，而且久而久之，连社会都蒙着影响。我们且不高谈人群，单为子女说，便可以说凡是不爱己的人，实在欠缺做父亲的资格。就令硬做了父亲，也不过如古代的草寇称王一般，万万算不了正统。将来学问发达，社会改造时，他们侥幸留下的苗裔，恐怕总不免要受善种学（Eugenics）者的处置。

倘若现在父母并没有将什么精神上体质上的缺点交给子女，又不遇意外的事，子女便当然健康，总算已经达到了继续生命的目的。但父母的责任还没有完，因为生命虽然继续了，却是停顿不得，所以还须教这新生命去发展。凡动物较高等的，对于幼雏，除了养育保护以外，往往还教他们生存上必需的本领。例如飞禽便教飞翔，鸷兽便教搏击。人类更高几等，便也有愿意子孙更进一层的天性。这也是爱。上文所说的是对于现在，这是对于将来。只要思想未遭锢蔽的人，谁也喜欢子女比自己更强，更健康，更聪明高尚——更幸福；就是超越了自己，超越了过去。超越便须改变，所以子孙对于祖先的事，应该改变，“三年无改于父之道可谓孝矣”，当然是曲说，是退婴的病根。假使古代的单细胞动物，也遵着这教训，那便永远不敢分裂繁复，世界上再也不会有人类了。

幸而这一类教训，虽然害过许多人，却还未能完全扫尽了一切人的天性。没有读过“圣贤书”的人，还能将这天性在名教的斧钺底下，时时流露，时时萌蘖；这便是中国人虽然凋落萎缩，却未灭绝的原因。

所以觉醒的人，此后应将这天性的爱，更加扩张，更加醇化；用无我的爱，自己牺牲于后起新人。开宗第一，便是理解。往昔的欧人对于孩子的误解，是以为成人的预备；中国人的误解是以为缩小的成人。直到近来，经过许多学者的研究，才知道孩子的世界，与成人截然不同；倘不先行理解，一味蛮做，便大碍于孩子的发达。所以一切设施，都应该以孩子为本位，日本近来，觉悟的也很不少；对于儿童的设施，研究儿童的事业，都非常兴盛了。第二，便是指导。时势既有改变，生活也必须进化；所以后起的人物，一定尤异于前，决不能用同一模型，无理嵌定。长者须是指导者协商者，却不该是命令者。不但不该责幼者供奉自己；而且还须用全副精神，专为他们自己，养成他们有耐劳作的体力，纯洁高尚的道德，广博自由能容纳新潮流的精神，也就是能在世界新潮流中游泳，不被淹没的力量。第三，便是解放。子女是即我非我的人，但既已分立，也便是人类中的人，因为即我，所以更应该尽教育的义务，交给他们自立的能力；因为非我，所以也应同时解放，全部为他们自己所有，成一个独立的人。

这样，便是父母对于子女，应该健全的产生，尽力的教育，完全的解放。

但有人会怕，仿佛父母从此以后，一无所有，无聊之极了。这种空虚的恐怖和无聊的感想，也即从谬误的旧思想发生；倘明白了生物学的真理，自然便会消灭。但要做解放子女的父母，也应预备一种能力。便是自己虽然已经带着过去的色采，却不失独立的本领和精神，有广博的趣味，高尚的娱乐。要幸福么？连你的将来的生命都幸福了。要“返老还童”，要“老复丁”么？子女便是“复丁”，都已独立而且更好了。这才是完了长者的任务，得了人生的慰安。倘若思想本领，样样照旧，专以“勃谿”为业，行辈自豪，那便自然免不了空虚无聊的苦痛。

或者又怕，解放之后，父子间要疏隔了。欧美的家庭，专制不及中国，早已大家知道；往者虽有人比之禽兽，现在却连“卫道”的圣徒，也曾替他们辩护，说并无“逆子叛弟”了。因此可知：惟其解放，所以相亲；惟其没有“拘挛”子弟的父兄，所以也没有反抗“拘挛”的“逆子叛弟”。若威逼利诱，便无论如何，决不能有“万年有道之长”。例便如我中国，汉有举孝，唐有孝悌力田科，清末也还有孝廉方正，都能换到官做。父恩谕之于先，皇恩施之于后，然而割股的人物，究属寥寥。足可证明中国的旧学说旧手段，实在从古以来，并无良效，无非使坏人增长些虚伪，好人无端的多受些人我都无利益的苦痛罢了。

独有“爱”是真的。路粹引孔融说，“父之于子，当有何亲？论其本意，实为情欲发耳。子之于母，亦复奚为，譬如寄物瓶中，出则离矣。”（汉末的孔府上，很出过几个有特色的奇人，不像现在这般冷落，这话也许确是北海先生所说；只是攻击他的偏是路粹和曹操，教人发笑罢了。）虽然也是一种对于旧说的打击，但实于事理不合。因为父母生了子女，同时又有天性的爱，这爱又很深广很长久，不会即离。现在世界没有大同，相爱还有差等，子女对于父母，也便最爱，最关切，不会即离。所以疏隔一层，不劳多虑。至于一种例外的人，或者非爱所能钩连。但若爱力尚且不能钩连，那便任凭什么“恩威，名分，天经，地义”之类，更是钩连不住。

或者又怕，解放之后，长者要吃苦了。这事可分两层：第一，中国的社会，虽说“道德好”，实际却太缺乏相爱相助的心思。便是“孝”“烈”这类道德，也都是旁人毫不负责，一味收拾幼者弱者的方法。在这样社会中，不独老者难于生活，既解放的幼者，也难于生活。第二，中国的男女，大抵未老先衰，甚至不到二十岁，早已老态可掬，待到真实衰老，便更须别人扶持。所以我说，解放子女的父母，应该先有一番预备；而对于如此社会，尤应该改造，使他能适于合理的生活。许多人预备着，改造着，久而久之，自然可望实现了。单就别国的往时而言，斯宾塞未曾结婚，不闻他侘傺无聊；瓦特早没有了子女，也居然“寿终正寝”，何况在将来，更何况有儿女的人呢？

或者又怕，解放之后，子女要吃苦了。这事也有两层，全如上文所说，不过一是因为老而无能，一是因为少不更事罢了。因此觉醒的人，愈觉有改造社会的任务。中国相传的成法，谬误很多：一种是锢闭，以为可以与社会隔离，不受影响，一种是教给他恶本领，以为如此才能在社会中生活。用这类方法的长者，虽然也含有继续生命的好意，但比照事理，却决定谬误。此外还有一种，是传授些周旋方法，教他们顺应社会。这与数年前讲“实用主义”的人，因为市上有假洋钱，便要在学校里遍教学生看洋钱的法子之类，同一错误。社会虽然不能不偶然顺应，但决不是正当办法。因为社会不良，恶现象便很多，势不能一一顺应；倘都顺应了，又违反了合理的生活，倒走了进化的路。所以根本方法，只有改良社会。

就实际上说，中国旧理想的家族关系父子关系之类，其实早已崩溃。这也非“于今为烈”，正是“在昔已然”。历来都竭力表彰“五世同堂”，便足见实际上同居的为难；拚命的劝孝，也足见事实上孝子的缺少。而其原因，便全在一意提倡虚伪道德，蔑视了真的人情。我们试一翻大族的家谱，便知道始迁祖宗，大抵是单身迁居，成家立业；一到聚族而居，家谱出版，却已在零落的中途了。况在将来，迷信破了，便没有哭竹，卧冰；医学发达了，也不必尝秽，割股。又因为经济关系，结婚不得不迟，生育因此也迟，或者子女才能自存，父母已经衰老，不及依赖他们供养，事实上也就是父母反尽了义务。世界潮流逼拶着，这样做的可以生存，不然的便都衰落；无非觉醒者多，加些人力，便危机可望较少就是了。

但既如上言，中国家庭，实际久已崩溃，并不如“圣人之徒”纸上的空谈，则何以至今依然如故，一无进步呢？这事很容易解答。第一，崩溃者自崩溃，纠缠者自纠缠，设立者又自设立；毫无戒心，也不想到改革，所以如故。第二，以前的家庭中间，本来常有勃谿，到了新名词流行之后，便都改称“革命”，然而其实也仍是讨嫖钱至于相骂，要赌本至于相打之类，与觉醒者的改革，截然两途。这一类自称“革命”的勃谿子弟，纯属旧式，待到自己有了子女，也决不解放；或者毫不管理，或者反要寻出《孝经》，勒令诵读，想他们“学于古训”，都做牺牲。这只能全归旧道德旧习惯旧方法负责，生物学的真理决不能妄任其咎。

既如上言，生物为要进化，应该继续生命，那便“不孝有三无后为大”，三妻四妾，也极合理了。这事也很容易解答。人类因为无后，绝了将来的生命，虽然不幸，但若用不正当的方法手段，苟延生命而害及人群，便该比一人无后，尤其“不孝”。因为现在的社会，一夫一妻制最为合理，而多妻主义，实能使人群堕落。堕落近于退化，与继续生命的目的，恰恰完全相反。无后只是灭绝了自己，退化状态的有后，便会毁到他人。人类总有些为他人牺牲自己的精神，而况生物自发生以来，交互关联，一人的血统，大抵总与他人有多少关系，不会完全灭绝。所以生物学的真理，决非多妻主义的护符。

总而言之，觉醒的父母，完全应该是义务的，利他的，牺牲的，很不易做；而在中国尤不易做。中国觉醒的人，为想随顺长者解放幼者，便须一面清结旧账，一面开辟新路。就是开首所说的“自己背着因袭的重担，肩住了黑暗的闸门，放他们到宽阔光明的地方去；此后幸福的度日，合理的做人”。这是一件极伟大的要紧的事，也是一件极困苦艰难的事。

但世间又有一类长者，不但不肯解放子女，并且不准子女解放他们自己的子女；就是并要孙子曾孙都做无谓的牺牲。这也是一个问题；而我是愿意平和的人，所以对于这问题，现在不能解答。

一九一九年十月

宋民间之所谓小说及其后来

宋代行于民间的小说，与历来史家所著录者很不同，当时并非文辞，而为属于技艺的“说话”之一种。

说话者，未详始于何时，但据故书，可以知道唐时则已有。段成式（《酉阳杂俎续集》四《贬误》）云：

“予太和末因弟生日观杂戏，有市人小说，呼扁鹊作褊鹊字，上声。予令任道昇字正之。市人言‘二十年前尝于上都斋会设此，有一秀才甚赏某呼扁字与褊同声，云世人皆误。’”

其详细虽难晓，但因此已足以推见数端：一小说为杂戏中之一种，二由于市人之口述，三在庆祝及斋会时用之。而郎瑛（《七修类藁》二十二）所谓“小说起宋仁宗，盖时太平盛久，国家闲暇，日欲进一奇怪之事以娱之，故小说‘得胜头回’之后，即云话说赵宋某年”者，亦即由此分明证实，不过一种无稽之谈罢了。

到宋朝，小说的情形乃始比较的可以知道详细。孟元老在南渡之后，追怀汴梁盛况，作《东京梦华录》，于“京瓦技艺”条下有当时说话的分目，为小说，合生，说诨话，说三分，说《五代史》等。而操此等职业者则称为“说话人”。

高宗既定都临安，更历孝光两朝，汴梁式的文物渐已遍满都下，伎艺人也一律完备了。关于说话的记载，在故书中也更详尽，端平年间的著作有灌园耐得翁《都城纪胜》，元初的著作有吴自牧《梦粱录》及周密《武林旧事》，都更详细的有说话的分科：

《都城纪胜》	《梦粱录》（二十）
说话有四家	说话者，谓之舌辩，虽有四家数，各有门庭
一者小说，谓之银字儿，如烟粉灵怪传奇；说公案，皆是搏刀赶棒及发迹变态之事；说铁骑儿，谓士马金鼓之事。	且小说，名银字儿，如烟粉灵怪传奇；公案，朴刀杆棒发发踪参（案此四字当有误）之事。……谈论古今，如水之流。
说经，谓演说佛书；说参请，谓宾主参禅悟道等事。	谈经者，谓演说佛书；说参请者，谓宾主参禅悟道等事。……又有说诨经者。
讲史书，讲说前代书史文传兴废争战之事。……	讲史书者，谓讲说《通鉴》汉唐历代书史文传兴废争战之事。
合生，与起令随令相似，各占一事。	合生，与起令随令相似，各占一事也。

但周密所记者又小异，为演史，说经诨经，小说，说诨话；而无合生。唐中宗时，武平一上书言“比来妖伎胡人，街童市子，或言妃主情貌，或列王公名质，咏歌蹈舞，号曰合生。”（《新唐书》一百十九）则合生实始于唐，且用诨词戏谑，或者也就是说诨

话；惟至宋当又稍有迁变，今未详。起今随今之“今”，《都城纪胜》作“令”，明抄本《说郛》中之《古杭梦游录》又作起令随合，何者为是，亦未详。

据耐得翁及吴自牧说，是说话之一科的小说，又因内容之不同而分为三子目：

1. 银字儿：所说者为烟粉（烟花粉黛），灵怪（神仙鬼怪），传奇（离合悲欢）等。

2. 说公案：所说者为搏刀赶棒（拳勇），发迹变态（遇合）之事。

3. 说铁骑儿：所说者为士马金鼓（战争）之事。

惟有小说，是说话中最难的一科，所以说话人“最畏小说，盖小说者，能讲一朝一代故事，顷刻间提破”（《都城纪胜》云；《梦粱录》同，惟“提破”作“捏合”），非同讲史，易于铺张；而且又须有“谈论古今，如水之流”的口辩。然而在临安也不乏讲小说的高手，吴自牧所记有谭淡子等六人，周密所记有蔡和等五十二人，其中也有女流，如陈郎娘枣儿，史蕙英。

临安的文士佛徒多有集会；瓦舍的技艺人也多有，其主意大约是在于磨炼技术的。小说专家所立的社会，名曰雄辩社。（《武林旧事》三）

元人杂剧虽然早经销歇，但尚有流传的曲本，来示人以大概的情形。宋人的小说也一样，也幸而借了“话本”偶有留遗，使现在还可以约略想见当时瓦舍中说话的模样。

其话本曰《京本通俗小说》，全书不知凡几卷，现在所见的只有残本，经江阴缪氏影刻，是卷十至十六的七卷，先曾单行，后来就收在《烟画东堂小品》之内了。还有一卷是叙金海陵王的秽行的，或者因为文笔过于碍眼了罢，缪氏没有刻，然而仍有郎园的改换名目的排印本；郎园是长沙叶德辉的园名。

刻本七卷中所收小说的篇目以及故事发生的年代如下列：

卷十	碾玉观音	“绍兴年间”
十一	菩萨蛮	“大宋高宗绍兴年间”
十二	西山一窟鬼	“绍兴十年间”
十三	志诚张主管	无年代，但云东京汴州开封事
十四	拗相公	“先朝”
十五	错斩崔宁	“高宗时”
十六	冯玉梅团圆	“建炎四年”

每题俱是一全篇，自为起讫，并不相联贯。钱曾《也是园书目》（十）著录的“宋人词话”十六种中，有《错斩崔宁》与《冯玉梅团圆》两种，可知旧刻又有单篇本，而《通俗小说》即是若干单篇本的结集，并非一手所成。至于所说故事发生的时代，则多在南宋之初；北宋已少，何况汉唐。又可知小说取材，须在近时；因为演说古事，范围即属讲史，虽说小说家亦复“谈论古今，如水之流”，但其谈古当是引证及装点，而非小说的本文。如《拗相公》开首虽说王莽，但主意却只在引出王安石，即其例。

七篇中开首即入正文者只有《菩萨蛮》，其余六篇则当讲说之前，俱先引诗词或别的事实，就是“先引下一个故事来，权做个‘得胜头回’”（本书十五）。“头回”当即冒头的一回之意，“得胜”是吉语，瓦舍为军民所聚，自然也不免以利市语说之，未必因为进御才如此。

“得胜头回”略有定法，可说者凡四：

1. 以略相关涉的诗词引起本文。如卷十用《春词》十一首引起延安郡王游春；卷十二用士人沈文述的词逐句解释，引起遇鬼的士人皆是。

2. 以相类之事引起本文。如卷十四以王莽引起王安石是。

3. 以较逊之事引起本文。如卷十五以魏生因戏言落职，引起刘贵因戏言遇大祸；卷十六以“交互姻缘”转入“双镜重圆”而“有关风化，到还胜似几倍”皆是。

4. 以相反之事引起本文。如卷十三以王处厚照镜见白发的词有知足之意，引起不伏老的张士廉以晚年娶妻破家是。

而这四种定法，也就牢笼了后来的许多拟作了。

在日本还传有中国旧刻的《大唐三藏取经记》三卷，共十七章，章必有诗；别一小本则题曰《大唐三藏取经诗话》。《也是园书目》将《错斩崔宁》及《冯玉梅团圆》归入“宋人词话”门，或者此类话本有时亦称词话，就是小说的别名。《通俗小说》每篇引用诗词之多，实远过于讲史（《五代史平话》《三国志传》《水浒传》等），开篇引首，中间铺叙与证明，临末断结咏叹，无不征引诗词，似乎此举也就是小说的一样必要条件。引诗为证，在中国本是起源很古的，汉韩婴的《诗外传》，刘向的《列女传》，皆早经引《诗》以证杂说及故事，但未必与宋小说直接相关；只是“借古语以为重”的精神，则虽说汉之与宋，学士之与市人，时候学问，皆极相违，而实有一致的处所。唐人小说中也多半有诗，即使妖魔鬼怪，也每能互相酬和，或者做几句即兴诗，此等风雅举动，则与宋市人小说不无关涉，但因为宋小说多是市井间事，人物少有物魅及诗人，于是自不得不由吟咏而变为引证，使事状虽殊，而诗气不脱；吴自牧记讲史高手，为“讲得字真不俗，记问渊源甚广”（《梦粱录》二十），即可移来解释小说之所以多用诗词的缘故的。

由上文推断，则宋市人小说的必要条件大约有三：1. 须讲近世事；2. 什九须有“得胜头回”；3. 须引证诗词。

宋民间之所谓小说的话本，除《京本通俗小说》之外，今尚未见有第二种。《大唐三藏取经诗话》是极拙的拟话本，并且应属于讲史。《大宋宣和遗事》钱曾虽列入“宋人词话”中，而其实也是拟作的讲史，惟因其系钞撮十种书籍而成，所以也许含有小说分子在内。

然而在《通俗小说》未经翻刻以前，宋代的市人小说也未尝断绝；他间或改了名目，夹杂着后人拟作而流传。那些拟作，则大抵出于明朝人，似宋人话本当时留存尚多，所以拟作的精神形式虽然也有变更，而大体仍然无异。

以下是所知道的几部书：

1. 《喻世明言》。未见。

2. 《警世通言》。未见。王士禛云，“《警世通言》有《拗相公》一篇，述王安石罢相归金陵事，极快人意，乃因卢多逊谪岭南事而稍附益之。”（《香祖笔记》十）《拗相公》见《通俗小说》卷十四，是《通言》必含有宋市人小说。

3.《醒世恒言》。四十卷，共三十九事；不题作者姓名。前有天启丁卯（1627）陇西可一居士序云，“六经国史而外，凡著述皆小说也，而尚理或病于艰深，修词或伤于藻绘，则不足以触里耳而振恒心，此《醒世恒言》所以继《明言》《通言》而作也。……”因知三言之内，最后出的是《恒言》。所说者汉二事，隋三事，唐八事，宋十一事，明十五事。其中隋唐故事，多采自唐人小说，故唐人小说在元既已侵入杂剧及传奇，至明又侵入了话本；然而悬想古事，不易了然，所以逊于叙述明朝故事的十余篇远甚了。宋事有三篇像拟作，七篇（《卖油郎独占花魁》《灌园叟晚逢仙女》《乔太守乱点鸳鸯谱》《勘皮靴单证二郎神》《闹樊楼多情周胜仙》《吴衙内邻舟赴约》《郑节使立功神臂弓》）疑出自宋人话本，而一篇（《十五贯戏言成巧祸》）则即是《通俗小说》卷十五的《错斩崔宁》。

松禅老人序《今古奇观》云，“墨憨斋增补《平妖》，穷工极变，不失本来。……至所纂《喻世》《醒世》《警世》三言，极摹人情世态之岐，备写悲欢离合之致。……”是纂三言与补《平妖》者为一人。明本《三遂平妖传》有张无咎序，云“兹刻回数倍前，盖吾友龙子犹所补也”。而首叶则题“冯犹龙先生增定”。可知三言亦冯犹龙作，而龙子犹乃其游戏笔墨时的隐名。

冯犹龙名梦龙，长洲人（《曲品》作吴县人），由贡生拔授寿宁知县，有《七乐斋稿》；然而朱彝尊以为“善为启颜之辞，时入打油之调，不得为诗家”（《明诗综》七十一）。盖冯犹龙所擅长的是词曲，既作《双雄记传奇》，又刻《墨憨斋传奇定本十种》，多取时人名曲，再加删订，颇为当时所称；而其中的《万事足》《风流梦》《新灌园》是自作。他又极有意于稗说，所以在小说则纂《喻世》《警世》《醒世》三言，在讲史则增补《三遂平妖传》。

4.《拍案惊奇》。三十六卷；每卷一事，唐六，宋六，元四，明二十。前有即空观主人序云，“龙子犹氏所辑《喻世》等书，颇存雅道，时著良规，复取古今来杂碎事，可新听睹，佐谈谐者，演而畅之，得若干卷。……”则仿佛此书也是冯犹龙作。然而叙述平板，引证贫辛，“头回”与正文“捏合”不灵，有时如两大段；冯犹龙是“文苑之滑稽”，似乎不至于此。同时的松禅老人也不信，故其序《今古奇观》，于叙墨憨斋编纂三言之下，则云“即空观主人壶矢代兴，爰有《拍案惊奇》之刻，颇费搜获，足供谈麈”了。

5.《今古奇观》。四十卷；每卷一事。这是一部选本，有姑苏松禅老人序，云是抱瓮老人由《喻世》《醒世》《警世》三言及《拍案惊奇》中选刻而成。所选的出于《醒世恒言》者十一篇（第一，二，七，八，十五，十六，十七，二十五，二十六，二十七，二十八回），疑为宋人旧话本之《卖油郎》《灌园叟》《乔太守》在内；而《十五贯》落了选。出于《拍案惊奇》者七篇（第九，十，十八，二十九，三十七，三十九，四十回）。其余二十二篇，当然是出于《喻世明言》及《警世通言》的了，所以现在借了易得的《今古奇观》，还可以推见那希觏的《明言》《通言》的大概。其中还有比汉更古的故事，如俞伯牙，庄子休及羊角哀皆是。但所选并不定佳，大约因为两篇的题目须字字相对，所以去取之间，也就很受了束缚了。

6. 《今古奇闻》。二十二卷；每卷一事。前署东壁山房主人编次，也不知是何人。书中提及“发逆”，则当是清咸丰或同治初年的著作。日本有翻刻，王寅（字冶梅）到日本去卖画，又翻回中国来，有光绪十七年序，现在印行的都出于此本。这也是一部选集，其中取《醒世恒言》者四篇（卷一，二，六，十八），《十五贯》也在内，可惜删落了“得胜头回”；取《西湖佳话》者一篇（卷十）；余未详，篇末多有自怡轩主人评语，大约是别一种小说的话本，然而笔墨拙涩，尚且及不到《拍案惊奇》。

7. 《续今古奇观》。三十卷；每卷一回。无编者名，亦无印行年月，然大约当在同治末或光绪初。同治七年，江苏巡抚丁日昌严禁淫词小说，《拍案惊奇》也在内，想来其时市上遂难得，于是《拍案惊奇》即小加删改，化为《续今古奇观》而出，依然流行世间。但除去了《今古奇观》所已采的七篇，而加上《今古奇闻》中的一篇（《康友仁轻财重义得科名》），改立题目，以足三十卷的整数。

此外，明人拟作的小说也还有，如杭人周楫的《西湖二集》三十四卷，东鲁古狂生的《醉醒石》十五卷皆是。但都与几经选刻，辗转流传的本子无关，故不复论。

一九二三年十一月

娜拉走后怎样

我今天要讲的是“娜拉走后怎样？”

伊孛生是十九世纪后半的瑙威的一个文人。他的著作，除了几十首诗之外，其余都是剧本。这些剧本里面，有一时期是大抵含有社会问题的，世间也称作“社会剧”，其中有一篇就是《娜拉》。

《娜拉》一名 *Ein Puppenheim*，中国译作《傀儡家庭》。但 Puppe 不单是牵线的傀儡，孩子抱着玩的人形也是；引申开去，别人怎么指挥，他便怎么做的人也是。娜拉当初是满足地生活在所谓幸福的家庭里的，但是她竟觉悟了：自己是丈夫的傀儡，孩子们又是她的傀儡。她于是走了，只听得关门声，接着就是闭幕。这想来大家都知道，不必细说了。

娜拉要怎样才不走呢？或者说伊孛生自己有解答，就是 *Die Frau vom Meer*，《海的女人》，中国有人译作《海上夫人》的。这女人是已经结婚的了，然而先前有一个爱人在海的彼岸，一日突然寻来，叫她一同去。她便告知她的丈夫，要和那外来人会面。临末，她的丈夫说，“现在放你完全自由。（走与不走）你能够自己选择，并且还要自己负责任。”于是什么事全都改变，她就不走了。这样看来，娜拉倘也得到这样的自由，或者也便可以安住。

但娜拉毕竟是走了的。走了以后怎样？伊孛生并无解答；而且他已经死了。即使不死，他也不负解答的责任。因为伊孛生是在做诗，不是为社会提出问题来而且代为解答。就如黄莺一样，因为他自己要歌唱，所以他歌唱，不是要唱给人们听得有趣，有益。伊孛生是很不通世故的，相传在许多妇女们一同招待他的筵宴上，代表者起来致谢他作了《傀儡家庭》，将女性的自觉，解放这些事，给人心以新的启示的时候，他却答道，“我写那篇却并不是这意思，我不过是做诗。”

娜拉走后怎样？——别人可是也发表过意见的。一个英国人曾作一篇戏剧，说一个新式的女子走出家庭，再也没有路走，终于堕落，进了妓院了。还有一个中国人——我称他什么呢？上海的文学家罢——说他所见的《娜拉》是和现译本不同，娜拉终于回来了。这样的本子可惜没有第二人看见，除非是伊孛生自己寄给他的。但从事理上推想起来，娜拉或者也实在只有两条路：不是堕落，就是回来。因为如果是一匹小鸟，则笼子里固然不自由，而一出笼门，外面便又有鹰，有猫，以及别的什么东西之类；倘使已经关得麻痹了翅子，忘却了飞翔，也诚然是无路可以走。还有一条，就是饿死了，但饿死已经离开了生活，更无所谓问题，所以也不是什么路。

人生最苦痛的是梦醒了无路可以走。做梦的人是幸福的；倘没有看出可走的路，最要紧的是不要去惊醒他。你看，唐朝的诗人李贺，不是困顿了一世的么？而他临死的时候，却对他的母亲说，“阿妈，上帝造成了白玉楼，叫我做文章落成去了。”这岂非明明是一个诳，一个梦？然而一个小的和一个老的，一个死的和一个活的，死的高兴地死去，活的放心地活着。说诳和做梦，在这些时候便见得伟大。所以我想，假使寻不出路，我们所要的倒是梦。

但是，万不可做将来的梦。阿尔志跋绥夫曾经借了他所做的小说，质问过梦想将来的黄金世界的理想家，因为要造那世界，先唤起许多人们来受苦。他说，“你们将黄金世界预约给他们的子孙了，可是有什么给他们自己呢？”有是有的，就是将来的希望。但代价也太大了，为了这希望，要使人练敏了感觉来更深切地感到自己的苦痛，叫起灵魂来目睹他自己的腐烂的尸骸。惟有说诳和做梦，这些时候便见得伟大。所以我想，假使寻不出路，我们所要的就是梦；但不要将来的梦，只要目前的梦。

然而娜拉既然醒了，是很不容易回到梦境的，因此只得走；可是走了以后，有时却也免不掉堕落或回来。否则，就得问：她除了觉醒的心以外，还带了什么去？倘只有一条像诸君一样的紫红的绒绳的围巾，那可是无论宽到二尺或三尺，也完全是不中用。她还须更富有，提包里有准备，直白地说，就是要有钱。

梦是好的；否则，钱是要紧的。

钱这个字很难听，或者要被高尚的君子们所非笑，但我总觉得人们的议论是不但昨天和今天，即使饭前和饭后，也往往有些差别。凡承认饭需钱买，而以说钱为卑鄙者，倘能按一按他的胃，那里面怕总还有鱼肉没有消化完，须得饿他一天之后，再来听他发议论。

所以为娜拉计，钱——高雅的说罢，就是经济，是最要紧的了。自由固不是钱所能买到的，但能够为钱而卖掉。人类有一个大缺点，就是常常要饥饿。为补救这缺点起见，为准备不做傀儡起见，在目下的社会里，经济权就见得最要紧了。第一，在家应该先获得男女平均的分配；第二，在社会应该获得男女相等的势力。可惜我不知道这权柄如何取得，单知道仍然要战斗；或者也许比要求参政权更要用剧烈的战斗。

要求经济权固然是很平凡的事，然而也许比要求高尚的参政权以及博大的女子解放之类更烦难。天下事尽有小作为比大作为更烦难的。譬如现在似的冬天，我们只有这一件棉袄，然而必须救助一个将要冻死的苦人，否则便须坐在菩提树下冥想普度一切人类的方法去。普度一切人类和救活一人，大小实在相去太远了，然而倘叫我挑选，我就立刻到菩提树下去坐着，因为免得脱下唯一的棉袄来冻杀自己。所以在家里说要参政权，是不至于大遭反对的，一说到经济的平匀分配，或不免面前就遇见敌人，这就当然要有剧烈的战斗。

战斗不算好事情，我们也不能责成人人都是战士，那么，平和的方法也就可贵了，这就是将来利用了亲权来解放自己的子女。中国的亲权是无上的，那时候，就可以将财产平匀地分配子女们，使他们平和而没有冲突地都得到相等的经济权，此后或者去读书，或者去生发，或者为自己去享用，或者为社会去做事，或者去花完，都请便，自己负责任。这虽然也是颇远的梦，可是比黄金世界的梦近得不少了。但第一需要记性。记性不佳，是有益于己而有害于子孙的。人们因为能忘却，所以自己能渐渐地脱离了受过的苦痛，也因为能忘却，所以往往照样地再犯前人的错误。被虐待的儿媳做了婆婆，仍然虐待儿媳；嫌恶学生的官吏，每是先前痛骂官吏的学生；现在压迫子女的，有时也就是十年前的家庭革命者。这也许与年龄和地位都有关系罢，但记性不佳也是一个很大的原因。救济法就是各人去买一本 note-book 来，将自己现在的思想举动都记上，作为将来年龄和地位都改变了之后的参考。假如憎恶孩子要到公园去的时候，取来一翻，看见上面有一条道，“我想到中央公园去”，那就即刻心平气和了。别的事也一样。

世间有一种无赖精神，那要义就是韧性。听说拳匪乱后，天津的青皮，就是所谓无赖者很跋扈，譬如给人搬一件行李，他就要两元，对他说这行李小，他说要两元，对他说道路近，他说要两元，对他说不要搬了，他说也仍然要两元。青皮固然是不足为法的，而那韧性却大可以佩服。要求经济权也一样，有人说这事情太陈腐了，就答道要经济权；说是太卑鄙了，就答道要经济权；说是经济制度就要改变了，用不着再操心，也仍然答道要经济权。

其实，在现在，一个娜拉的出走，或者也许不至于感到困难的，因为这人物很特别，举动也新鲜，能得到若干人们的同情，帮助着生活。生活在人们的同情之下，已经是不自由了，然而倘有一百个娜拉出走，便连同情也减少，有一千一万个出走，就得到厌恶了，断不如自己握着经济权之为可靠。

在经济方面得到自由，就不是傀儡了么？也还是傀儡。无非被人所牵的事可以减少，而自己能牵的傀儡可以增多罢了。因为在现在的社会里，不但女人常作男人的傀儡，就是男人和男人，女人和女人，也相互地作傀儡，男人也常作女人的傀儡，这决不是几个女人取得经济权所能救的。但人不能饿着静候理想世界的到来，至少也得留一点残喘，正如涸辙之鲋，急谋升斗之水一样，就要这较为切近的经济权，一面再想别的法。

如果经济制度竟改革了，那上文当然完全是废话。

然而上文，是又将娜拉当作一个普通的人物而说的，假使她很特别，自己情愿闯出去做牺牲，那就又另是一回事。我们无权去劝诱人做牺牲，也无权去阻止人做牺牲。况且世上也尽有乐于牺牲，乐于受苦的人物。欧洲有一个传说，耶稣去钉十字架时，休息在 Ahasvar 的檐下，Ahasvar 不准他，于是被了咒诅，使他永世不得休息，直到末日裁判的时候。Ahasvar 从此就歇不下，只是走，现在还在走。走是苦的，安息是乐的，他何以不安息呢？虽说背着咒诅，可是大约总该是觉得走比安息还适意，所以始终狂走的罢。

只是这牺牲的适意是属于自己的，与志士们之所谓为社会者无涉。群众——尤其是中国的——永远是戏剧的看客。牺牲上场，如果显得慷慨，他们就看了悲壮剧；如果显得觳觫，他们就看了滑稽剧。北京的羊肉铺前常有几个人张着嘴看剥羊，仿佛颇愉快，人的牺牲能给与他们的益处，也不过如此。而况事后走不几步，他们并这一点愉快也就忘却了。

对于这样的群众没有法，只好使他们无戏可看倒是疗救，正无需乎震骇一时的牺牲，不如深沉的韧性的战斗。

可惜中国太难改变了，即使搬动一张桌子，改装一个火炉，几乎也要血；而且即使有了血，也未必一定能搬动，能改装。不是很大的鞭子打在背上，中国自己是不肯动弹的。我想这鞭子总要来，好坏是别一问题，然而总要打到的。但是从那里来，怎么地来，我也是不能确切地知道。

我这讲演也就此完结了。

一九二三年十二月二十六日

在北京女子高等师范学校文艺会讲

未有天才之前

我自己觉得我的讲话不能使诸君有益或者有趣，因为我实在不知道什么事，但推托拖延得太长久了，所以终于不能不到这里来说几句。

我看现在许多人对于文艺界的要求的呼声之中，要求天才的产生也可以算是很盛大的了，这显然可以反证两件事：一是中国现在没有一个天才，二是大家对于现在的艺术的厌薄。天才究竟有没有？也许有着罢，然而我们和别人都没有见。倘使据了见闻，就可以说没有；不但天才，还有使天才得以生长的民众。

天才并不是自生自长在深林荒野里的怪物，是由可以使天才生长的民众产生，长育出来的，所以没有这种民众，就没有天才。有一回拿破仑过 Alps 山，说，“我比 Alps 山还要高！”这何等英伟，然而不要忘记他后面跟着许多兵；倘没有兵，那只有被山那面的敌人捉住或者赶回，他的举动，言语，都离了英雄的界线，要归入疯子一类了。所以我想，在要求天才的产生之前，应该先要求可以使天才生长的民众。——譬如想有乔木，想看好花，一定要有好土；没有土，便没有花木了；所以土实在较花木还重要。花木非有土不可，正同拿破仑非有好兵不可一样。

然而现在社会上的论调和趋势，一面固然要求天才，一面却要他灭亡，连预备的土也想扫尽。举出几样来说：

其一就是“整理国故”。自从新思潮来到中国以后，其实何尝有力，而一群老头子，还有少年，却已丧魂失魄的来讲国故了，他们说，“中国自有许多好东西，都不整理保存，倒去求新，正如放弃祖宗遗产一样不肖。”抬出祖宗来说法，那自然是极威严的，然而我总不信在旧马褂未曾洗净叠好之前，便不能做一件新马褂。就现状而言，做事本来还随各人的自便，老先生要整理国故，当然不妨去埋在南窗下读死书，至于青年，却自有他们的活学问和新艺术，各干各事，也还没有大妨害的，但若拿了这面旗子来号召，那就是要中国永远与世界隔绝了。倘以为大家非此不可，那更是荒谬绝伦！我们和古董商人谈天，他自然总称赞他的古董如何好，然而他决不痛骂画家、农夫、工匠等类，说是忘记了祖宗：他实在比许多国学家聪明得远。

其一是“崇拜创作”。从表面上看来，似乎这和要求天才的步调很相合，其实不然。那精神中，很含有排斥外来思想，异域情调的分子，所以也就是可以使中国和世界潮流隔绝的。许多人对于托尔斯泰、都介涅夫、陀思妥夫斯奇的名字，已经厌听了，然而他们的著作，有什么译到中国来？眼光囚在一国里，听谈彼得和约翰就生厌，定须张三李四才行，于是创作家出来了，从实说，好的也离不了刺取点外国作品的技术和神情，文笔或者漂亮，思想往往赶不上翻译品，甚者还要加上些传统思想，使他适合于中国人的老脾气，而读者却已为他所牢笼了，于是眼界便渐渐的狭小，几乎要缩进旧圈套里去。作者和读者互相为因果，排斥异流，抬上国粹，那里会有天才产生？即使产生了，也是活不下去的。

这样的风气的民众是灰尘，不是泥土，在他这里长不出好花和乔木来！

还有一样是恶意的批评。大家的要求批评家的出现，也由来已久了，到目下就出了许多批评家。可惜他们之中很有不少是不平家，不像批评家，作品才到面前，便恨恨地磨墨，立刻写出很高明的结论道，“唉，幼稚得很。中国要天才！”到后来，连并非批评家也这样叫喊了，他是听来的。其实即使天才，在生下来的时候的第一声啼哭，也和平常的儿童的一样，决不会就是一首好诗。因为幼稚，当头加以戕贼，也可以萎死的。我亲见几个作者，都被他们骂得寒噤了。那些作者大约自然不是天才，然而我的希望是便是常人也留着。

恶意的批评家在嫩苗的地上驰马，那当然是十分快意的事；然而遭殃的是嫩苗——平常的苗和天才的苗。幼稚对于老成，有如孩子对于老人，决没有什么耻辱；作品也一样，起初幼稚，不算耻辱的。因为倘不遭了戕贼，他就会生长，成熟，老成；独有老衰和腐败，倒是无药可救的事！我以为幼稚的人，或者老大的人，如有幼稚的心，就说幼稚的话，只为自己要说而说，说出之后，至多到印出之后，自己的事就完了，对于无论打着什么旗子的批评，都可以置之不理的！

就是在座的诸君，料来也十之九愿有天才的产生罢，然而情形是这样，不但产生天才难，单是有培养天才的泥土也难。我想，天才大半是天赋的；独有这培养天才的泥土，似乎大家都可以做。做土的功效，比要求天才还切近；否则，纵有成千成百的天才，也因为没有泥土，不能发达，要像一碟子绿豆芽。

做土要扩大了精神，就是收纳新潮，脱离旧套，能够容纳，了解那将来产生的天才；又要不怕做小事业，就是能创作的自然是创作，否则翻译，介绍，欣赏，读，看，消闲都可以。以文艺来消闲，说来似乎有些可笑，但究竟较胜于戕贼他。

泥土和天才比，当然是不足齿数的，然而不是坚苦卓绝者，也怕不容易做；不过事在人为，比空等天赋的天才有把握。这一点，是泥土的伟大的地方，也是反有大希望的地方。而且也有报酬，譬如好花从泥土里出来，看的人固然欣然的赏鉴，泥土也可以欣然的赏鉴，正不必花卉自身，这才心旷神怡的——假如当作泥土也有灵魂的说。

一九二四年一月十七日

在北京师范大学附属中学校友会讲

论雷峰塔的倒掉

听说，杭州西湖上的雷峰塔倒掉了，听说而已，我没有亲见。但我却见过未倒的雷峰塔，破破烂烂的映掩于湖光山色之间，落山的太阳照着这些四近的地方，就是“雷峰夕照”，西湖十景之一。“雷峰夕照”的真景我也见过，并不见佳，我以为。

然而一切西湖胜迹的名目之中，我知道得最早的却是这雷峰塔。我的祖母曾经常常对我说，白蛇娘娘就被压在这塔底下！有个叫作许仙的人救了两条蛇，一青一白，后来白蛇便化作女人来报恩，嫁给许仙了；青蛇化作丫鬟，也跟着。一个和尚，法海禅师，得道的禅师，看见许仙脸上有妖气——凡讨妖怪作老婆的人，脸上就有妖气的，但只有非凡的人才看得出——便将他藏在金山寺的法座后，白蛇娘娘来寻夫，于是就“水满金山”。我的祖母讲起来还要有趣得多，大约是出于一部弹词叫作《义妖传》里的，但我没有看过这部书，所以也不知道“许仙”“法海”究竟是否这样写。总而言之，白蛇娘娘终于中了法海的计策，被装在一个小小的钵盂里了。钵盂埋在地里，上面还造起一座镇压的塔来，这就是雷峰塔。此后似乎事情还很多，如“白状元祭塔”之类，但我现在都忘记了。

那时我惟一的希望，就在这雷峰塔的倒掉。后来我长大了，到杭州，看见这破破烂烂的塔，心里就不舒服。后来我看看书，说杭州人又叫这塔作“保叔塔”，其实应该写作“保俶塔”，是钱王的儿子造的。那么，里面当然没有白蛇娘娘了，然而我心里仍然不舒服，仍然希望他倒掉。

现在，他居然倒掉了，则普天之下的人民，其欣喜为何如？

这是有事实可证的。试到吴越的山间海滨，探听民意去。凡有田夫野老，蚕妇村氓，除了几个脑髓里有点贵恙的之外，可有谁不为白娘娘抱不平，不怪法海太多事的？

和尚本应该只管自己念经。白蛇自迷许仙，许仙自娶妖怪，和别人有什么相干呢？他偏要放下经卷，横来招是搬非，大约是怀着嫉妒罢，——那简直是一定的。

听说，后来玉皇大帝也就怪法海多事，以至荼毒生灵，想要拿办他了。他逃来逃去，终于逃在蟹壳里避祸，不敢再出来，到现在还如此。我对于玉皇大帝所做的事，腹诽的非常多，独于这一件却很满意，因为“水满金山”一案，的确应该由法海负责；他实在办得很不错的。只可惜我那时没有打听这话的出处，或者不在《义妖传》中，却是民间的传说罢。

秋高稻熟时节，吴越间所多的是螃蟹，煮到通红之后，无论取哪一只，揭开背壳来，里面就有黄，有膏；倘是雌的，就有石榴子一般鲜红的子。先将这些吃完，即一定露出一个圆锥形的薄膜，再用小刀小心地沿着锥底切下，取出，翻转，使里面向外，只要不破，便变成一个罗汉模样的东西，有头脸，身子，是坐着的，我们那里的小孩子都称他“蟹和尚”，就是躲在里面避难的法海。

当初，白蛇娘娘压在塔底下，法海禅师躲在蟹壳里。现在却只有这位老禅师独自静坐了，非到螃蟹断种的那一天为止出不来。莫非他造塔的时候，竟没有想到塔是终究要倒的么？

活该。

一九二四年十月二十八日

说胡须

今年夏天游了一回长安，一个多月之后，胡里胡涂的回来了。知道的朋友便问我："你以为那边怎样？"我这才栗然地回想长安，记得看见很多的白杨，很大的石榴树，道中喝了不少的黄河水。然而这些又有什么可谈呢？我于是说："没有什么怎样。"他于是废然而去了，我仍旧废然而住，自愧无以对"不耻下问"的朋友们。

今天喝茶之后，便看书，书上沾了一点水，我知道上唇的胡须又长起来了。假如翻一翻《康熙字典》，上唇的，下唇的，颊旁的，下巴上的各种胡须，大约都有特别的名号谥法的罢，然而我没有这样闲情别致。总之是这胡子又长起来了，我又要照例的剪短他，先免得沾汤带水。于是寻出镜子，剪刀，动手就剪，其目的是在使他和上唇的上缘平齐，成一个隶书的一字。

我一面剪，一面却忽而记起长安，记起我的青年时代，发出连绵不断的感慨来。长安的事，已经不很记得清楚了，大约确乎是游历孔庙的时候，其中有一间房子，挂着许多印画，有李二曲像，有历代帝王像，其中有一张是宋太祖或是什么宗，我也记不清楚了，总之是穿一件长袍，而胡子向上翘起的。于是一位名士就毅然决然地说：“这都是日本人假造的，你看这胡子就是日本式的胡子。”

诚然，他们的胡子确乎如此翘上，他们也未必不假造宋太祖或什么宗的画像，但假造中国皇帝的肖像而必须对了镜子，以自己的胡子为法式，则其手段和思想之离奇，真可谓“出乎意表之外”了。清乾隆中，黄易掘出汉武梁祠石刻画像来，男子的胡须多翘上；我们现在所见北魏至唐的佛教造像中的信士像，凡有胡子的也多翘上，直到元明的画像，则胡子大抵受了地心的吸力作用，向下面拖下去了。日本人何其不惮烦，孳孳汲汲地造了这许多从汉到唐的假古董，来埋在中国的齐鲁燕晋秦陇巴蜀的深山邃谷废墟荒地里？

我以为拖下的胡子倒是蒙古式，是蒙古人带来的，然而我们的聪明的名士却当作国粹了。留学日本的学生因为恨日本，便神往于大元，说道：“那时倘非天幸，这岛国早被我们灭掉了！”则认拖下的胡子为国粹亦无不可。然而又何以是黄帝的子孙？又何以说台湾人在福建打中国人是奴隶根性？

我当时就想争辩，但我即刻又不想争辩了。留学德国的爱国者 X 君——因为我忘记了他的名字，姑且以 X 代之——不是说我的毁谤中国，是因为娶了日本女人，所以替他们宣传本国的坏处么？我先前不过单举几样中国的缺点，尚且要带累“贱内”改了国籍，何况现在是有关日本的问题？好在即使宋太祖或什么宗的胡子蒙些不白之冤，也不至于就有洪水，就有地震，有什么大相干。我于是连连点头，说道："嗡，嗡，对啦。"因为我实在比先前似乎油滑得多了——好了。

我剪下自己的胡子的左尖端毕，想，陕西人费心劳力，备饭化钱，用汽车载，用船装，用骡车拉，用自动车装，请到长安去讲演，大约万料不到我是一个虽对于决无杀身之祸的小事情，也不肯直抒自己的意见，只会"嗡，嗡，对啦"的罢。他们简直是受了骗了。

我再向着镜中的自己的脸，看定右嘴角，剪下胡子的右尖端，撒在地上，想起我的青年时代来——

那已经是老话，约有十六七年了罢。

我就从日本回到故乡来，嘴上就留着宋太祖或什么宗似的向上翘起的胡子，坐在小船里，和船夫谈天。

"先生，你的中国话说得真好。"后来，他说。

"我是中国人，而且和你是同乡，怎么会……"

"哈哈哈，你这位先生还会说笑话。"

记得我那时的没奈何，确乎比看见 X 君的通信要超过十倍。我那时随身并没有带着家谱，确乎不能证明我是中国人。即使带着家谱，而上面只有一个名字，并无画像，也不能证明这名字就是我。即使有画像，日本人会假造从汉到唐的石刻，宋太祖或什么宗的画像，难道偏不会假造一部木版的家谱么？

凡对于以真话为笑话的，以笑话为真话的，以笑话为笑话的，只有一个方法：就是不说话。

于是我从此不说话。

然而，倘使在现在，我大约还要说："嗡，嗡……今天天气多么好呀？……那边的村子叫什么名字？……"因为我实在比先前似乎油滑得多了——好了。

现在我想，船夫的改变我的国籍，大概和X君的高见不同。其原因只在于胡子罢，因为我从此常常为胡子受苦。

国度会亡，国粹家是不会少的，而只要国粹家不少，这国度就不算亡。国粹家者，保存国粹者也；而国粹者，我的胡子是也。这虽然不知道是什么"逻辑"法，但当时的实情确是如此的。

"你怎么学日本人的样子，身体既矮小，胡子又这样……"一位国粹家兼爱国者发过一篇崇论宏议之后，就达到这一个结论。

可惜我那时还是一个不识世故的少年，所以就愤愤地争辩。第一，我的身体是本来只有这样高，并非故意设法用什么洋鬼子的机器压缩，使他变成矮小，希图冒充。第二，我的胡子，诚然和许多日本人的相同，然而我虽然没有研究过他们的胡须样式变迁史，但曾经见过几幅古人的画像，都不向上，只是向外，向下，和我们的国粹差不多。维新以后，可是翘起来了，那大约是学了德国式。你看威廉皇帝的胡须，不是上指眼梢，和鼻梁正作平行么？虽然他后来因为吸烟烧了一边，只好将两边都剪平了。但在日本明治维新的时候，他这一边还没有失火……

这一场辩解大约要两分钟，可是总不能解国粹家之怒，因为德国也是洋鬼子，而况我的身体又矮小乎。而况国粹家很不少，意见又很统一，因此我的辩解也就很频繁，然而总无效，一回，两回，以至十回，十几回，连我自己也觉得无聊而且麻烦起来了。罢了，况且修饰胡须用的胶油在中国也难得，我便从此听其自然了。

听其自然之后，胡子的两端就显出毗心现象来，于是也就和地面成为九十度的直角。国粹家果然也不再说话，或者中国已经得救了罢。

然而接着就招了改革家的反感，这也是应该的。我于是又分疏，一回，两回，以至许多回，连我自己也觉得无聊而且麻烦起来了。

大约在四五年或七八年前罢，我独坐在会馆里，窃悲我的胡须的不幸的境遇，研究他所以得谤的原因，忽而恍然大悟，知道那祸根全在两边的尖端上。于是取出镜子，剪刀，即刻剪成一平，使他既不上翘，也难拖下，如一个隶书的一字。

“阿，你的胡子这样了？”当初也曾有人这样问。

“唔唔，我的胡子这样了。”

他可是没有话。我不知道是否因为寻不着两个尖端，所以失了立论的根据，还是我的胡子“这样”之后，就不负中国存亡的责任了。总之我从此太平无事的一直到现在，所麻烦者，必须时常剪剪而已。

一九二四年十月三十日

论照相之类

一　材料之类

我幼小时候，在S城——所谓幼小时候者，是三十年前，但从进步神速的英才看来，就是一世纪；所谓S城者，我不说他的真名字，何以不说之故，也不说。总之，是在S城，常常旁听大大小小男男女女谈论洋鬼子挖眼睛。曾有一个女人，原在洋鬼子家里佣工，后来出来了，据说她所以出来的原因，就因为亲见一坛盐渍的眼睛，小鲫鱼似的一层一层积叠着，快要和坛沿齐平了。她为远避危险起见，所以赶紧走。

S城有一种习惯，就是凡是小康之家，到冬天一定用盐来腌一缸白菜，以供一年之需，其用意是否和四川的榨菜相同，我不知道。但洋鬼子之腌眼睛，则用意当然别有所在，惟独方法却大受了S城腌白菜法的影响，相传中国对外富于同化力，这也就是一个证据罢。然而状如小鲫鱼者何？答曰：此确为S城人之眼睛也。S城庙宇中常有一种菩萨，号曰眼光娘娘。有眼病的，可以去求祷；愈，则用布或绸做眼睛一对，挂神龛上或左右，以答神麻。所以只要看所挂眼睛的多少，就知道这菩萨的灵不灵。而所挂的眼睛，则正是两头尖尖，如小鲫鱼，要寻一对和洋鬼子生理图上所画似的圆球形者，决不可得。黄帝岐伯尚矣；王莽诛翟义党，分解肢体，令医生们察看，曾否绘图不可知，纵使绘过，现在已佚，徒令“古已有之”而已。宋的《析骨分经》，相传也据目验，《说郛》中有之，我曾看过它，多是胡说，大约是假的。否则，目验尚且如此胡涂，则 S 城人之将眼睛理想化为小鲫鱼，实也无足深怪了。

然而洋鬼子是吃腌眼睛来代腌菜的么？是不然，据说是应用的。一，用于电线，这是根据别一个乡下人的话，如何用法，他没有谈，但云用于电线罢了；至于电线的用意，他却说过，就是每年加添铁丝，将来鬼兵到时，使中国人无处逃走。二，用于照相，则道理分明，不必多赘，因为我们只要和别人对立，他的瞳子里一定有我的一个小照相的。

而且洋鬼子又挖心肝，那用意，也是应用。我曾旁听过一位念佛的老太太说明理由：他们挖了去，熬成油，点了灯，向地下各处去照去。人心总是贪财的，所以照到埋着宝贝的地方，火头便弯下去了。他们当即掘开来，取了宝贝去，所以洋鬼子都这样的有钱。

道学先生之所谓“万物皆备于我”的事，其实是全国，至少是 S 城的“目不识丁”的人们都知道，所以人为“万物之灵”。所以月经精液可以延年，毛发爪甲可以补血，大小便可以医许多病，臂膊上的肉可以养亲。然而这并非本论的范围，现在姑且不说。况且 S 城人极重体面，有许多事不许说；否则，就要用阴谋来惩治的。

二 形式之类

要之，照相似乎是妖术。咸丰年间，或一省里，还有因为能照相而家产被乡下人捣毁的事情。但当我幼小的时候，——即三十年前，S 城却已有照相馆了，大家也不甚疑惧。虽然当闹“义和拳民”时——即二十五年前，或一省里，还以罐头牛肉当作洋鬼子所杀的中国孩子的肉看。然而这是例外，万事万物，总不免有例外的。

要之，S 城早有照相馆了，这是我每一经过，总须流连赏玩的地方，但一年中也不过经过四五回。大小长短不同颜色不同的玻璃瓶，又光滑又有刺的仙人掌，在我都是珍奇的物事；还有挂在壁上的框子里的照片：曾大人，李大人，左中堂，鲍军门。一个族中的好心的长辈，曾经借此来教育我，说这许多都是当今的大官，平“长毛”的功臣，你应该学学他们。我那时也很愿意学，然而想，也须赶快仍复有“长毛”。

但是，S 城人却似乎不甚爱照相，因为精神要被照去的，所以运气正好的时候，尤不宜照，而精神则一名“威光”：我当时所知道的只有这一点。直到近年来，才又听到世上有因为怕失了元气而永不洗澡的名士，元气大约就是威光罢，那么，我所知道的就更多了：中国人的精神一名威光即元气，是照得去，洗得下的。

然而虽然不多，那时却又确有光顾照相的人们，我也不明白是什么人物，或者运气不好之徒，或者是新党罢。只是半身像是大抵避忌的，因为像腰斩。自然，清朝是已经废去腰斩的了，但我们还能在戏文上看见包爷爷的铡包勉，一刀两段，何等可怕，则即使是国粹乎，而亦不欲人之加诸我也，诚然也以不照为宜。所以他们所照的多是全身，旁边一张大茶几，上有帽架，茶碗，水烟袋，花盆，几下一个痰盂，以表明这人的气管枝中有许多痰，总须陆续吐出。人呢，或立或坐，或者手执书卷，或者大襟上挂一个很大的时表，我们倘用放大镜一照，至今还可以知道他当时拍照的时辰，而且那时还不会用镁光，所以不必疑心是夜里。

然而名士风流，又何代蔑有呢？雅人早不满于这样千篇一律的呆鸟了，于是也有赤身露体装作晋人的，也有斜领丝绦装作X人的，但不多。较为通行的是先将自己照下两张，服饰态度各不同，然后合照为一张，两个自己即或如宾主，或如主仆，名曰“二我图”。但设若一个自己傲然地坐着，一个自己卑劣可怜地，向了坐着的那一个自己跪着的时候，名色便又两样了：“求己图”。这类“图”晒出之后，总须题些诗，或者词如“调寄满庭芳”“摸鱼儿”之类，然后在书房里挂起。至于贵人富户，则因为属于呆鸟一类，所以决计想不出如此雅致的花样来，即有特别举动，至多也不过自己坐在中间，膝下排列着他的一百个儿子，一千个孙子和一万个曾孙（下略）照一张“全家福”。

Th. Lipps在他那《伦理学的根本问题》中，说过这样意思的话。就是凡是人主，也容易变成奴隶，因为他一面既承认可做主人，一面就当然承认可做奴隶，所以威力一坠，就死心塌地，俯首帖耳于新主人之前了。那书可惜我不在手头，只记得一个大意，好在中国已经有了译本，虽然是节译，这些话应该存在的罢。用事实来证明这理论的最显著的例是孙皓，治吴时候，如此骄纵酷虐的暴主，一降晋，却是如此卑劣无耻的奴才。中国常语说，临下骄者事上必谄，也就是看穿了这把戏的话。但表现得最透澈的却莫如"求己图"，将来中国如要印《绘图伦理学的根本问题》，这实在是一张极好的插画，就是世界上最伟大的讽刺画家也万万想不到，画不出的。

但现在我们所看见的，已没有卑劣可怜地跪着的照相了，不是什么会纪念的一群，即是什么人放大的半个，都很凛凛地。我愿意我之常常将这些当作半张"求己图"看，乃是我的杞忧。

三　无题之类

照相馆选定一个或数个阔人的照相，放大了挂在门口，似乎是北京特有，或近来流行的。我在S城所见的曾大人之流，都不过六寸或八寸，而且挂着的永远是曾大人之流，也不像北京的时时掉换，年年不同。但革命以后，也许撤去了罢，我知道得不真确。

至于近十年北京的事，可是略有所知了，无非其人阔，则其像放大，其人"下野"，则其像不见，比电光自然永久得多。倘若白昼明烛，要在北京城内寻求一张不像那些阔人似的缩小放大挂起挂倒的照相，则据鄙陋所知，实在只有一位梅兰芳君。而该君的麻姑一般的“天女散花”“黛玉葬花”像，也确乎比那些缩小放大挂起挂倒的东西标致，即此就足以证明中国人实有审美的眼睛，其一面又放大挺胸凸肚的照相者，盖出于不得已。

我在先只读过《红楼梦》，没有看见“黛玉葬花”的照片的时候，是万料不到黛玉的眼睛如此之凸，嘴唇如此之厚的。我以为她该是一副瘦削的痨病脸，现在才知道她有些福相，也像一个麻姑。然而只要一看那些继起的模仿者们的拟天女照相，都像小孩子穿了新衣服，拘束得怪可怜的苦相，也就会立刻悟出梅兰芳君之所以永久之故了，其眼睛和嘴唇，盖出于不得已，即此也就足以证明中国人实有审美的眼睛。

印度的诗圣泰戈尔先生光临中国之际，像一大瓶好香水似地很熏上了几位先生们以文气和玄气，然而够到陪坐祝寿的程度的却只有一位梅兰芳君：两国的艺术家的握手。待到这位老诗人改姓换名，化为“竺震旦”，离开了近于他的理想境的这震旦之后，震旦诗贤头上的印度帽也不大看见了，报章上也很少记他的消息，而装饰这近于理想境的震旦者，也仍旧只有那巍然地挂在照相馆玻璃窗里的一张“天女散花图”或“黛玉葬花图”。

惟有这一位“艺术家”的艺术，在中国是永久的。

我所见的外国名伶美人的照相并不多，男扮女的照相没有见过，别的名人的照相见过几十张。托尔斯泰，伊孛生，罗丹都老了，尼采一脸凶相，勖本华尔一脸苦相，淮尔特，穿上他那审美的衣装的时候，已经有点呆相了，而罗曼罗兰似乎带点怪气，戈尔基又简直像一个流氓。虽说都可以看出悲哀和苦斗的痕迹来罢，但总不如天女的“好”得明明白白。假使吴昌硕翁的刻印章也算雕刻家，加以作画的润格如是之贵，则在中国确是一位艺术家了，但他的照相我们看不见。林琴南翁负了那么大的文名，而天下也似乎不甚有热心于“识荆”的人，我虽然曾在一个药房的仿单上见过他的玉照，但那是代表了他的“如夫人”函谢丸药的功效，所以印上的，并不因为他的文章。更就用了“引车卖浆者流”的文字来做文章的诸君而言，南亭亭长我佛山人往矣，且从略；近来则虽是奋战忿斗，做了这许多作品的如创造社诸君子，也不过印过很小的一张三人的合照，而且是铜板而已。

我们中国的最伟大最永久的艺术是男人扮女人。

异性大抵相爱。太监只能使别人放心，决没有人爱他，因为他是无性了——假使我用了这“无”字还不算什么语病。然而也就可见虽然最难放心，但是最可贵的是男人扮女人了，因为从两性看来，都近于异性，男人看见“扮女人”，女人看见“男人扮”，所以这就永远挂在照相馆的玻璃窗里，挂在国民的心中。外国没有这样的完全的艺术家，所以只好任凭那些捏锤凿，调采色，弄墨水的人们跋扈。

我们中国的最伟大最永久，而且最普遍的艺术也就是男人扮女人。

一九二四年十一月十一日

再论雷峰塔的倒掉

从崇轩先生的通信（二月份《京报副刊》）里，知道他在轮船上听到两个旅客谈话，说是杭州雷峰塔之所以倒掉，是因为乡下人迷信那塔砖放在自己的家中，凡事都必平安，如意，逢凶化吉，于是这个也挖，那个也挖，挖之久久，便倒了。一个旅客并且再三叹息道：西湖十景这可缺了呵！

这消息，可又使我有点畅快了，虽然明知道幸灾乐祸，不像一个绅士，但本来不是绅士的，也没有法子来装潢。

我们中国的许多人——我在此特别郑重声明：并不包括四万万同胞全部！——大抵患有一种“十景病”，至少是“八景病”，沉重起来的时候大概在清朝。凡看一部县志，这一县往往有十景或八景，如“远村明月”“萧寺清钟”“古池好水”之类。而且，“十”字形的病菌，似乎已经侵入血管，流布全身，其势力早不在“！”形惊叹亡国病菌之下了。点心有十样锦，菜有十碗，音乐有十番，阎罗有十殿，药有十全大补，猜拳有全福手福手全，连人的劣迹或罪状，宣布起来也大抵是十条，仿佛犯了九条的时候总不肯歇手。现在西湖十景可缺了呵！“凡为天下国家有九经”，九经固古已有之，而九景却颇不习见，所以正是对于十景病的一个针砭，至少也可以使患者感到一种不平常，知道自己的可爱的老病，忽而跑掉了十分之一了。

但仍有悲哀在里面。

其实，这一种势所必至的破坏，也还是徒然的，畅快不过是无聊的自欺。雅人和信士和传统大家，定要苦心孤诣巧语花言地再来补足了十景而后已。

无破坏即无新建设，大致是的；但有破坏却未必即有新建设。卢梭、斯谛纳尔、尼采、托尔斯泰、伊孛生等辈，若用勃兰兑斯的话来说，乃是“轨道破坏者”。其实他们不单是破坏，而且是扫除，是大呼猛进，将碍脚的旧轨道不论整条或碎片，一扫而空，并非想挖一块废铁古砖挟回家去，预备卖给旧货店。中国很少这一类人，即使有之，也会被大众的唾沫淹死。孔丘先生确是伟大，生在巫鬼势力如此旺盛的时代，偏不肯随俗谈鬼神；但可惜太聪明了，“祭如在祭神如神在”，只用他修《春秋》的照例手段以两个“如”字略寓“俏皮刻薄”之意，使人一时莫明其妙，看不出他肚皮里的反对来。他肯对子路赌咒，却不肯对鬼神宣战，因为一宣战就不和平，易犯骂人——虽然不过骂鬼——之罪，即不免有《衡论》（见一月份《晨报副镌》）作家TY先生似的好人，会替鬼神来奚落他道：为名乎？骂人不能得名。为利乎？骂人不能得利。想引诱女人乎？又不能将蚩尤的脸子印在文章上。何乐而为之也欤？

孔丘先生是深通世故的老先生，大约除脸子付印问题以外，还有深心，犯不上来做明目张胆的破坏者，所以只是不谈，而决不骂，于是乎俨然成为中国的圣人，道大，无所不包故也。否则，现在供在圣庙里的，也许不姓孔。

不过在戏台上罢了，悲剧将人生的有价值的东西毁灭给人看，喜剧将那无价值的撕破给人看。讥讽又不过是喜剧的变简的一支流。但悲壮滑稽，却都是十景病的仇敌，因为都有破坏性，虽然所破坏的方面各不同。中国如十景病尚存，则不但卢梭他们似的疯子决不产生，并且也决不产生一个悲剧作家或喜剧作家或讽刺诗人。所有的，只是喜剧底人物或非喜剧非悲剧底人物，在互相模造的十景中生存，一面各各带了十景病。

然而十全停滞的生活，世界上是很不多见的事，于是破坏者到了，但并非自己的先觉的破坏者，却是狂暴的强盗，或外来的蛮夷。猃狁早到过中原，五胡来过了，蒙古也来过了；同胞张献忠杀人如草，而满洲兵的一箭，就钻进树丛中死掉了。有人论中国说，倘使没有带着新鲜的血液的野蛮的侵入，真不知自身会腐败到如何！这当然是极刻毒的恶谑，但我们一翻历史，怕不免要有汗流浃背的时候罢。外寇来了，暂一震动，终于请他作主子，在他的刀斧下修补老例；内寇来了，也暂一震动，终于请他做主子，或者别拜一个主子，在自己的瓦砾中修补老例。再来翻县志，就看见每一次兵燹之后，所添上的是许多烈妇烈女的氏名。看近来的兵祸，怕又要大举表扬节烈了罢。许多男人们都那里去了？

凡这一种寇盗式的破坏，结果只能留下一片瓦砾，与建设无关。

但当太平时候，就是正在修补老例，并无寇盗时候，即国中暂时没有破坏么？也不然的，其时有奴才式的破坏作用常川活动着。

雷峰塔砖的挖去，不过是极近的一条小小的例。龙门的石佛，大半肢体不全，图书馆中的书籍，插图须谨防撕去，凡公物或无主的东西，倘难于移动，能够完全的即很不多。但其毁坏的原因，则非如革除者的志在扫除，也非如寇盗的志在掠夺或单是破坏，仅因目前极小的自利，也肯对于完整的大物暗暗的加一个创伤。人数既多，创伤自然极大，而倒败之后，却难于知道加害的究竟是谁。正如雷峰塔倒掉以后，我们单知道由于乡下人的迷信。共有的塔失去了，乡下人的所得，却不过一块砖，这砖，将来又将为别一自利者所藏，终究至于灭尽。倘在民康物阜时候，因为十景病的发作，新的雷峰塔也会再造的罢。但将来的运命，不也就可以推想而知么？如果乡下人还是这样的乡下人，老例还是这样的老例。

这一种奴才式的破坏，结果也只能留下一片瓦砾，与建设无关。

岂但乡下人之于雷峰塔，日日偷挖中华民国的柱石的奴才们，现在正不知有多少！

瓦砾场上还不足悲，在瓦砾场上修补老例是可悲的。我们要革新的破坏者，因为他内心有理想的光。我们应该知道他和寇盗奴才的分别；应该留心自己堕入后两种。这区别并不烦难，只要观人，省己，凡言动中，思想中，含有借此据为己有的朕兆者是寇盗，含有借此占些目前的小便宜的朕兆者是奴才，无论在前面打着的是怎样鲜明好看的旗子。

一九二五年二月六日

看镜有感

因为翻衣箱，翻出几面古铜镜子来，大概是民国初年初到北京时候买在那里的，“情随事迁”，全然忘却，宛如见了隔世的东西了。

一面圆径不过二寸，很厚重，背面满刻蒲陶，还有跳跃的鼯鼠，沿边是一圈小飞禽。古董店家都称为“海马葡萄镜”。但我的一面并无海马，其实和名称不相当。记得曾见过别一面，是有海马的，但贵极，没有买。这些都是汉代的镜子；后来也有模造或翻沙者，花纹可造粗拙得多了。汉武通大宛安息，以致天马蒲萄，大概当时是视为盛事的，所以便取作什器的装饰。古时，于外来物品，每加海字，如海榴、海红花、海棠之类。海即现在之所谓洋，海马译成今文，当然就是洋马。镜鼻是一个虾蟆，则因为镜如满月，月中有蟾蜍之故，和汉事不相干了。

遥想汉人多少闳放，新来的动植物，即毫不拘忌，来充装饰的花纹。唐人也还不算弱，例如汉人的墓前石兽，多是羊，虎，天禄，辟邪，而长安的昭陵上，却刻着带箭的骏马，还有一匹驼鸟，则办法简直前无古人。现今在坟墓上不待言，即平常的绘画，可有人敢用一朵洋花一只洋鸟，即私人的印章，可有人肯用一个草书一个俗字么？许多雅人，连记年月也必是甲子，怕用民国纪元。不知道是没有如此大胆的艺术家；还是虽有而民众都加迫害，他于是乎只得萎缩，死掉了？

宋的文艺，现在似的国粹气味就熏人。然而辽金元陆续进来了，这消息很耐寻味。汉唐虽然也有边患，但魄力究竟雄大，人民具有不至于为异族奴隶的自信心，或者竟毫未想到，凡取用外来事物的时候，就如将彼俘来一样，自由驱使，绝不介怀。一到衰弊陵夷之际，神经可就衰弱过敏了，每遇外国东西，便觉得彷佛彼来俘我一样，推拒，惶恐，退缩，逃避，抖成一团，又必想一篇道理来掩饰，而国粹遂成为孱王和孱奴的宝贝。

无论从那里来的，只要是食物，壮健者大抵就无需思索，承认是吃的东西。惟有衰病的，却总常想到害胃，伤身，特有许多禁条，许多避忌；还有一大套比较利害而终于不得要领的理由，例如吃固无妨，而不吃尤稳，食之或当有益，然究以不吃为宜云云之类。但这一类人物总要日见其衰弱的，因为他终日战战兢兢，自己先已失了活气了。

不知道南宋比现今如何，但对外敌，却明明已经称臣，惟独在国内特多繁文缛节以及唠叨的碎话。正如倒霉人物，偏多忌讳一般，豁达闳大之风消歇净尽了。直到后来，都没有什么大变化。我曾在古物陈列所所陈列的古画上看见一颗印文，是几个罗马字母。但那是所谓“我圣祖仁皇帝”的印，是征服了汉族的主人，所以他敢；汉族的奴才是不敢的。便是现在，便是艺术家，可有敢用洋文的印的么？

清顺治中，时宪书上印有“依西洋新法”五个字，痛哭流涕来劾洋人汤若望的偏是汉人杨光先。直到康熙初，争胜了，就教他做钦天监正去，则又叩阍以“但知推步之理不知推步之数”辞。不准辞，则又痛哭流涕地来做《不得已》，说道“宁可使中夏无好历法，不可使中夏有西洋人”。然而终于连闰月都算错了，他大约以为好历法专属于西洋人，中夏人自己是学不得，也学不好的。但他竟论了大辟，可是没有杀，放归，死于途中了。汤若望入中国还在明崇祯初，其法终未见用；后来阮元论之曰：“明季君臣以大统寖疏，开局修正，既知新法之密，而讫未施行。圣朝定鼎，以其法造时宪书，颁行天下。彼十余年辩论翻译之劳，若以备我朝之采用者，斯亦奇矣！……我国家圣圣相传，用人行政，惟求其是，而不先设成心。即是一端，可以仰见如天之度量矣！”（《畴人传》四十五）

现在流传的古镜们，出自冢中者居多，原是殉葬品。但我也有一面日用镜，薄而且大，规抚汉制，也许是唐代的东西。那证据是：一、镜鼻已多磨损；二、镜面的沙眼都用别的铜来补好了。当时在妆阁中，曾照唐人的额黄和眉绿，现在却监禁在我的衣箱里，它或者大有今昔之感罢。

但铜镜的供用，大约道光咸丰时候还与玻璃镜并行；至于穷乡僻壤，也许至今还用着。我们那里，则除了婚丧仪式之外，全被玻璃镜驱逐了。然而也还有余烈可寻，倘街头遇见一位老翁，肩了长凳似的东西，上面缚着一块猪肝色石和一块青色石，试伫听他的叫喊就是“磨镜，磨剪刀！”

宋镜我没有见过好的，什九并无藻饰，只有店号或“正其衣冠”等类的迂铭词，真是“世风日下”。但是要进步或不退步，总须时时自出新裁，至少也必取材异域，倘若各种顾忌，各种小心，各种唠叨，这么做即违了祖宗，那么做又像了夷狄，终生惴惴如在薄冰上，发抖尚且来不及，怎么会做出好东西来。所以事实上“今不如古”者，正因为有许多唠叨着“今不如古”的诸位先生们之故。现在情形还如此。倘再不放开度量，大胆地，无畏地，将新文化尽量地吸收，则杨光先似的向西洋主人沥陈中夏的精神文明的时候，大概是不劳久待的罢。

但我向来没有遇见过一个排斥玻璃镜子的人。单知道咸丰年间，汪曰桢先生却在他的大著《湖雅》里攻击过的。他加以比较研究之后，终于决定还是铜镜好。最不可解的是：他说，照起面貌来，玻璃镜不如铜镜之准确。莫非那时的玻璃镜当真坏到如此，还是因为他老先生又带上了国粹眼镜之故呢？我没有见过古玻璃镜。这一点终于猜不透。

一九二五年二月九日

春末闲谈

北京正是春末，也许我过于性急之故罢，觉着夏意了，于是突然记起故乡的细腰蜂。那时候大约是盛夏，青蝇密集在凉棚索子上，铁黑色的细腰蜂就在桑树间或墙角的蛛网左近往来飞行，有时衔一支小青虫去了，有时拉一个蜘蛛。青虫或蜘蛛先是抵抗着不肯去，但终于乏力，被衔着腾空而去了，坐了飞机似的。

老前辈们开导我，那细腰蜂就是书上所说的果蠃，纯雌无雄，必须捉螟蛉去做继子的。她将小青虫封在窠里，自己在外面日日夜夜敲打着，祝道“像我像我”，经过若干日——我记不清了，大约七七四十九日罢——那青虫也就成了细腰蜂了，所以《诗经》里说：“螟蛉有子，果蠃负之。”螟蛉就是桑上小青虫。蜘蛛呢？他们没有提。我记得有几个考据家曾经立过异说，以为她其实自能生卵；其捉青虫，乃是填在窠里，给孵化出来的幼蜂做食料的。但我所遇见的前辈们都不采用此说，还道是拉去做女儿。我们为存留天地间的美谈起见，倒不如这样好。当长夏无事，遣暑林阴，瞥见二虫一拉一拒的时候，便如睹慈母教女，满怀好意，而青虫的宛转抗拒，则活像一个不识好歹的毛鸦头。

但究竟是夷人可恶，偏要讲什么科学。科学虽然给我们许多惊奇，但也搅坏了我们许多好梦。自从法国的昆虫学大家发勃耳（Fabre）仔细观察之后，给幼蜂做食料的事可就证实了。而且，这细腰蜂不但是普通的凶手，还是一种很残忍的凶手，又是一个学识技术都极高明的解剖学家。她知道青虫的神经构造和作用，用了神奇的毒针，向那运动神经球上只一螫，它便麻痹为不死不活状态，这才在它身上生下蜂卵，封入窠中。青虫因为不死不活，所以不动，但也因为不活不死，所以不烂，直到她的子女孵化出来的时候，这食料还和被捕当日一样的新鲜。

三年前，我遇见神经过敏的俄国的E君，有一天他忽然发愁道，不知道将来的科学家，是否不至于发明一种奇妙的药品，将这注射在谁的身上，则这人即甘心永远去做服役和战争的机器了？那时我也就皱眉叹息，装作一齐发愁的模样，以示“所见略同”之至意，殊不知我国的圣君、贤臣、圣贤、圣贤之徒，却早已有过这一种黄金世界的理想了。不是“唯辟作福，唯辟作威，唯辟玉食”么？不是“君子劳心，小人劳力”么？不是“治于人者食（去声）人，治人者食于人”么？可惜理论虽已卓然，而终于没有发明十全的好方法。要服从作威就须不活，要贡献玉食就须不死；要被治就须不活，要供养治人者又须不死。人类升为万物之灵，自然是可贺的，但没有了细腰蜂的毒针，却很使圣君、贤臣、圣贤、圣贤之徒，以至现在的阔人、学者、教育家觉得棘手。将来未可知，若已往，则治人者虽然尽力施行过各种麻痹术，也还不能十分奏效，与果赢并驱争先。即以皇帝一伦而言，便难免时常改姓易代，终没有“万年有道之长”；“二十四史”而多至二十四，就是可悲的铁证。现在又似乎有些别开生面了，世上挺生了一种所谓“特殊知识阶级”的留学生，在研究室中研究之结果，说医学不发达是有益于人种改良的，中国妇女的境遇是极其平等的，一切道理都已不错，一切状态都已够好。E君的发愁，或者也不为无因罢，然而俄国是不要紧的，因为他们不像我们中国，有所谓“特别国情”，还有所谓“特殊智识阶级”。

但这种工作，也怕终于像古人那样，不能十分奏效的罢，因为这实在比细腰蜂所做的要难得多。她于青虫，只须不动，所以仅在运动神经球上一螫，即告成功。而我们的工作，却求其能运动，无知觉，该在知觉神经中枢，加以完全的麻醉的。但知觉一失，运动也就随之失却主宰，不能贡献玉食，恭请上自“极峰”下至“特殊智识阶级”的赏收享用了。就现在而言，窃以为除了遗老的圣经贤传法，学者的进研究室主义，文学家和茶摊老板的莫谈国事律，教育家的勿视勿听勿言勿动论之外，委实还没有更好、更完全、更无流弊的方法。便是留学生的特别发见，其实也并未轶出了前贤的范围。

那么，又要“礼失而求诸野”了。夷人，现在因为想去取法，姑且称之为外国，他那里，可有较好的法子么？可惜，也没有。所有者，仍不外乎不准集会，不许开口之类，和我们中华并没有什么很不同。然亦可见至道嘉猷，人同此心，心同此理，固无华夷之限也。猛兽是单独的，牛羊则结队；野牛的大队，就会排角成城以御强敌了，但拉开一匹，定只能牟牟地叫。人民与牛马同流——此就中国而言，夷人别有分类法云——治之之道，自然应该禁止集合：这方法是对的。其次要防说话。人能说话，已经是祸胎了，而况有时还要做文章。所以苍颉造字，夜有鬼哭。鬼且反对，而况于官？猴子不会说话，猴界即向无风潮——可是猴界中也没有官，但这又作别论——确应该虚心取法，反朴归真，则口且不开，文章自灭：这方法也是对的。然而上文也不过就理论而言，至于实效，却依然是难说。最显著的例，是连那么专制的俄国，而尼古拉二世“龙御上宾”之后，罗马诺夫氏竟已“覆宗绝祀”了。要而言之，那大缺点就在虽有二大良法，而还缺其一，便是：无法禁止人们的思想。

于是我们的造物主——假如天空真有这样的一位“主子”——就可恨了：一恨其没有永远分清“治者”与“被治者”；二恨其不给治者生一枝细腰蜂那样的毒针；三恨其不将被治者造得即使砍去了藏着的思想中枢的脑袋而还能动作——服役。三者得一，阔人的地位即永久稳固，统御也永久省了气力，而天下于是乎太平。今也不然，所以即使单想高高在上，暂时维持阔气，也还得日施手段，夜费心机，实在不胜其委屈劳神之至……

假使没有了头颅，却还能做服役和战争的机械，世上的情形就何等地醒目呵！这时再不必用什么制帽勋章来表明阔人和窄人了，只要一看头之有无，便知道主奴、官民、上下、贵贱的区别。并且也不至于再闹什么革命、共和、会议等等的乱子了，单是电报，就要省下许多许多来。古人毕竟聪明，仿佛早想到过这样的东西，《山海经》上就记载着一种名叫“刑天”的怪物。他没有了能想的头，却还活着，“以乳为目，以脐为口”——这一点想得很周到，否则他怎么看，怎么吃呢——实在是很值得奉为师法的。假使我们的国民都能这样，阔人又何等安全快乐？但他又“执干戚而舞”，则似乎还是死也不肯安分，和我那专为阔人图便利而设的理想底好国民又不同。陶潜先生又有诗道：“刑天舞干戚，猛志固常在。”连这位貌似旷达的老隐士也这么说，可见无头也会仍有猛志，阔人的天下一时总怕难得太平的了。但有了太多的“特殊智识阶级”的国民，也许有特在例外的希望；况且精神文明太高了之后，精神的头就会提前飞去，区区物质的头的有无也算不得什么难问题。

一九二五年四月二十二日

灯下漫笔

一

有一时，就是民国二三年时候，北京的几个国家银行的钞票，信用日见其好了，真所谓蒸蒸日上。听说连一向执迷于现银的乡下人，也知道这既便当，又可靠，很乐意收受，行使了。至于稍明事理的人，则不必是“特殊知识阶级”，也早不将沉重累坠的银元装在怀中，来自讨无谓的苦吃。想来，除了多少对于银子有特别嗜好和爱情的人物之外，所有的怕大都是钞票了罢，而且多是本国的。但可惜后来忽然受了一个不小的打击。

就是袁世凯想做皇帝的那一年，蔡松坡先生溜出北京，到云南去起义。这边所受的影响之一，是中国和交通银行的停止兑现。虽然停止兑现，政府勒令商民照旧行用的威力却还有的；商民也自有商民的老本领，不说不要，却道找不出零钱。假如拿几十几百的钞票去买东西，我不知道怎样，但倘使只要买一枝笔，一盒烟卷呢，难道就付给一元钞票么？不但不甘心，也没有这许多票。那么，换铜元，少换几个罢，又都说没有铜元。那么，到亲戚朋友那里借现钱去罢，怎么会有？于是降格以求，不讲爱国了，要外国银行的钞票。但外国银行的钞票这时就等于现银，他如果借给你这钞票，也就借给你真的银元了。

我还记得那时我怀中还有三四十元的中交票，可是忽而变了一个穷人，几乎要绝食，很有些恐慌。俄国革命以后的藏着纸卢布的富翁的心情，恐怕也就这样的罢；至多，不过更深更大罢了。我只得探听，钞票可能折价换到现银呢？说是没有行市。幸而终于，暗暗地有了行市了：六折几。我非常高兴，赶紧去卖了一半。后来又涨到七折了，我更非常高兴，全去换了现银，沉垫垫地坠在怀中，似乎这就是我的性命的斤两。倘在平时，钱铺子如果少给我一个铜元，我是决不答应的。

但我当一包现银塞在怀中，沉垫垫地觉得安心，喜欢的时候，却突然起了另一思想，就是：我们极容易变成奴隶，而且变了之后，还万分喜欢。

假如有一种暴力，“将人不当人”，不但不当人，还不及牛马，不算什么东西；待到人们羡慕牛马，发生“乱离人，不及太平犬”的叹息的时候，然后给与他略等于牛马的价格，有如元朝定律，打死别人的奴隶，赔一头牛，则人们便要心悦诚服，恭颂太平的盛世。为什么呢？因为他虽不算人，究竟已等于牛马了。

我们不必恭读《钦定二十四史》，或者入研究室，审察精神文明的高超。只要一翻孩子所读的《鉴略》——还嫌烦重，则看《历代纪元编》，就知道“三千余年古国古”的中华，历来所闹的就不过是这一个小玩艺。但在新近编纂的所谓“历史教科书”一流东西里，却不大看得明白了，只仿佛说：咱们向来就很好的。

但实际上，中国人向来就没有争到过“人”的价格，至多不过是奴隶，到现在还如此，然而下于奴隶的时候，却是数见不鲜的。中国的百姓是中立的，战时连自己也不知道属于那一面，但又属于无论那一面。强盗来了，就属于官，当然该被杀掠；官兵既到，该是自家人了罢，但仍然要被杀掠，仿佛又属于强盗似的。这时候，百姓就希望有一个一定的主子，拿他们去做百姓——不敢，是拿他们去做牛马，情愿自己寻草吃，只求他决定他们怎样跑。

假使真有谁能够替他们决定，定下什么奴隶规则来，自然就“皇恩浩荡”了。可惜的是往往暂时没有谁能定。举其大者，则如五胡十六国的时候，黄巢的时候，五代时候，宋末元末时候，除了老例的服役纳粮以外，都还要受意外的灾殃。张献忠的脾气更古怪了，不服役纳粮的要杀，服役纳粮的也要杀，敌他的要杀，降他的也要杀：将奴隶规则毁得粉碎。这时候，百姓就希望来一个另外的主子，较为顾及他们的奴隶规则的，无论仍旧，或者新颁，总之是有一种规则，使他们可上奴隶的轨道。

“时日曷丧，予及汝偕亡！”愤言而已，决心实行的不多见。实际上大概是群盗如麻，纷乱至极之后，就有一个较强，或较聪明，或较狡滑，或是外族的人物出来，较有秩序地收拾了天下。厘定规则：怎样服役，怎样纳粮，怎样磕头，怎样颂圣。而且这规则是不像现在那样朝三暮四的。于是便“万姓胪欢”了；用成语来说，就叫作“天下太平”。

任凭你爱排场的学者们怎样铺张，修史时候设些什么“汉族发祥时代”“汉族发达时代”“汉族中兴时代”的好题目，好意诚然是可感的，但措辞太绕湾子了。有更其直捷了当的说法在这里——

一，想做奴隶而不得的时代；

二，暂时做稳了奴隶的时代。

这一种循环，也就是“先儒”之所谓“一治一乱”；那些作乱人物，从后日的“臣民”看来，是给“主子”清道辟路的，所以说：“为圣天子驱除云尔。”

现在入了那一时代，我也不了然。但看国学家的崇奉国粹，文学家的赞叹固有文明，道学家的热心复古，可见于现状都已不满了。然而我们究竟正向着那一条路走呢？百姓是一遇到莫名其妙的战争，稍富的迁进租界，妇孺则避入教堂里去了，因为那些地方都比较的“稳”，暂不至于想做奴隶而不得。总而言之，复古的，避难的，无智愚贤不肖，似乎都已神往于三百年前的太平盛世，就是“暂时做稳了奴隶的时代”了。

但我们也就都像古人一样，永久满足于“古已有之”的时代么？都像复古家一样，不满于现在，就神往于三百年前的太平盛世么？

自然，也不满于现在的，但是，无须反顾，因为前面还有道路在。而创造这中国历史上未曾有过的第三样时代，则是现在的青年的使命！

二

但是赞颂中国固有文明的人们多起来了，加之以外国人。我常常想，凡有来到中国的，倘能疾首蹙额而憎恶中国，我敢诚意地捧献我的感谢，因为他一定是不愿意吃中国人的肉的！

鹤见祐辅氏在《北京的魅力》中，记一个白人将到中国，预定的暂住时候是一年，但五年之后，还在北京，而且不想回去了。有一天，他们两人一同吃晚饭——

> "在圆的桃花心木的食桌前坐定，川流不息地献着出海的珍味，谈话就从古董，画，政治这些开头。电灯上罩着支那式的灯罩，淡淡的光洋溢于古物罗列的屋子中。什么无产阶级呀，Proletariat 呀那些事，就像不过在什么地方刮风。
>
> "我一面陶醉在支那生活的空气中，一面深思着对于外人有着'魅力'的这东西。元人也曾征服支那，而被征服于汉人种的生活美了；满人也征伐支那，而被征服于汉人种的生活美了。现在西洋人也一样，嘴里虽然说着 Democracy 呀，什么什么呀，而却被魅于支那人费六千年而建筑起来的生活的美。一经住过北京，就忘不掉那生活的味道。大风时候的万丈的沙尘，每三月一回的督军们的开战游戏，都不能抹去这支那生活的魅力。"

这些话我现在还无力否认他。我们的古圣先贤既给与我们保古守旧的格言，但同时也排好了用子女玉帛所做的奉献于征服者的大宴。中国人的耐劳，中国人的多子，都就是办酒的材料，到现在还为我们的爱国者所自诩的。西洋人初入中国时，被称为蛮夷，自不免个个蹙额，但是，现在则时机已至，到了我们将曾经献于北魏，献于金，献于元，献于清的盛宴，来献给他们的时候了。出则汽车，行则保护：虽遇清道，然而通行自由的；虽或被劫，然而必得赔偿的；孙美瑶掳去他们站在军前，还使官兵不敢开火。何况在华屋中享用盛宴呢？待到享受盛宴的时候，自然也就是赞颂中国固有文明的时候；但是我们的有些乐观的爱国者，也许反而欣然色喜，以为他们将要开始被中国同化了罢。古人曾以女人作苟安的城堡，美其名以自欺曰“和亲”，今人还用子女玉帛为作奴的贽敬，又美其名曰“同化”。所以倘有外国的谁，到了已有赴宴的资格的现在，而还替我们诅咒中国的现状者，这才是真有良心的真可佩服的人！

但我们自己是早已布置妥帖了，有贵贱，有大小，有上下。自己被人凌虐，但也可以凌虐别人；自己被人吃，但也可以吃别人。一级一级的制驭着，不能动弹，也不想动弹了。因为倘一动弹，虽或有利，然而也有弊。我们且看古人的良法美意罢——

> “天有十日，人有十等。下所以事上，上所以共神也。故王臣公，公臣大夫，大夫臣士，士臣皁，皁臣舆，舆臣隶，隶臣僚，僚臣仆，仆臣台。”（《左传》昭公七年）

但是“台”没有臣，不是太苦了么？无须担心的，有比他更卑的妻，更弱的子在。而且其子也很有希望，他日长大，升而为“台”，便又有更卑更弱的妻子，供他驱使了。如此连环，各得其所，有敢非议者，其罪名曰不安分！

虽然那是古事，昭公七年离现在也太辽远了，但“复古家”尽可不必悲观的。太平的景象还在：常有兵燹，常有水旱，可有谁听到大叫唤么？打的打，革的革，可有处士来横议么？对国民如何专横，向外人如何柔媚，不犹是差等的遗风么？中国固有的精神文明，其实并未为共和二字所埋没，只有满人已经退席，和先前稍不同。

因此我们在目前，还可以亲见各式各样的筵宴，有烧烤，有翅席，有便饭，有西餐。但茅檐下也有淡饭，路傍也有残羹，野上也有饿莩；有吃烧烤的身价不资的阔人，也有饿得垂死的每斤八文的孩子（见《现代评论》二十一期）。所谓中国的文明者，其实不过是安排给阔人享用的人肉的筵宴。所谓中国者，其实不过是安排这人肉的筵宴的厨房。不知道而赞颂者是可恕的，否则，此辈当得永远的诅咒！

外国人中，不知道而赞颂者，是可恕的；占了高位，养尊处优，因此受了蛊惑，昧却灵性而赞叹者，也还可恕的。可是还有两种，其一是以中国人为劣种，只配悉照原来模样，因而故意称赞中国的旧物。其一是愿世间人各不相同以增自己旅行的兴趣，到中国看辫子，到日本看木屐，到高丽看笠子，倘若服饰一样，便索然无味了，因而来反对亚洲的欧化。这些都可憎恶。至于罗素在西湖见轿夫含笑，便赞美中国人，则也许别有意思罢。但是，轿夫如果能对坐轿的人不含笑，中国也早不是现在似的中国了。

这文明，不但使外国人陶醉，也早使中国一切人们无不陶醉而且至于含笑。因为古代传来而至今还在的许多差别，使人们各各分离，遂不能再感到别人的痛苦；并且因为自己各有奴使别人，吃掉别人的希望，便也就忘却自己同有被奴使被吃掉的将来。于是大小无数的人肉的筵宴，即从有文明以来一直排到现在，人们就在这会场中吃人，被吃，以凶人的愚妄的欢呼，将悲惨的弱者的呼号遮掩，更不消说女人和小儿。

这人肉的筵宴现在还排着，有许多人还想一直排下去。扫荡这些食人者，掀掉这筵席，毁坏这厨房，则是现在的青年的使命！

一九二五年四月二十九日

杂忆

一

有人说 G. Byron 的诗多为青年所爱读，我觉得这话很有几分真。就自己而论，也还记得怎样读了他的诗而心神俱旺；尤其是看见他那花布裹头，去助希腊独立时候的肖像。这像，去年才从《小说月报》传入中国了。可惜我不懂英文，所看的都是译本。听近今的议论，译诗是已经不值一文钱，即使译得并不错。但那时大家的眼界还没有这样高，所以我看了译本，倒也觉得好，或者就因为不懂原文之故，于是便将臭草当作芳兰。《新罗马传奇》中的译文也曾传诵一时，虽然用的是词调，又译 Sappho 为“萨芷波”，证明着是根据日文译本的重译。

苏曼殊先生也译过几首，那时他还没有做诗“寄弹筝人”，因此与 Byron 也还有缘。但译文古奥得很，也许曾经章太炎先生的润色的罢，所以真像古诗，可是流传倒并不广。后来收入他自印的绿面金签的《文学因缘》中，现在连这《文学因缘》也少见了。

其实，那时 Byron 之所以比较的为中国人所知，还有别一原因，就是他的助希腊独立。时当清的末年，在一部分中国青年的心中，革命思潮正盛，凡有叫喊复仇和反抗的，便容易惹起感应。那时我所记得的人，还有波兰的复仇诗人 Adam Mickiewicz；匈牙利的爱国诗人 Petöfi Sándor；飞猎滨的文人而为西班牙政府所杀的厘沙路——他的祖父还是中国人，中国也曾译过他的绝命诗。Hauptmann, Sudermann, Ibsen 这些人虽然正负盛名，我们却不大注意。别有一部分人，则专意搜集明末遗民的著作，满人残暴的记录，钻在东京或其他的图书馆里，抄写出来，印了，输入中国，希望使忘却的旧恨复活，助革命成功。于是《扬州十日记》《嘉定屠城记略》《朱舜水集》《张苍水集》都翻印了，还有《黄萧养回头》及其他单篇的汇集，我现在已经举不出那些名目来。别有一部分人，则改名"扑满""打清"之类，算是英雄。这些大号，自然和实际的革命不甚相关，但也可见那时对于光复的渴望之心，是怎样的旺盛。

不独英雄式的名号而已，便是悲壮淋漓的诗文，也不过是纸片上的东西，于后来的武昌起义怕没有什么大关系。倘说影响，则别的千言万语，大概都抵不过浅近直截的"革命军马前卒邹容"所做的《革命军》。

二

待到革命起来，就大体而言，复仇思想可是减退了。我想，这大半是因为大家已经抱着成功的希望，又服了"文明"的药，想给汉人挣一点面子，所以不再有残酷的报复。但那时的所谓文明，却确是洋文明，并不是国粹；所谓共和，也是美国法国式的共和，不是周召共和的共和。革命党人也大概竭力想给本族增光，所以兵队倒不大抢掠。南京的土匪兵小有劫掠，黄兴先生便勃然大怒，枪毙了许多，后来因为知道土匪是不怕枪毙而怕枭首的，就从死尸上割下头来，草绳络住了挂在树上。从此也不再有什么变故了，虽然我所住的一个机关的卫兵，当我外出时举枪立正之后，就从窗门洞爬进去取了我的衣服，但究竟手段已经平和得多，也客气得多了。

南京是革命政府所在地，当然格外文明。但我去一看先前的满人的驻在处，却是一片瓦砾；只有方孝孺血迹石的亭子总算还在。这里本是明的故宫，我做学生时骑马经过，曾很被顽童骂詈和投石——犹言你们不配这样，听说向来是如此的。现在却面目全非了，居民寥寥；即使偶有几间破屋，也无门窗；若有门，则是烂洋铁做的。总之，是毫无一点木料。

那么，城破之时，汉人大大的发挥了复仇手段了么？并不然。知道情形的人告诉我：战争时候自然有些损坏；革命军一进城，旗人中间便有些人定要按古法殉难，在明的冷宫的遗址的屋子里使火药炸裂，以炸杀自己，恰巧一同炸死了几个适从近旁经过的骑兵。革命军以为埋藏地雷反抗了，便烧了一回，可是爕余的房子还不少。此后是他们自己动手，拆屋材出卖，先拆自己的，次拆较多的别人的，待到屋无尺材寸椽，这才大家流散，还给我们一片瓦砾场。——但这是我耳闻的，保不定可是真话。

看到这样的情形，即使你将《扬州十日记》挂在眼前，也不至于怎样愤怒了罢。据我感得，民国成立以后，汉满的恶感仿佛很是消除了，各省的界限也比先前更其轻淡了。然而“罪孽深重不自殒灭”的中国人，不到一年，情形便又逆转：有宗社党的活动和遗老的谬举而两族的旧史又令人忆起，有袁世凯的手段而南北的交恶加甚，有阴谋家的狡计而省界又被利用，并且此后还要增长起来！

三

不知道我的性质特别坏，还是脱不出往昔的环境的影响之故，我总觉得复仇是不足为奇的，虽然也并不想诬无抵抗主义者为无人格。但有时也想：报复，谁来裁判，怎能公平呢？便又立刻自答：自己裁判，自己执行；既没有上帝来主持，人便不妨以目偿头，也不妨以头偿目。有时也觉得宽恕是美德，但立刻也疑心这话是怯汉所发明，因为他没有报复的勇气；或者倒是卑怯的坏人所创造，因为他贻害于人而怕人来报复，便骗以宽恕的美名。

因此我常常欣慕现在的青年，虽然生于清末，而大抵长于民国，吐纳共和的空气，该不至于再有什么异族轭下的不平之气，和被压迫民族的合辙之悲罢。果然，连大学教授，也已经不解何以小说要描写下等社会的缘故了，我和现代人要相距一世纪的话，似乎有些确凿。但我也不想湔洗——虽然很觉得惭惶。

当爱罗先珂君在日本未被驱逐之前，我并不知道他的姓名。直到已被放逐，这才看起他的作品来；所以知道那迫辱放逐的情形的，是由于登在《读卖新闻》上的一篇江口涣氏的文字。于是将这译出，还译他的童话，还译他的剧本《桃色的云》。其实，我当时的意思，不过要传播被虐待者的苦痛的呼声和激发国人对于强权者的憎恶和愤怒而已，并不是从什么“艺术之宫”里伸出手来，拔了海外的奇花瑶草，来移植在华国的艺苑。

日文的《桃色的云》出版时，江口氏的文章也在，可是已被检查机关（警察厅？）删节得很多。我的译文是完全的，但当这剧本印成本子时，却没有印上去。因为其时我又见了别一种情形，起了别一种意见，不想在中国人的愤火上，再添薪炭了。

四

孔老先生说：“毋友不如己者。”其实这样的势利眼睛，现在的世界上还多得很。我们自己看看本国的模样，就可知道不会有什么友人的了，岂但没有友人，简直大半都曾经做过仇敌。不过仇甲的时候，向乙等候公论，后来仇乙的时候，又向甲期待同情，所以片段的看起来，倒也似乎并不是全世界都是怨敌。但怨敌总常有一个，因此每一两年，爱国者总要鼓舞一番对于敌人的怨恨与愤怒。

这也是现在极普通的事情，此国将与彼国为敌的时候，总得先用了手段，煽起国民的敌忾心来，使他们一同去扞御或攻击。但有一个必要的条件，就是：国民是勇敢的。因为勇敢，这才能勇往直前，肉搏强敌，以报仇雪恨。假使是怯弱的人民，则即使如何鼓舞，也不会有面临强敌的决心；然而引起的愤火却在，仍不能不寻一个发泄的地方，这地方，就是眼见得比他们更弱的人民，无论是同胞或是异族。

我觉得中国人所蕴蓄的怨愤已经够多了，自然是受强者的蹂躏所致的。但他们却不很向强者反抗，而反在弱者身上发泄，兵和匪不相争，无枪的百姓却并受兵匪之苦，就是最近便的证据。再露骨地说，怕还可以证明这些人的卑怯。卑怯的人，即使有万丈的愤火，除弱草以外，又能烧掉甚么呢？

或者要说，我们现在所要使人愤恨的是外敌，和国人不相干，无从受害。可是这转移是极容易的，虽曰国人，要借以泄愤的时候，只要给与一种特异的名称，即可放心剚刃。先前则有异端、妖人、奸党、逆徒等类名目，现在就可用国贼、汉奸、二毛子、洋狗或洋奴。庚子年的义和团捉住路人，可以任意指为教徒，据云这铁证是他的神通眼已在那人的额上看出一个“十”字。

然而我们在“毋友不如己者”的世上，除了激发自己的国民，使他们发些火花，聊以应景之外，又有什么良法呢。可是我根据上述的理由，更进一步而希望于点火的青年的，是对于群众，在引起他们的公愤之余，还须设法注入深沉的勇气，当鼓舞他们的感情的时候，还须竭力启发明白的理性；而且还得偏重于勇气和理性，从此继续地训练许多年。这声音，自然断乎不及大叫宣战杀贼的大而闳，但我以为却是更紧要而更艰难伟大的工作。

否则，历史指示过我们，遭殃的不是什么敌手而是自己的同胞和子孙。那结果，是反为敌人先驱，而敌人就做了这一国的所谓强者的胜利者，同时也就做了弱者的恩人。因为自己先已互相残杀过了，所蕴蓄的怨愤都已消除，天下也就成为太平的盛世。

总之，我以为国民倘没有智，没有勇，而单靠一种所谓“气”，实在是非常危险的。现在，应该更进而着手于较为坚实的工作了。

一九二五年六月十六日

论“他妈的！”

无论是谁，只要在中国过活，便总得常听到“他妈的”或其相类的口头禅。我想：这话的分布，大概就跟着中国人足迹之所至罢；使用的遍数，怕也未必比客气的“您好呀”会更少。假使依或人所说，牡丹是中国的“国花”，那么，这就可以算是中国的“国骂”了。

我生长于浙江之东，就是西滢先生之所谓“某籍”。那地方通行的“国骂”却颇简单：专一以“妈”为限，决不牵涉余人。后来稍游各地，才始惊异于国骂之博大而精微：上溯祖宗，旁连姊妹，下递子孙，普及同性，真是“犹河汉而无极也”。而且，不特用于人，也以施之兽。前年，曾见一辆煤车的只轮陷入很深的辙迹里，车夫便愤然跳下，出死力打那拉车的骡子道：“你姊姊的！你姊姊的！”

别的国度里怎样，我不知道。单知道诺威人 Hamsun 有一本小说叫《饥饿》，粗野的口吻是很多的，但我并不见这一类话。Gorky 所写的小说中多无赖汉，就我所看过的而言，也没有这骂法。惟独 Artzybashev 在《工人绥惠略夫》里，却使无抵抗主义者亚拉借夫骂了一句“你妈的”。但其时他已经决计为爱而牺牲了，使我们也失却笑他自相矛盾的勇气。这骂的翻译，在中国原极容易的，别国却似乎为难，德文译本作“我使用过你的妈”，日文译本作“你的妈是我的母狗”。这实在太费解——由我的眼光看起来。

那么，俄国也有这类骂法的了，但因为究竟没有中国似的精博，所以光荣还得归到这边来。好在这究竟又并非什么大光荣，所以他们大约未必抗议；也不如“赤化”之可怕，中国的阔人，名人，高人，也不至于骇死的。但是，虽在中国，说的也独有所谓“下等人”，例如“车夫”之类，至于有身分的上等人，例如“士大夫”之类，则决不出之于口，更何况笔之于书。“予生也晚”，赶不上周朝，未为大夫，也没有做士，本可以放笔直干的，然而终于改头换面，从“国骂”上削去一个动词和一个名词，又改对称为第三人称者，恐怕还因为到底未曾拉车，因而也就不免“有点贵族气味”之故。那用途，既然只限于一部分，似乎又有些不能算作“国骂”了；但也不然，阔人所赏识的牡丹，下等人又何尝以为“花之富贵者也”？

这“他妈的”的由来以及始于何代，我也不明白。经史上所见骂人的话，无非是“役夫”“奴”“死公”；较厉害的，有“老狗”“貉子”；更厉害，涉及先代的，也不外乎“而母婢也”“赘阉遗丑”罢了！还没见过什么“妈的”怎样，虽然也许是士大夫讳而不录。但《广弘明集》（七）记北魏邢子才“以为妇人不可保。谓元景曰，‘卿何必姓王？’元景变色。子才曰，‘我亦何必姓邢；能保五世耶？’”则颇有可以推见消息的地方。

晋朝已经是大重门第，重到过度了；华胄世业，子弟便易于得官；即使是一个酒囊饭袋，也还是不失为清品。北方疆土虽失于拓跋氏，士人却更其发狂似的讲究阀阅，区别等第，守护极严。庶民中纵有俊才，也不能和大姓比并。至于大姓，实不过承祖宗余荫，以旧业骄人，空腹高心，当然使人不耐。但士流既然用祖宗做护符，被压迫的庶民自然也就将他们的祖宗当作仇敌。邢子才的话虽然说不定是否出于愤激，但对于躲在门第下的男女，却确是一个致命的重伤。势位声气，本来仅靠了“祖宗”这惟一的护符而存，“祖宗”倘一被毁，便什么都倒败了。这是倚赖“余荫”的必得的果报。

同一的意思，但没有邢子才的文才，而直出于“下等人”之口的，就是：“他妈的！”

要攻击高门大族的坚固的旧堡垒，却去瞄准他的血统，在战略上，真可谓奇谲的了。最先发明这一句“他妈的”的人物，确要算一个天才——然而是一个卑劣的天才。

唐以后，自夸族望的风气渐渐消除；到了金元，已奉夷狄为帝王，自不妨拜屠沽作卿士，“等”的上下本该从此有些难定了，但偏还有人想辛辛苦苦地爬进“上等”去。刘时中的曲子里说：“堪笑这没见识街市匹夫，好打那好顽劣。江湖伴侣，旋将表德官名相体呼，声音多厮称，字样不寻俗。听我一个个细数：粜米的唤子良；卖肉的呼仲甫……开张卖饭的呼君宝；磨面登罗底叫德夫：何足云乎？！”(《乐府新编阳春白雪》三)这就是那时的暴发户的丑态。

“下等人”还未暴发之先，自然大抵有许多“他妈的”在嘴上，但一遇机会，偶窃一位，略识几字，便即文雅起来：雅号也有了；身分也高了；家谱也修了，还要寻一个始祖，不是名儒便是名臣。从此化为“上等人”，也如上等前辈一样，言行都很温文尔雅。然而愚民究竟也有聪明的，早已看穿了这鬼把戏，所以又有俗谚，说：“口上仁义礼智，心里男盗女娼！”他们是很明白的。

于是他们反抗了，曰：“他妈的！”

但人们不能蔑弃扫荡人我的余泽和旧荫，而硬要去做别人的祖宗，无论如何，总是卑劣的事。有时，也或加暴力于所谓“他妈的”的生命上，但大概是乘机，而不是造运会，所以无论如何，也还是卑劣的事。

中国人至今还有无数“等”，还是依赖门第，还是倚仗祖宗。倘不改造，即永远有无声的或有声的“国骂”。就是“他妈的”，围绕在上下和四旁，而且这还须在太平的时候。

但偶尔也有例外的用法：或表惊异，或表感服。我曾在家乡看见乡农父子一同午饭，儿子指一碗菜向他父亲说：“这不坏，妈的你尝尝看！”那父亲回答道：“我不要吃。妈的你吃去罢！”则简直已经醇化为现在时行的“我的亲爱的”的意思了。

一九二五年七月十九日

论睁了眼看

虚生先生所做的时事短评中，曾有一个这样的题目：《我们应该有正眼看各方面的勇气》(《猛进》十九期)。诚然，必须敢于正视，这才可望敢想，敢说，敢作，敢当。倘使并正视而不敢，此外还能成什么气候。然而，不幸这一种勇气，是我们中国人最所缺乏的。

但现在我所想到的是别一方面——

中国的文人，对于人生——至少是对于社会现象，向来就多没有正视的勇气。我们的圣贤，本来早已教人"非礼勿视"的了；而这"礼"又非常之严，不但"正视"，连"平视""斜视"也不许。现在青年的精神未可知，在体质，却大半还是弯腰曲背，低眉顺眼，表示着老牌的老成的子弟，驯良的百姓——至于说对外却有大力量，乃是近一月来的新说，还不知道究竟是如何。

再回到"正视"问题去：先既不敢，后便不能，再后，就自然不视，不见了。一辆汽车坏了，停在马路上，一群人围着呆看，所得的结果是一团乌油油的东西。然而由本身的矛盾或社会的缺陷所生的苦痛，虽不正视，却要身受的。文人究竟是敏感人物，从他们的作品上看来，有些人确也早已感到不满，可是一到快要显露缺陷的危机一发之际，他们总即刻连说“并无其事”，同时便闭上了眼睛。这闭着的眼睛便看见一切圆满，当前的苦痛不过是“天之将降大任于是人也，必先苦其心志，劳其筋骨，饿其体肤，空乏其身，行拂乱其所为”。于是无问题，无缺陷，无不平，也就无解决，无改革，无反抗。因为凡事总要“团圆”，正无须我们焦躁；放心喝茶，睡觉大吉。再说费话，就有“不合时宜”之咎，免不了要受大学教授的纠正了。呸！

我并未实验过，但有时候想：倘将一位久蛰洞房的老太爷抛在夏天正午的烈日底下，或将不出闺门的千金小姐拖到旷野的黑夜里，大概只好闭了眼睛，暂续他们残存的旧梦，总算并没有遇到暗或光，虽然已经是绝不相同的现实。中国的文人也一样，万事闭眼睛，聊以自欺，而且欺人，那方法是：瞒和骗。

中国婚姻方法的缺陷，才子佳人小说作家早就感到了，他于是使一个才子在壁上题诗，一个佳人便来和，由倾慕——现在就得称恋爱——而至于有“终身之约”。但约定之后，也就有了难关。我们都知道，“私订终身”在诗和戏曲或小说上尚不失为美谈（自然只以与终于中状元的男人私订为限），实际却不容于天下的，仍然免不了要离异。明末的作家便闭上眼睛，并这一层也加以补救了，说是：才子及第，奉旨成婚。“父母之命媒妁之言”经这大帽子来一压，便成了半个铅钱也不值，问题也一点没有了。假使有之，也只在才子的能否中状元，而决不在婚姻制度的良否。

（近来有人以为新诗人的做诗发表，是在出风头，引异性；且迁怒于报章杂志之滥登。殊不知即使无报，墙壁实“古已有之”，早做过发表机关了；据《封神演义》，纣王已曾在女娲庙壁上题诗，那起源实在非常之早。报章可以不取白话，或排斥小诗，墙壁却拆不完，管不及的；倘一律刷成黑色，也还有破磁可划，粉笔可书，真是穷于应付。做诗不刻木板，去藏之名山，却要随时发表，虽然很有流弊，但大概是难以杜绝的罢。）

《红楼梦》中的小悲剧，是社会上常有的事，作者又是比较的敢于实写的，而那结果也并不坏。无论贾氏家业再振，兰桂齐芳，即宝玉自己，也成了个披大红猩猩毡斗篷的和尚。和尚多矣，但披这样阔斗篷的能有几个，已经是“入圣超凡”无疑了。至于别的人们，则早在册子里一一注定，末路不过是一个归结：是问题的结束，不是问题的开头。读者即小有不安，也终于奈何不得。然而后或续或改，非借尸还魂，即冥中另配，必令“生旦当场团圆”才肯放手者，乃是自欺欺人的瘾太大，所以看了小小骗局，还不甘心，定须闭眼胡说一通而后快。赫克尔（E. Haeckel）说过：人和人之差，有时比类人猿和原人之差还远。我们将《红楼梦》的续作者和原作一比较，就会承认这话大概是确实的。

“作善降祥”的古训，六朝人本已有些怀疑了，他们作墓志，竟会说“积善不报，终自欺人”的话。但后来的昏人，却又瞒起来。元刘信将三岁痴儿抛入醮纸火盆，妄希福祐，是见于《元典章》的；剧本《小张屠焚儿救母》却道是为母延命，命得延，儿亦不死了。一女愿侍痼疾之夫，《醒世恒言》中还说终于一同自杀的；后来改作的却道是有蛇坠入药罐里，丈夫服后便全愈了。凡有缺陷，一经作者粉饰，后半便大抵改观，使读者落诬妄中，以为世间委实尽够光明，谁有不幸，便是自作，自受。

有时遇到彰明的史实，瞒不下，如关羽岳飞的被杀，便只好别设骗局了。一是前世已造夙因，如岳飞；一是死后使他成神，如关羽。定命不可逃，成神的善报更满人意，所以杀人者不足责，被杀者也不足悲，冥冥中自有安排，使他们各得其所，正不必别人来费力了。

中国人的不敢正视各方面，用瞒和骗，造出奇妙的逃路来，而自以为正路。在这路上，就证明着国民性的怯弱，懒惰，而又巧滑。一天一天的满足着，即一天一天的堕落着，但却又觉得日见其光荣。在事实上，亡国一次，即添加几个殉难的忠臣，后来每不想光复旧物，而只去赞美那几个忠臣；遭劫一次，即造成一群不辱的烈女，事过之后，也每每不思惩凶，自卫，却只顾歌咏那一群烈女。仿佛亡国遭劫的事，反而给中国人发挥“两间正气”的机会，增高价值，即在此一举，应该一任其至，不足忧悲似的。自然，此上也无可为，因为我们已经借死人获得最上的光荣了。沪汉烈士的追悼会中，活的人们在一块很可景仰的高大的木主下互相打骂，也就是和我们的先辈走着同一的路。

文艺是国民精神所发的火光，同时也是引导国民精神的前途的灯火。这是互为因果的，正如麻油从芝麻榨出，但以浸芝麻，就使它更油。倘以油为上，就不必说；否则，当参入别的东西，或水或硷去。中国人向来因为不敢正视人生，只好瞒和骗，由此也生出瞒和骗的文艺来，由这文艺，更令中国人更深地陷入瞒和骗的大泽中，甚而至于已经自己不觉得。世界日日改变，我们的作家取下假面，真诚地，深入地，大胆地看取人生并且写出他的血和肉来的时候早到了；早就应该有一片崭新的文场，早就应该有几个凶猛的闯将！

现在，气象似乎一变，到处听不见歌吟花月的声音了，代之而起的是铁和血的赞颂。然而倘以欺瞒的心，用欺瞒的嘴，则无论说 A 和 O，或 Y 和 Z，一样是虚假的；只可以吓哑了先前鄙薄花月的所谓批评家的嘴，满足地以为中国就要中兴。可怜他在“爱国”大帽子底下又闭上了眼睛了——或者本来就闭着。

没有冲破一切传统思想和手法的闯将，中国是不会有真的新文艺的。

一九二五年七月二十二日

从胡须说到牙齿

一

一翻《呐喊》，才又记得我曾在中华民国九年双十节的前几天做过一篇《头发的故事》；去年，距今快要一整年了罢，那时是《语丝》出世未久，我又曾为它写了一篇《说胡须》。实在似乎很有些章士钊之所谓“每况愈下”了——自然，这一句成语，也并不是章士钊首先用错的，但因为他既以擅长旧学自居，我又正在给他打官司，所以就栽在他身上。当时就听说——或者也是时行的“流言”——一位北京大学的名教授就愤慨过，以为从胡须说起，一直说下去，将来就要说到屁股，则于是乎便和上海的《晶报》一样了。为什么呢？这须是熟精今典的人们才知道，后进的“束发小生”是不容易了然的。因为《晶报》上曾经登过一篇《太阳晒屁股赋》，屁股和胡须又都是人身的一部分，既说此部，即难免不说彼部，正如看见洗脸的人，敏捷而聪明的学者即能推见他一直洗下去，将来一定要洗到屁股。所以有志于做gentleman者，为防微杜渐起见，应该在背后给一顿奚落的。——

如果说此外还有深意，那我可不得而知了。

昔者窃闻之：欧美的文明人讳言下体以及和下体略有渊源的事物。假如以生殖器为中心而画一正圆形，则凡在圆周以内者均在讳言之列；而圆之半径，则美国者大于英。中国的下等人，是不讳言的；古之上等人似乎也不讳，所以虽是公子而可以名为黑臀。讳之始，不知在什么时候；而将英美的半径放大，直至于口鼻之间或更在其上，则昉于一千九百二十四年秋。

文人墨客大概是感性太锐敏了之故罢，向来就很娇气，什么也给他说不得，见不得，听不得，想不得。道学先生于是乎从而禁之，虽然很像背道而驰，其实倒是心心相印。然而他们还是一看见堂客的手帕或者姨太太的荒冢就要做诗。我现在虽然也弄弄笔墨做做白话文，但才气却仿佛早经注定是该在“水平线”之下似的，所以看见手帕或荒冢之类，倒无动于中；只记得在解剖室里第一次要在女性的尸体上动刀的时候，可似乎略有做诗之意——但是，不过“之意”而已，并没有诗，读者幸勿误会，以为我有诗集将要精装行世，传之其人，先在此预告。后来，也就连“之意”都没有了，大约是因为见惯了的缘故罢，正如下等人的说惯一样。否则，也许现在不但不敢说胡须，而且简直非“人之初性本善论”或“天地玄黄赋”便不屑做。遥想土耳其革命后，撕去女人的面幕，是多么下等的事？呜呼，她们已将嘴巴露出，将来一定要光着屁股走路了！

二

虽然有人数我为“无病呻吟”党之一，但我以为自家有病自家知，旁人大概是不很能够明白底细的。倘没有病，谁来呻吟？如果竟要呻吟，那就已经有了呻吟病了，无法可医。——但模仿自然又是例外。即如自胡须直至屁股等辈，倘使相安无事，谁爱去纪念它们；我们平居无事时，从不想到自己的头，手，脚以至脚底心。待到慨然于“头颅谁斫”，“髀肉（又说下去了，尚希绅士淑女恕之）复生”的时候，是早已别有缘故的了，所以，“呻吟”。而批评家们曰：“无病”。我实在艳羡他们的健康。

譬如腋下和胯间的毫毛，向来不很肇祸，所以也没有人引为题目，来呻吟一通。头发便不然了，不但白发数茎，能使老先生揽镜慨然，赶紧拔去；清初还因此杀了许多人。民国既经成立，辫子总算剪定了，即使保不定将来要翻出怎样的花样来，但目下总不妨说是已经告一段落。于是我对于自己的头发，也就淡然若忘，而况女子应否剪发的问题呢，因为我并不预备制造桂花油或贩卖烫剪：事不干己，是无所容心于其间的。但到民国九年，寄住在我的寓里的一位小姐考进高等女子师范学校去了，而她是剪了头发的，再没有法可梳盘龙髻或S髻。到这时，我才知道虽然已是民国九年，而有些人之嫉视剪发的女子，竟和清朝末年之嫉视剪发的男子相同；校长M先生虽被天夺其魄，自己的头顶秃到近乎精光了，却偏以为女子的头发可系千钧，示意要她留起。设法去疏通了几回，没有效，连我也听得麻烦起来，于是乎“感慨系之矣”了，随口呻吟了一篇《头发的故事》。但是，不知怎的，她后来竟居然并不留长，现在还是蓬蓬松松的在北京道上走。

本来，也可以无须说下去了，然而连胡须样式都不自由，也是我平生的一件感愤，要时时想到的。胡须的有无，式样，长短，我以为除了直接受着影响的人以外，是毫无容喙的权利和义务的，而有些人们偏要越俎代谋，说些无聊的废话，这真和女子非梳头不可的教育，“奇装异服”者要抓进警厅去办罪的政治一样离奇。要人没有反拨，总须不加刺激；乡下人捉进知县衙门去，打完屁股之后，叩一个头道：“谢大老爷！”这情形是特异的中国民族所特有的。

不料恰恰一周年，我的牙齿又发生问题了，这当然就要说牙齿。这回虽然并非说下去，而是说进去，但牙齿之后是咽喉，下面是食道，胃，大小肠，直肠，和吃饭很有相关，仍将为大雅所不齿；更何况直肠的邻近还有膀胱呢，呜呼！

三

中华民国十四年十月二十七日，即夏历之重九，国民因为主张关税自主，游行示威了。但巡警却断绝交通，至于发生冲突，据说两面“互有死伤”。次日，几种报章（《社会日报》《世界日报》《舆论报》《益世报》《顺天时报》等）的新闻中就有这样的话：

> “学生被打伤者，有吴兴身（第一英文学校），头部刀伤甚重……周树人（北大教员）齿受伤，脱门牙二。其

他尚未接有报告。……”

这样还不够，第二天，《社会日报》《舆论报》《黄报》《顺天时报》又道：

“……游行群众方面，北大教授周树人（即鲁迅）门牙确落二个。……”

舆论也好，指导社会机关也好，“确”也好，不确也好，我是没有修书更正的闲情别致的。但被害苦的是先有许多学生们，次日我到 L 学校去上课，缺席的学生就有二十余，他们想不至于因为我被打落门牙，即以为讲义也跌了价的，大概是预料我一定请病假。还有几个尝见和未见的朋友，或则面问，或则函问；尤其是朋其君，先行肉薄中央医院，不得，又到我的家里，目睹门牙无恙，这才重回东城，而“昊天不吊”，竟刮起大风来了。

假使我真被打落两个门牙，倒也大可以略平“整顿学风”者和其党徒之气罢；或者算是说了胡须的报应——因为有说下去之嫌，所以该得报应——依博爱家言，本来也未始不是一举两得的事。但可惜那一天我竟不在场。我之所以不到场者，并非遵了胡适教授的指示在研究室里用功，也不是从了江绍原教授的忠告在推敲作品，更不是依着易卜生博士的遗训正在“救出自己”；惭愧我全没有做那些大工作，从实招供起来，不过是整天躺在窗下的床上而已。为什么呢？曰：生些小病，非有他也。

然而我的门牙，却是“确落二个”的。

四

这也是自家有病自家知的一例，如果牙齿健全，决不会知道牙痛的人的苦楚，只见他歪着嘴角吸风，模样着实可笑。自从盘古开辟天地以来，中国就未曾发明过一种止牙痛的好方法，现在虽然很有些什么“西法镶牙补眼”的了，但大概不过学了一点皮毛，连消毒去腐的粗浅道理也不明白。以北京而论，以中国自家的牙医而论，只有几个留美出身的博士是好的，但是，yes，贵不可言。至于穷乡僻壤，却连皮毛家也没有，倘使不幸而牙痛，又不安本分而想医好，怕只好去叩求城隍土地爷爷罢。

我从小就是牙痛党之一，并非故意和牙齿不痛的正人君子们立异，实在是“欲罢不能”。听说牙齿的性质的好坏，也有遗传的，那么，这就是我的父亲赏给我的一份遗产，因为他牙齿也很坏。于是或蛀，或破……终于牙龈上出血了，无法收拾；住的又是小城，并无牙医。那时也想不到天下有所谓“西法……”也者，惟有《验方新编》是唯一的救星；然而试尽“验方”都不验。后来，一个善士传给我一个秘方：择日将栗子风干，日日食之，神效。应择那一日，现在已经忘却了，好在这秘方的结果不过是吃栗子，随时可以风干的，我们也无须再费神去查考。自此之后，我才正式看中医，服汤药，可惜中医仿佛也束手了，据说这是叫“牙损”，难治得很呢。还记得有一天一个长辈斥责我，说，因为不自爱，所以会生这病的；医生能有什么法？我不解，但从此不再向人提起牙齿的事了，似乎这病是我的一件耻辱。如此者久而久之，直至我到日本的长崎，再去寻牙医，他给我刮去了牙后面的所谓“齿垽”，这才不再出血了，化去的医费是两元，时间是约一小时以内。

我后来也看看中国的医药书，忽而发见触目惊心的学说了。它说，齿是属于肾的，“牙损”的原因是“阴亏”。我这才顿然悟出先前的所以得到申斥的原因来，原来是它们在这里这样诬陷我。到现在，即使有人说中医怎样可靠，单方怎样灵，我还都不信。自然，其中大半是因为他们耽误了我的父亲的病的缘故罢，但怕也很挟带些切肤之痛的自己的私怨。

事情还很多哩，假使我有 Victor Hugo 先生的文才，也许因此可以写出一部 *Les Misérables* 的续集。然而岂但没有而已么，遭难的又是自家的牙齿，向人分送自己的冤单，是不大合式的，虽然所有文章，几乎十之九是自身的暗中的辩护。现在还不如迈开大步一跳，一径来说“门牙确落二个”的事罢：

袁世凯也如一切儒者一样，最主张尊孔。做了离奇的古衣冠，盛行祭孔的时候，大概是要做皇帝以前的一两年。自此以来，相承不废，但也因秉政者的变换，仪式上，尤其是行礼之状有些不同：大概自以为维新者出则西装而鞠躬，尊古者兴则古装而顿首。我曾经是教育部的佥事，因为“区区”，所以还不入鞠躬或顿首之列的；但届春秋二祭，仍不免要被派去做执事。执事者，将所谓“帛”或“爵”递给鞠躬或顿首之诸公的听差之谓也。民国十一年秋，我“执事”后坐车回寓去，既是北京，又是秋，又是清早，天气很冷，所以我穿着厚外套，带了手套的手是插在衣袋里的。那车夫，我相信他是因为磕睡，胡涂，决非章士钊党；但他却在中途用了所谓“非常处分”，以“迅雷不及掩耳之手段”，自己跌倒了，并将我从车上摔出。我手在袋里，来不及抵按，结果便自然只好和地母接吻，以门牙为牺牲了。于是无门牙而讲书者半年，补好于十二年之夏，所以现在使朋其君一见放心，释然回去的两个，其实却是假的。

五

孔二先生说，“虽有周公之才之美，使骄且吝，其余，不足观也矣。”这话，我确是曾经读过的，也十分佩服。所以如果打落了两个门牙，借此能给若干人们从旁快意，“痛快”，倒也毫无吝惜之心。而无如门牙，只有这几个，而且早经脱落何？但是将前事拉成今事，却也是不甚愿意的事，因为有些事情，我还要说真实，便只好将别人的“流言”抹杀了，虽然这大抵也以有利于己，至少是无损于己者为限。准此，我便顺手又要将章士钊的将后事拉成前事的胡涂账揭出来。

又是章士钊。我之遇到这个姓名而摇头，实在由来已久；但是，先前总算是为“公”，现在却像憎恶中医一样，仿佛也挟带一点私怨了，因为他“无故”将我免了官，所以，在先已经说过：我正在给他打官司。近来看见他的古文的答辩书了，很斤斤于“无故”之辩，其中有一段：

“……又该伪校务维持会擅举该员为委员，该员又不声明否认，显系有意抗阻本部行政，既情理之所难容，亦法律之所不许。……不得已于八月十二日，呈请执政将周树人免职，十三日由　执政明令照准……”

于是乎我也“之乎者也”地驳掉他：

“查校务维持会公举树人为委员，系在八月十三日，而该总长呈请免职，据称在十二日。岂先预知将举树人为委员而先为免职之罪名耶？……”

其实，那些什么“答辩书”也不过是中国的胡牵乱扯的照例的成法，章士钊未必一定如此胡涂；假使真只胡涂，倒还不失为胡涂人，但他是知道舞文玩法的。他自己说过：“挽近政治。内包甚复。一端之起。其真意往往难于迹象求之。执法抗争。不过迹象间事。……”所以倘若事不干己，则与其听他说政法，谈逻辑，实在远不如看《太阳晒屁股赋》，因为欺人之意，这些赋里倒没有的。

离题愈说愈远了：这并不是我的身体的一部分。现在即此收住，将来说到那里，且看民国十五年秋罢。

一九二五年十月三十日

坚壁清野主义

新近，我在中国社会上发现了几样主义。其一，是坚壁清野主义。

“坚壁清野”是兵家言，兵家非我的素业，所以这话不是从兵家得来，乃是从别的书上看来，或社会上听来的。听说这回的欧洲战争时最要紧的是壕堑战，那么，虽现在也还使用着这战法——坚壁。至于清野，世界史上就有着有趣的事例：相传十九世纪初拿破仑进攻俄国，到了墨斯科时，俄人便大发挥其清野手段，同时在这地方纵火，将生活所需的东西烧个干净，请拿破仑和他的雄兵猛将在空城里吸西北风。吸不到一个月，他们便退走了。

中国虽说是儒教国，年年祭孔；“俎豆之事，则尝闻之矣，军旅之事，丘未之学也。”但上上下下却都使用着这兵法；引导我看出来的是本月的报纸上的一条新闻。据说，教育当局因为公共娱乐场中常常发生有伤风化情事，所以令行各校，禁止女学生往游艺场和公园，并通知女主家属，协同禁止。自然，我并不深知这事是否确实；更未见明令的原文；也不明白教育当局之意，是因为娱乐场中的“有伤风化”情事，即从女生发生，所以不许其去，还是只要女生不去，别人也不发生，抑或即使发生，也就管他妈的了。

或者后一种的推测庶几近之。我们的古哲和今贤，虽然满口“正本清源”“澄清天下”，但大概是有口无心的，“未有己不正，而能正人者”，所以结果是：收起来。第一，是“以己之心，度人之心”，想专以“不见可欲，使民心不乱”。第二，是器宇只有这么大，实在并没有“澄清天下”之才，正如富翁唯一的经济法，只有将钱埋在自己的地下一样。古圣人所教的“慢藏诲盗，冶容诲淫”，就是说子女玉帛的处理方法，是应该坚壁清野的。

其实这种方法，中国早就奉行的了，我所到过的地方，除北京外，一路大抵只看见男人和卖力气的女人，很少见所谓上流妇女。但我先在此声明，我之不满于这种现象者，并非因为预备遍历中国，去窃窥一切太太小姐们；我并没有积下一文川资，就是最确的证据。今年是“流言”鼎盛时代，稍一不慎，《现代评论》上就会弯弯曲曲地登出来的，所以特地先行预告。至于一到名儒，则家里的男女也不给容易见面，霍渭厓的《家训》里，就有那非常麻烦的分隔男女的房子构造图。似乎有志于圣贤者，便是自己的家里也应该看作游艺场和公园；现在究竟是二十世纪，而且有“少负不羁之名，长习自由之说”的教育总长，实在宽大得远了。

北京倒是不大禁锢妇女，走在外面，也不很加侮蔑的地方，但这和我们的古哲和今贤之意相左，或者这种风气，倒是满洲人输入的罢。满洲人曾经做过我们的“圣上”，那习俗也应该遵从的。然而我想，现在却也并非排满，如民元之剪辫子，乃是老脾气复发了，只要看旧历过年的放鞭爆，就日见其多。可惜不再出一个魏忠贤来试验试验我们，看可有人去作干儿，并将他配享孔庙。

要风化好，是在解放人性，普及教育，尤其是性教育，这正是教育者所当为之事，“收起来”却是管牢监的禁卒哥哥的专门。况且社会上的事不比牢监那样简单，修了长城，胡人仍然源源而至，深沟高垒，都没有用处的。未有游艺场和公园以前，闺秀不出门，小家女也逛庙会，看祭赛，谁能说“有伤风化”情事，比高门大族为多呢？

总之，社会不改良，“收起来”便无用，以“收起来”为改良社会的手段，是坐了津浦车往奉天。这道理很浅显：壁虽坚固，也会冲倒的。兵匪的“绑急票”，抢妇女，于风化何如？没有知道呢，还是知而不能言，不敢言呢？倒是歌功颂德的！

其实，“坚壁清野”虽然是兵家的一法，但这究竟是退守，不是进攻。或者就因为这一点，适与一般人的退婴主义相称，于是见得志同道合的罢。但在兵事上，是别有所待的，待援军的到来，或敌军的引退；倘单是困守孤城，那结果就只有灭亡，教育上的“坚壁清野”法，所待的是什么呢？照历来的女教来推测，所待的只有一件事：死。

天下太平或还能苟安时候，所谓男子者俨然地教贞顺，说幽娴，“内言不出于阃”，“男女授受不亲”。好！都听你，外事就拜托足下罢。但是天下弄得鼎沸，暴力袭来了，足下将何以见教呢？曰：做烈妇呀！

宋以来，对付妇女的方法，只有这一个，直到现在，还是这一个。

如果这女教当真大行，则我们中国历来多少内乱，多少外患，兵燹频仍，妇女不是死尽了么？不，也有幸免的，也有不死的，易代之际，就和男人一同降伏，做奴才。于是生育子孙，祖宗的香火幸而不断，但到现在还很有带着奴气的人物，大概也就是这个流弊罢。“有利必有弊”，是十口相传，大家都知道的。

但似乎除此之外，儒者，名臣，富翁，武人，阔人以至小百姓，都想不出什么善法来，因此还只得奉这为至宝。更昏庸的，便以为只要意见和这些歧异者，就是土匪了。和官相反的是匪，也正是当然的事。但最近，孙美瑶据守抱犊崮，其实倒是“坚壁”，至于“清野”的通品，则我要推举张献忠。

张献忠在明末的屠戮百姓，是谁也知道，谁也觉得可骇的，譬如他使ABC三枝兵杀完百姓之后，便令AB杀C，又令A杀B，又令A自相杀。为什么呢？是李自成已经入北京，做皇帝了。做皇帝是要百姓的，他就要杀完他的百姓，使他无皇帝可做。正如伤风化是要女生的，现在关起一切女生，也就无风化可伤一般。

连土匪也有坚壁清野主义，中国的妇女实在已没有解放的路；听说现在的乡民，于兵匪也已经辨别不清了。

一九二五年十一月二十二日

寡妇主义

范源廉先生是现在许多青年所钦仰的；各人有各人的意思，我当然无从推度那些缘由。但我个人所叹服的，是在他当前清光绪末年，首先发明了“速成师范”。一门学术而可以速成，迂执的先生们也许要觉得离奇罢；殊不知那时中国正闹着“教育荒”，所以这正是一宗急赈的款子。半年以后，从日本留学回来的师资就不在少数了，还带着教育上的各种主义，如军国民主义，尊王攘夷主义之类。在女子教育，则那时候最时行，常常听到嚷着的，是贤母良妻主义。

我倒并不一定以为这主义错，愚母恶妻是谁也不希望的。然而现在有几个急进的人们，却以为女子也不专是家庭中物，因而很攻击中国至今还钞了日本旧刊文来教育自己的女子的谬误。人们真容易被听惯的讹传所迷，例如近来有人说：谁是卖国的，谁是只为子孙计的。于是许多人也都这样说。其实如果真能卖国，还该得点更大的利，如果真为子孙计，也还算较有良心；现在的所谓谁者，大抵不过是送国，也何尝想到子孙。这贤母良妻主义也不在例外，急进者虽然引以为病，而事实上又何尝有这么一回事；所有的，不过是“寡妇主义”罢了。

这“寡妇”二字，应该用纯粹的中国思想来解释，不能比附欧,美,印度或亚剌伯的;倘要翻成洋文,也决不宜意译或神译,只能译音：Kuofuism。

我生以前不知道怎样,我生以后,儒教却已经颇“杂”了:“奉母命权作道场”者有之，“神道设教”者有之，佩服《文昌帝君功过格》者又有之，我还记得那《功过格》，是给“谈人闺阃”者以很大的罚。我未出户庭,中国也未有女学校以前不知道怎样,自从我涉足社会，中国也有了女校，却常听到读书人谈论女学生的事，并且照例是坏事。有时实在太谬妄了，但倘若指出它的矛盾，则说的听的都大不悦，仇恨简直是“若杀其父兄”。这种言动，自然也许是合于“儒行”的罢，因为圣道广博，无所不包；或者不过是小节，不要紧的。

我曾经也略略猜想过这些谣诼的由来：反改革的老先生，色情狂气味的幻想家，制造流言的名人，连常识也没有或别有作用的新闻访事和记者，被学生赶走的校长和教员，谋做校长的教育家，跟着一犬而群吠的邑犬……但近来却又发见了一种另外的，是：“寡妇”或“拟寡妇”的校长及舍监。

这里所谓“寡妇”，是指和丈夫死别的；所谓“拟寡妇”，是指和丈夫生离以及不得已而抱独身主义的。

中国的女性出而在社会上服务，是最近才有的，但家族制度未曾改革，家务依然纷繁，一经结婚，即难于兼做别的事。于是社会上的事业，在中国，则大抵还只有教育，尤其是女子教育，便多半落在上文所说似的独身者的掌中。这在先前，是道学先生所占据的，继而以顽固无识等恶名失败，她们即以曾受新教育，曾往国外留学，同是女性等好招牌，起而代之。社会上也因为她们并不与任何男性相关，又无儿女系累，可以专心于神圣的事业，便漫然加以信托。但从此而青年女子之遭灾，就远在于往日在道学先生治下之上了。

即使是贤母良妻，即使是东方式，对于夫和子女，也不能说可以没有爱情。爱情虽说是天赋的东西，但倘没有相当的刺戟和运用，就不发达。譬如同是手脚，坐着不动的人将自己的和铁匠挑夫的一比较，就非常明白。在女子，是从有了丈夫，有了情人，有了儿女，而后真的爱情才觉醒的；否则，便潜藏着，或者竟会萎落，甚且至于变态。所以托独身者来造贤母良妻，简直是请盲人骑瞎马上道，更何论于能否适合现代的新潮流。自然，特殊的独身的女性，世上也并非没有，如那过去的有名的数学家 Sophie Kowalewsky，现在的思想家 Ellen Key 等；但那是一则欲望转了向，一则思想已经透澈的。然而当学士会院以奖金表彰 Kowalewsky 的学术上的名誉时，她给朋友的信里却有这样的话："我收到各方面的贺信。运命的奇异的讥刺呀，我从来没有感到过这样的不幸。"

至于因为不得已而过着独身生活者，则无论男女，精神上常不免发生变化，有着执拗猜疑阴险的性质者居多。欧洲中世的教士，日本维新前的御殿女中（女内侍），中国历代的宦官，那冷酷险狠，都超出常人许多倍。别的独身者也一样，生活既不合自然，心状也就大变，觉得世事都无味，人物都可憎，看见有些天真欢乐的人，便生恨恶。尤其是因为压抑性欲之故，所以于别人的性底事件就敏感，多疑；欣羡，因而妒嫉。其实这也是势所必至的事：为社会所逼迫，表面上固不能不装作纯洁，但内心却终于逃不掉本能之力的牵掣，不自主地蠢动着缺憾之感的。

然而学生是青年，只要不是童养媳或继母治下出身，大抵涉世不深，觉得万事都有光明，思想言行，即与此辈正相反。此辈倘能回忆自己的青年时代，本来就可以了解的。然而天下所多的是愚妇人，那里能想到这些事；始终用了她多年炼就的眼光，观察一切：见一封信，疑心是情书了；闻一声笑，以为是怀春了；只要男人来访，就是情夫；为什么上公园呢，总该是赴密约。被学生反对，专一运用这种策略的时候不待言，虽在平时，也不免如此。加以中国本是流言的出产地方，“正人君子”也常以这些流言作谈资，扩势力，自造的流言尚且奉为至宝，何况是真出于学校当局者之口的呢，自然就更有价值地传布起来了。

我以为在古老的国度里，老于世故者和许多青年，在思想言行上，似乎有很远的距离，倘观以一律的眼光，结果即往往谬误。譬如中国有许多坏事，各有专名，在书籍上又偏多关于它的别名和隐语。当我编辑周刊时，所收的文稿中每有直犯这些别名和隐语的；在我，是向来避而不用。但细一查考，作者实茫无所知，因此也坦然写出；其咎却在中国的坏事的别名隐语太多，而我亦太有所知道，疑虑及避忌。看这些青年，仿佛中国的将来还有光明；但再看所谓学士大夫，却又不免令人气塞。他们的文章或者古雅，但内心真是干净者有多少。即以今年的士大夫的文言而论，章士钊呈文中的“荒学逾闲恣为无忌”，“两性衔接之机缄缔构”，“不受检制竟体忘形”，“谨愿者尽丧所守”等……可谓臻媟黩之极致了。但其实，被侮辱的青年学生们是不懂的；即使仿佛懂得，也大概不及我读过一些古文者的深切地看透作者的居心。

言归正传罢。因为人们因境遇而思想性格能有这样不同，所以在寡妇或拟寡妇所办的学校里，正当的青年是不能生活的。青年应当天真烂漫，非如她们的阴沉，她们却以为中邪了；青年应当有朝气，敢作为，非如她们的萎缩，她们却以为不安本分了：都有罪。只有极和她们相宜——说得冠冕一点罢，就是极其“婉顺”的，以她们为师法，使眼光呆滞，面肌固定，在学校所化成的阴森的家庭里屏息而行，这才能敷衍到毕业；拜领一张纸，以证明自己在这里被多年陶冶之余，已经失了青春的本来面目，成为精神上的“未字先寡”的人物，自此又要到社会上传布此道去了。

虽然是中国，自然也有一些解放之机，虽然是中国妇女，自然也有一些自立的倾向；所可怕的是幸而自立之后，又转而凌虐还未自立的人，正如童养媳一做婆婆，也就像她的恶姑一样毒辣。我并非说凡在教育界的独身女子，一定都得去配一个男人，无非愿意她们能放开思路，再去较为远大地加以思索；一面，则希望留心教育者，想到这事乃是一个女子教育上的大问题，而有所挽救，因为我知道凡有教育学家，是决不肯说教育是没有效验的。大约中国此后这种独身者还要逐渐增加，倘使没有善法补救，则寡妇主义教育的声势，也就要逐渐浩大，许多女子，都要在那冷酷险狠的陶冶之下，失其活泼的青春，无法复活了。全国受过教育的女子，无论已嫁未嫁，有夫无夫，个个心如古井，脸若严霜，自然倒也怪好看的罢，但究竟也太不像真要人模样地生活下去了；为他帖身的使女，亲生的女儿着想，倒是还在其次的事。

我是不研究教育的，但这种危害，今年却因为或一机会，深切地感到了，所以就趁《妇女周刊》征文的机会，将我的所感说出。

一九二五年十一月二十三日

论“费厄泼赖”应该缓行

一 解题

《语丝》五七期上语堂先生曾经讲起“费厄泼赖”（fair play），以为此种精神在中国最不易得，我们只好努力鼓励；又谓不“打落水狗”，即足以补充“费厄泼赖”的意义。我不懂英文，因此也不明这字的函义究竟怎样，如果不“打落水狗”也即这种精神之一体，则我却很想有所议论。但题目上不直书“打落水狗”者，乃为回避触目起见，即并不一定要在头上强装“义角”之意。总而言之，不过说是“落水狗”未始不可打，或者简直应该打而已。

二 论“落水狗”有三种，大都在可打之列

今之论者，常将“打死老虎”与“打落水狗”相提并论，以为都近于卑怯。我以为“打死老虎”者，装怯作勇，颇含滑稽，虽然不免有卑怯之嫌，却怯得令人可爱。至于“打落水狗”，则并

不如此简单，当看狗之怎样，以及如何落水而定。考落水原因，大概可有三种：（1）狗自己失足落水者，（2）别人打落者，（3）亲自打落者。倘遇前二种，便即附和去打，自然过于无聊，或者竟近于卑怯；但若与狗奋战，亲手打其落水，则虽用竹竿又在水中从而痛打之，似乎也非已甚，不得与前二者同论。

听说刚勇的拳师，决不再打那已经倒地的敌手，这实足使我们奉为楷模。但我以为尚须附加一事，即敌手也须是刚勇的斗士，一败之后，或自愧自悔而不再来，或尚须堂皇地来相报复，那当然都无不可。而于狗，却不能引此为例，与对等的敌手齐观，因为无论它怎样狂嗥，其实并不解什么“道义”；况且狗是能浮水的，一定仍要爬到岸上，倘不注意，它先就耸身一摇，将水点洒得人们一身一脸，于是夹着尾巴逃走了。但后来性情还是如此。老实人将它的落水认作受洗，以为必已忏悔，不再出而咬人，实在是大错而特错的事。

总之，倘是咬人之狗，我觉得都在可打之列，无论它在岸上或在水中。

三　论叭儿狗尤非打落水里，又从而打之不可

叭儿狗一名哈吧狗，南方却称为西洋狗了，但是，听说倒是中国的特产，在万国赛狗会里常常得到金奖牌，《大不列颠百科全书》的狗照相上，就很有几匹是咱们中国的叭儿狗。这也是一种国光。但是，狗和猫不是仇敌么？它却虽然是狗，又很像猫，折

中，公允，调和，平正之状可掬，悠悠然摆出别个无不偏激，惟独自己得了“中庸之道”似的脸来。因此也就为阔人，太监，太太，小姐们所钟爱，种子绵绵不绝。它的事业，只是以伶俐的皮毛获得贵人豢养，或者中外的娘儿们上街的时候，脖子上拴了细链子跟在脚后跟。

这些就应该先行打它落水，又从而打之；如果它自坠入水，其实也不妨又从而打之，但若是自己过于要好，自然不打亦可，然而也不必为之叹息。叭儿狗如可宽容，别的狗也大可不必打了，因为它们虽然非常势利，但究竟还有些像狼，带着野性，不至于如此骑墙。

以上是顺便说及的话，似乎和本题没有大关系。

四　论不“打落水狗”是误人子弟的

总之，落水狗的是否该打，第一是在看它爬上岸了之后的态度。

狗性总不大会改变的，假使一万年之后，或者也许要和现在不同，但我现在要说的是现在。如果以为落水之后，十分可怜，则害人的动物，可怜者正多，便是霍乱病菌，虽然生殖得快，那性格却何等地老实。然而医生是决不肯放过它的。

现在的官僚和土绅士或洋绅士，只要不合自意的，便说是赤化，是共产；民国元年以前稍不同，先是说康党，后是说革党，甚至于到官里去告密，一面固然在保全自己的尊荣，但也未始没有那时所谓“以人血染红顶子”之意。可是革命终于起来了，一群臭架子的绅士们，便立刻皇皇然若丧家之狗，将小辫子盘在头顶上。革命党也一派新气——绅士们先前所深恶痛绝的新气，“文明”得可以；说是“咸与维新”了，我们是不打落水狗的，听凭它们爬上来罢。于是它们爬上来了，伏到民国二年下半年，二次革命的时候，就突出来帮着袁世凯咬死了许多革命人，中国又一天一天沉入黑暗里，一直到现在，遗老不必说，连遗少也还是那么多。这就因为先烈的好心，对于鬼蜮的慈悲，使它们繁殖起来，而此后的明白青年，为反抗黑暗计，也就要花费更多更多的气力和生命。

秋瑾女士，就是死于告密的，革命后暂时称为“女侠”，现在是不大听见有人提起了。革命一起，她的故乡就到了一个都督——等于现在之所谓督军——也是她的同志：王金发。他捉住了杀害她的谋主，调集了告密的案卷，要为她报仇。然而终于将那谋主释放了，据说是因为已经成了民国，大家不应该再修旧怨罢。但等到二次革命失败后，王金发却被袁世凯的走狗枪决了，与有力的是他所释放的杀过秋瑾的谋主。

这人现在也已“寿终正寝”了，但在那里继续跋扈出没着的也还是这一流人，所以秋瑾的故乡也还是那样的故乡，年复一年，丝毫没有长进。从这一点看起来，生长在可为中国模范的名城里的杨荫榆女士和陈西滢先生，真是洪福齐天。

五 论塌台人物不当与“落水狗”相提并论

“犯而不校”是恕道，“以眼还眼，以牙还牙”是直道。中国最多的却是枉道：不打落水狗，反被狗咬了。但是，这其实是老实人自己讨苦吃。

俗语说：“忠厚是无用的别名”，也许太刻薄一点罢，但仔细想来，却也觉得并非唆人作恶之谈，乃是归纳了许多苦楚的经历之后的警句。譬如不打落水狗说，其成因大概有二：一是无力打；二是比例错。前者且勿论；后者的大错就又有二：一是误将塌台人物和落水狗齐观，二是不辨塌台人物又有好有坏，于是视同一律，结果反成为纵恶。即以现在而论，因为政局的不安定，真是此起彼伏如转轮，坏人靠着冰山，恣行无忌，一旦失足，忽而乞怜，而曾经亲见，或亲受其噬啮的老实人，乃忽以“落水狗”视之，不但不打，甚至于还有哀矜之意，自以为公理已伸，侠义这时正在我这里。殊不知它何尝真是落水，巢窟是早已造好的了，食料是早经储足的了，并且都在租界里。虽然有时似乎受伤，其实并不，至多不过是假装跛脚，聊以引起人们的恻隐之心，可以从容避匿罢了。他日复来，仍旧先咬老实人开手，“投石下井”，无所不为，寻起原因来，一部分就正因为老实人不“打落水狗”之故。所以，要是说得苛刻一点，也就是自家掘坑自家埋，怨天尤人，全是错误的。

六　论现在还不能一味“费厄”

仁人们或者要问：那么，我们竟不要“费厄泼赖”么？我可以立刻回答：当然是要的，然而尚早。这就是“请君入瓮”法。虽然仁人们未必肯用，但我还可以言之成理。土绅士或洋绅士们不是常常说，中国自有特别国情，外国的平等自由等等，不能适用么？我以为这“费厄泼赖”也是其一。否则，他对你不“费厄”，你却对他去“费厄”，结果总是自己吃亏，不但要“费厄”而不可得，并且连要不“费厄”而亦不可得。所以要“费厄”，最好是首先看清对手，倘是些不配承受“费厄”的，大可以老实不客气；待到它也“费厄”了，然后再与它讲“费厄”不迟。

这似乎很有主张二重道德之嫌，但是也出于不得已，因为倘不如此，中国将不能有较好的路。中国现在有许多二重道德，主与奴，男与女，都有不同的道德，还没有划一。要是对“落水狗”和“落水人”独独一视同仁，实在未免太偏，太早，正如绅士们之所谓自由平等并非不好，在中国却微嫌太早一样。所以倘有人要普遍施行“费厄泼赖”精神，我以为至少须俟所谓“落水狗”者带有人气之后。但现在自然也非绝不可行，就是，有如上文所说：要看清对手。而且还要有等差，即“费厄”必视对手之如何而施，无论其怎样落水，为人也则帮之，为狗也则不管之，为坏狗也则打之。一言以蔽之：“党同伐异”而已矣。

满心“婆理”而满口“公理”的绅士们的名言暂且置之不论不议之列，即使真心人所大叫的公理，在现今的中国，也还不能救助好人，甚至于反而保护坏人。因为当坏人得志，虐待好人的时候，即使有人大叫公理，他决不听从，叫喊仅止于叫喊，好人仍然受苦。然而偶有一时，好人或稍稍蹶起，则坏人本该落水了，可是，真心的公理论者又“勿报复”呀，“仁恕”呀，“勿以恶抗恶”呀……的大嚷起来。这一次却发生实效，并非空嚷了：好人正以为然，而坏人于是得救。但他得救之后，无非以为占了便宜，何尝改悔；并且因为是早已营就三窟，又善于钻谋的，所以不多时，也就依然声势赫奕，作恶又如先前一样。这时候，公理论者自然又要大叫，但这回他却不听你了。

但是，“疾恶太严”，“操之过急”，汉的清流和明的东林，却正以这一点倾败，论者也常常这样责备他们。殊不知那一面，何尝不“疾善如仇”呢？人们却不说一句话。假使此后光明和黑暗还不能作彻底的战斗，老实人误将纵恶当作宽容，一味姑息下去，则现在似的混沌状态，是可以无穷无尽的。

七 论“即以其人之道还治其人之身”

中国人或信中医或信西医，现在较大的城市中往往并有两种医，使他们各得其所。我以为这确是极好的事。倘能推而广之，怨声一定还要少得多，或者天下竟可以臻于郅治。例如民国的通礼是鞠躬，但若有人以为不对的，就独使他磕头。民国的法律是没有笞刑的，倘有人以为肉刑好，则这人犯罪时就特别打屁股。碗筷饭菜，是为今人而设的，有愿为燧人氏以前之民者，就请他吃生肉；再造几千间茅屋，将在大宅子里仰慕尧舜的高士都拉出来，给住在那里面；反对物质文明的，自然更应该不使他衔冤坐汽车。这样一办，真所谓“求仁得仁又何怨”，我们的耳根也就可以清净许多罢。

但可惜大家总不肯这样办，偏要以己律人，所以天下就多事。“费厄泼赖”尤其有流弊，甚至于可以变成弱点，反给恶势力占便宜。例如刘百昭殴曳女师大学生，《现代评论》上连屁也不放，一到女师大恢复，陈西滢鼓动女大学生占据校舍时，却道“要是她们不肯走便怎样呢？你们总不好意思用强力把她们的东西搬走了罢？”殴而且拉，而且搬，是有刘百昭的先例的，何以这一回独独“不好意思”？这就因为给他嗅到了女师大这一面有些“费厄”气味之故。但这“费厄”却又变成弱点，反而给人利用了来替章士钊的“遗泽”保镳。

八　结末

或者要疑我上文所言，会激起新旧，或什么两派之争，使恶感更深，或相持更烈罢。但我敢断言，反改革者对于改革者的毒害，向来就并未放松过，手段的厉害也已经无以复加了。只有改革者却还在睡梦里，总是吃亏，因而中国也总是没有改革，自此以后，是应该改换些态度和方法的。

一九二五年十二月二十九日

写在《坟》后面

在听到我的杂文已经印成一半的消息的时候，我曾经写了几行题记，寄往北京去。当时想到便写，写完便寄，到现在还不满二十天，早已记不清说了些什么了。今夜周围是这么寂静，屋后面的山脚下腾起野烧的微光；南普陀寺还在做牵丝傀儡戏，时时传来锣鼓声，每一间隔中，就更加显得寂静。电灯自然是辉煌着，但不知怎地忽有淡淡的哀愁来袭击我的心，我似乎有些后悔印行我的杂文了。我很奇怪我的后悔；这在我是不大遇到的，到如今，我还没有深知道所谓悔者究竟是怎么一回事。但这心情也随即逝去，杂文当然仍在印行，只为想驱逐自己目下的哀愁，我还要说几句话。

记得先已说过：这不过是我的生活中的一点陈迹。如果我的过往，也可以算作生活，那么，也就可以说，我也曾工作过了。但我并无喷泉一般的思想，伟大华美的文章，既没有主义要宣传，也不想发起一种什么运动。不过我曾经尝得，失望无论大小，是一种苦味，所以几年以来，有人希望我动动笔的，只要意见不很相反，我的力量能够支撑，就总要勉力写几句东西，给来者一些极微末的欢喜。人生多苦辛，而人们有时却极容易得到安慰，又何必惜一点笔墨，给多尝些孤独的悲哀呢？于是除小说杂感之外，逐渐又有了长长短短的杂文十多篇。其间自然也有为卖钱而作的。这回就都混在一处。我的生命的一部分，就这样地用去了，也就是做了这样的工作。然而我至今终于不明白我一向是在做什么。比方做土工的罢，做着做着，而不明白是在筑台呢还在掘坑。所知道的是即使是筑台，也无非要将自己从那上面跌下来或者显示老死；倘是掘坑，那就当然不过是埋掉自己。总之：逝去，逝去，一切一切，和光阴一同早逝去，在逝去，要逝去了。——不过如此，但也为我所十分甘愿的。

然而这大约也不过是一句话。当呼吸还在时，只要是自己的，我有时却也喜欢将陈迹收存起来，明知不值一文，总不能绝无眷恋，集杂文而名之曰《坟》，究竟还是一种取巧的掩饰。刘伶喝得酒气熏天，使人荷锸跟在后面，道：死便埋我。虽然自以为放达，其实是只能骗骗极端老实人的。

所以这书的印行，在自己就是这么一回事。至于对别人，记得在先也已说过，还有愿使偏爱我的文字的主顾得到一点喜欢；憎恶我的文字的东西得到一点呕吐——我自己知道，我并不大度，那些东西因我的文字而呕吐，我也很高兴的。别的就什么意思也没有了。倘若硬要说出好处来，那么，其中所介绍的几个诗人的事，或者还不妨一看；最末的论“费厄泼赖”这一篇，也许可供参考罢，因为这虽然不是我的血所写，却是见了我的同辈和比我年幼的青年们的血而写的。

偏爱我的作品的读者，有时批评说，我的文字是说真话的。这其实是过誉，那原因就因为他偏爱。我自然不想太欺骗人，但也未尝将心里的话照样说尽，大约只要看得可以交卷就算完。我的确时时解剖别人，然而更多的是更无情面地解剖我自己，发表一点，酷爱温暖的人物已经觉得冷酷了，如果全露出我的血肉来，末路正不知要到怎样。我有时也想就此驱除旁人，到那时还不唾弃我的，即使是枭蛇鬼怪，也是我的朋友，这才真是我的朋友。倘使并这个也没有，则就是我一个人也行。但现在我并不。因为，我还没有这样勇敢，那原因就是我还想生活，在这社会里。还有一种小缘故，先前也曾屡次声明，就是偏要使所谓正人君子也者之流多不舒服几天，所以自己便特地留几片铁甲在身上，站着，给他们的世界上多有一点缺陷，到我自己厌倦了，要脱掉了的时候为止。

倘说为别人引路，那就更不容易了，因为连我自己还不明白应当怎么走。中国大概很有些青年的“前辈”和“导师”罢，但那不是我，我也不相信他们。我只很确切地知道一个终点，就是：坟。然而这是大家都知道的，无须谁指引。问题是在从此到那的道路。那当然不只一条，我可正不知那一条好，虽然至今有时也还在寻求。在寻求中，我就怕我未熟的果实偏偏毒死了偏爱我的果实的人，而憎恨我的东西如所谓正人君子也者偏偏都矍铄，所以我说话常不免含胡，中止，心里想：对于偏爱我的读者的赠献，或者最好倒不如是一个“无所有”。我的译著的印本，最初,印一次是一千,后来加五百,近时是二千至四千,每一增加,我自然是愿意的,因为能赚钱,但也伴着哀愁,怕于读者有害,因此作文就时常更谨慎,更踌躇。有人以为我信笔写来,直抒胸臆,其实是不尽然的,我的顾忌并不少。我自己早知道毕竟不是什么战士了,而且也不能算前驱,就有这么多的顾忌和回忆。还记得三四年前,有一个学生来买我的书,从衣袋里掏出钱来放在我手里,那钱上还带着体温。这体温便烙印了我的心,至今要写文字时,还常使我怕毒害了这类的青年,迟疑不敢下笔。我毫无顾忌地说话的日子,恐怕要未必有了罢。但也偶尔想,其实倒还是毫无顾忌地说话,对得起这样的青年。但至今也还没有决心这样做。

今天所要说的话也不过是这些,然而比较的却可以算得真实。此外,还有一点余文。

记得初提倡白话的时候,是得到各方面剧烈的攻击的。后来白话渐渐通行了,势不可遏,有些人便一转而引为自己之功,美其名曰"新文化运动"。又有些人便主张白话不妨作通俗之用;又有些人却道白话要做得好,仍须看古书。前一类早已二次转舵,又反过来嘲骂"新文化"了;后二类是不得已的调和派,只希图多留几天僵尸,到现在还不少。我曾在杂感上掊击过的。

新近看见一种上海出版的期刊,也说起要做好白话须读好古文,而举例为证的人名中,其一却是我。这实在使我打了一个寒噤。别人我不论,若是自己,则曾经看过许多旧书,是的确的,为了教书,至今也还在看。因此耳濡目染,影响到所做的白话上,常不免流露出它的字句、体格来。但自己却正苦于背了这些古老的鬼魂，摆脱不开，时常感到一种使人气闷的沉重。就是思想上，也何尝不中些庄周韩非的毒，时而很随便，时而很峻急。孔孟的书我读得最早，最熟，然而倒似乎和我不相干。大半也因为懒惰罢，往往自己宽解，以为一切事物，在转变中，是总有多少中间物的。动植之间，无脊椎和脊椎动物之间，都有中间物；或者简直可以说，在进化的链子上，一切都是中间物。当开首改革文章的时候，有几个不三不四的作者，是当然的，只能这样，也需要这样。他的任务，是在有些警觉之后，喊出一种新声；又因为从旧垒中来，情形看得较为分明，反戈一击，易制强敌的死命。但仍应该和光阴偕逝，逐渐消亡，至多不过是桥梁中的一木一石，并非什么前途的目标，范本。跟着起来便该不同了，倘非天纵之圣，积习当然也不能顿然荡除，但总得更有新气象。以文字论，就不必更在旧书里讨生活，却将活人的唇舌作为源泉，使文章更加接近语言，更加有生气。至于对于现在人民的语言的穷乏欠缺，如何救济，使他丰富起来，那也是一个很大的问题，或者也须在旧文中取得若干资料，以供使役，但这并不在我现在所要说的范围以内，姑且不论。

我以为我倘十分努力，大概也还能够博采口语，来改革我的文章。但因为懒而且忙，至今没有做。我常疑心这和读了古书很有些关系，因为我觉得古人写在书上的可恶思想，我的心里也常有，能否忽而奋勉，是毫无把握的。我常常诅咒我的这思想，也希望不再见于后来的青年。去年我主张青年少读，或者简直不读中国书，乃是用许多苦痛换来的真话，决不是聊且快意，或什么玩笑，愤激之辞。古人说，不读书便成愚人，那自然也不错的。然而世界却正由愚人造成，聪明人决不能支持世界，尤其是中国的聪明人。现在呢，思想上且不说，便是文辞，许多青年作者又在古文、诗词中摘些好看而难懂的字面，作为变戏法的手巾，来装潢自己的作品了。我不知这和劝读古文说可有相关，但正在复古，也就是新文艺的试行自杀，是显而易见的。

不幸我的古文和白话合成的杂集，又恰在此时出版了，也许又要给读者若干毒害。只是在自己，却还不能毅然决然将他毁灭，还想借此暂时看看逝去的生活的余痕。惟愿偏爱我的作品的读者也不过将这当作一种纪念，知道这小小的丘陇中，无非埋着曾经活过的躯壳。待再经若干岁月，又当化为烟埃，并纪念也从人间消去，而我的事也就完毕了。上午也正在看古文，记起了几句陆士衡的吊曹孟德文，便拉来给我的这一篇作结——

既睎古以遗累，信简礼而薄葬。

彼裘绂于何有，贻尘谤于后王。

嗟大恋之所存，故虽哲而不忘。

览遗籍以慷慨，献兹文而凄伤！

一九二六，一一，一一，夜，鲁迅

热风

题记

现在有谁经过西长安街一带的，总可以看见几个衣履破碎的穷苦孩子叫卖报纸。记得三四年前，在他们身上偶而还剩有制服模样的残余；再早，就更体面，简直是童子军的拟态。

那是中华民国八年，即西历一九一九年，五月四日北京学生对于山东问题的示威运动以后，因为当时散传单的是童子军，不知怎的竟惹了投机家的注意，童子军式的卖报孩子就出现了。其年十二月，日本公使小幡酉吉抗议排日运动，情形和今年大致相同；只是我们的卖报孩子却穿破了第一身新衣以后，便不再做，只见得年不如年地显出穷苦。

我在《新青年》的“随感录”中做些短评，还在这前一年，因为所评论的多是小问题，所以无可道，原因也大都忘却了。但就现在的文字看起来，除几条泛论之外，有的是对于扶乩、静坐、打拳而发的；有的是对于所谓“保存国粹”而发的；有的是对于那时旧官僚的以经验自豪而发的；有的是对于上海《时报》的讽刺画而发的。记得当时的《新青年》，是正在四面受敌之中，我所对付的不过一小部分；其他大事，则本志具在，无须我多言。

五四运动之后，我没有写什么文字，现在已经说不清是不做，还是散失消灭的了。但那时革新运动，表面上却颇有些成功，于是主张革新的也就蓬蓬勃勃，而且有许多还就是在先讥笑、嘲骂《新青年》的人们，但他们却是另起了一个冠冕堂皇的名目：新文化运动。这也就是后来又将这名目反套在《新青年》身上，而又加以嘲骂讥笑的，正如笑骂白话文的人，往往自称最得风气之先，早经主张过白话文一样。

再后，更无可道了。只记得一九二一年中的一篇是对于所谓“虚无哲学”而发的；更后一年则大抵对于上海之所谓“国学家”而发，不知怎的那时忽而有许多人都自命为国学家了。

自《新青年》出版以来，一切应之而嘲骂改革，后来又赞成改革，后来又嘲骂改革者，现在拟态的制服早已破碎，显出自身的本相来了，真所谓“事实胜于雄辩”，又何待于纸笔喉舌的批评。所以我的应时的浅薄的文字，也应该置之不顾，一任其消灭的；但几个朋友却以为现状和那时并没有大两样，也还可以存留，给我编辑起来了。这正是我所悲哀的。我以为凡对于时弊的攻击，文字须与时弊同时灭亡，因为这正如白血轮之酿成疮疖一般，倘非自身也被排除，则当它的生命的存留中，也即证明着病菌尚在。

但如果凡我所写，的确都是冷的呢？则它的生命原来就没有，更谈不到中国的病证究竟如何。然而，无情的冷嘲和有情的讽刺相去本不及一张纸，对于周围的感受和反应，又大概是所谓“如鱼饮水，冷暖自知”的；我却觉得周围的空气太寒冽了，我自说我的话，所以反而称之曰《热风》。

一九二五年十一月三日之夜，鲁迅

随感录二十五

我一直从前曾见严又陵在一本什么书上发过议论，书名和原文都忘记了。大意是："在北京道上，看见许多孩子，辗转于车轮马足之间，很怕把他们碰死了，又想起他们将来怎样得了，很是害怕。"其实别的地方，也都如此，不过车马多少不同罢了。现在到了北京，这情形还未改变，我也时时发起这样的忧虑；一面又佩服严又陵究竟是"做"过赫胥黎《天演论》的，的确与众不同：是一个十九世纪末年中国感觉锐敏的人。

穷人的孩子蓬头垢面的在街上转，阔人的孩子妖形妖势娇声娇气的在家里转。转得大了，都昏天黑地的在社会上转，同他们的父亲一样，或者还不如。

所以看十来岁的孩子，便可以逆料二十年后中国的情形；看二十多岁的青年——他们大抵有了孩子，尊为爹爹了——便可以推测他儿子孙子，晓得五十年后七十年后中国的情形。

中国的孩子，只要生，不管他好不好，只要多，不管他才不才。生他的人，不负教他的责任。虽然"人口众多"这一句话，很可以闭了眼睛自负，然而这许多人口，便只在尘土中辗转，小的时候，不把他当人，大了以后，也做不了人。

中国娶妻早是福气，儿子多也是福气。所有小孩，只是他父母福气的材料，并非将来的“人”的萌芽，所以随便辗转，没人管他，因为无论如何，数目和材料的资格，总还存在。即使偶尔送进学堂，然而社会和家庭的习惯，尊长和伴侣的脾气，却多与教育反背，仍然使他与新时代不合。大了以后，幸而生存，也不过“仍旧贯如之何”，照例是制造孩子的家伙，不是“人”的父亲，他生了孩子，便仍然不是“人”的萌芽。

最看不起女人的奥国人华宁该尔（Otto Weininger）曾把女人分成两大类：一是“母妇”，一是“娼妇”。照这分法，男人便也可以分作“父男”和“嫖男”两类了。但这父男一类，却又可以分成两种：其一是孩子之父，其一是“人”之父。第一种只会生，不会教，还带点嫖男的气息。第二种是生了孩子，还要想怎样教育，才能使这生下来的孩子，将来成一个完全的人。

前清末年，某省初开师范学堂的时候，有一位老先生听了，很为诧异，便发愤说，“师何以还须受教，如此看来，还该有父范学堂了！”这位老先生，便以为父的资格，只要能生。能生这件事，自然便会，何须受教呢。却不知中国现在，正须父范学堂；这位先生便须编入初等第一年级。

因为我们中国所多的是孩子之父，所以以后是只要“人”之父！

随感录三十三

现在有一班好讲鬼话的人，最恨科学，因为科学能教道理明白，能教人思路清楚，不许鬼混，所以自然而然的成了讲鬼话的人的对头。于是讲鬼话的人，便须想一个方法排除他。

其中最巧妙的是捣乱。先把科学东扯西拉，羼进鬼话，弄得是非不明，连科学也带了妖气：例如一位大官做的卫生哲学，里面说——

> “吾人初生之一点，实自脐始，故人之根本在脐。……故脐下腹部最为重要，道书所以称之曰丹田。”

用植物来比人，根须是胃，脐却只是一个蒂，离了便罢，有什么重要。但这还不过比喻奇怪罢了，尤其可怕的是——

> “精神能影响于血液，昔日德国科布博士发明霍乱（虎列拉）病菌，有某某二博士反对之，取其所培养之病菌，一口吞入，而竟不病。”

据我所晓得的，是 Koch 博士发见（查出了前人未知的事物叫发见，创出了前人未知的器具和方法才叫发明）了真“虎列拉”菌；别人也发见了一种，Koch说他不是，把他的菌吞了，后来没有病，便证明了那人所发见的，的确不是病菌。如今颠倒转来，当作“精神能改造肉体”的例证，岂不危险已极么？

捣乱得更凶的，是一位神童做的《三千大千世界图说》。他拿了儒、道士、和尚、耶教的糟粕，乱作一团，又密密的插入鬼话。他说能看见天上地下的情形，他看见的“地球星”，虽与我们所晓得的无甚出入，一到别的星系，可是五花八门了。因为他有天眼通，所以本领在科学家之上。他先说道——

> “今科学家之发明，欲观天文则用天文镜……然犹不能持此以观天堂地狱也。究之学问之道如大海然，万不可入海饮一滴水，即自足也。”

他虽然也分不出发见和发明的不同，论学问却颇有理。但学问的大海，究竟怎样情形呢？他说——

> “赤精天……有毒火坑，以水晶盖压之。若遇某星球将坏之时，即去某星球之水晶盖，则毒火大发，焚毁民物。”

> “众星……大约分为三种，曰恒星，行星，流星。……据西学家言，恒星有三十五千万，以小子视之，不下七千万万也。……行星共计一百千万大系。……流星之多，倍于行星。……其绕日者，约三十三年一周，每秒能行六十五里。”

> “日面纯为大火。……因其热力极大，人不能生，故太阳星君居焉。”

其余怪话还多。但讲天堂的远不及六朝方士的《十洲记》，讲地狱的也不过钞袭《玉历钞传》。这神童算是糟了！另外还有感慨的话，说科学害了人。上面一篇“嗣汉六十二代天师正一真人张元旭”的序文，尤为单刀直入，明明白白道出——

“自拳匪假托鬼神，致招联军之祸，几至国亡种灭，识者痛心疾首，固已极矣。又适值欧化东渐，专讲物质文明之秋，遂本科学家世界无帝神管辖，人身无魂魄轮回之说，奉为国是，俾播印于人人脑髓中，自是而人心之敬畏绝矣。敬畏绝而道德无根柢以发生矣！放僻邪侈，肆无忌惮，争权夺利，日相战杀，其祸将有甚于拳匪者！……”

这简直说是万恶都由科学，道德全靠鬼话；而且与其科学，不如拳匪了。从前的排斥外来学术和思想，大抵专靠皇帝；自六朝至唐宋，凡攻击佛教的人，往往说他不拜君父，近乎造反。现在没有皇帝了，却寻出一个“道德”的大帽子，看他何等利害。不提防想不到的一本绍兴《教育杂志》里面，也有一篇仿古先生的《教育偏重科学无甯偏重道德》（甯字原文如此，疑是避讳的论文），他说——

“西人以数百年科学之心力，仅酿成此次之大战争。……科学云乎哉？多见其为残贼人道矣！”

“偏重于科学，则相尚于知能；偏重于道德，则相尚于欺伪。相尚于欺伪，则祸止于欺伪，相尚于知能，则欺伪莫由得而明矣！”

虽然不说鬼神为道德根本，至于向科学宣告死刑，却居然两教同心了。所以拳匪的传单上，明白写着——

“孔圣人、张天师，傅言由山东来，赶紧急傅，并无虚言!”（傅字原文如此，疑“傳”字之误。）

照他们看来，这般可恨可恶的科学世界，怎样挽救呢?《灵学杂志》内俞复先生答吴稚晖先生书里说过：“鬼神之说不张，国家之命遂促!”可知最好是张鬼神之说了。鬼神为道德根本，也与张天师和仿古先生的意见毫不冲突。可惜近来北京乩坛，又印出一本《感显利冥录》，内有前任北京城隍白知和谛闲法师的问答——

“师云：发愿一事，的确要紧。……此次由南方来，闻某处有济公临坛，所说之话，殊难相信。济祖是阿罗汉，见思惑已尽，断不为此。……不知某会临坛者，是济祖否？请示。

“乩云：承谕发愿，……谨记斯言。某处坛，灵鬼附之耳。须知灵鬼，即魔道也。知此后当发愿驱除此等之鬼。”

“师云”的发愿，城隍竟不能懂；却先与某会力争正统。照此看来，国家之命未延，鬼兵先要打仗；道德仍无根柢，科学也还该活命了。

其实中国自所谓维新以来，何尝真有科学。现在儒道诸公，却径把历史上一味捣鬼不治人事的恶果，都移到科学身上，也不问什么叫道德，怎样是科学，只是信口开河，造谣生事；使国人格外惑乱，社会上罩满了妖气。以上所引的话，不过随手拈出的几点黑影；此外自大埠以至僻地，还不知有多少奇谈。但即此几条，已足可推测我们周围的空气，以及将来的情形，如何黑暗可怕了。

据我看来，要救治这“几至国亡种灭”的中国，那种“孔圣人、张天师，传言由山东来”的方法，是全不对症的，只有这鬼话的对头的科学！——不是皮毛的真正科学！——这是什么缘故呢？陈正敏《遯斋闲览》有一段故事（未见原书，据《本草纲目》所引写出，但这也全是道士所编造的谣言，并非事实，现在只当他比喻用）说得好——

> “杨勔中年得异疾；每发语，腹中有小声应之，久渐声大。有道士见之，曰：此应声虫也！但读《本草》取不应者治之。读至雷丸，不应，遂顿服数粒而愈。”

（关于吞食病菌的事，我上文所说的大概也是错的，但现在手头无书可查。也许是Koch博士发见了“虎列拉”菌时，Pfeffer博士以为不是真病菌，当面吞下去了，后来病得几乎要死。总之，无论如何，这一案决不能作“精神能改造肉体”的例证。一九二五年九月二十四日补记。）

随感录三十五

从清期末年，直到现在，常常听人说“保存国粹”这一句话。

前清末年说这话的人，大约有两种：一是爱国志士，一是出洋游历的大官。他们在这题目的背后，各各藏着别的意思。志士说保存国粹，是光复旧物的意思；大官说保存国粹，是教留学生不要去剪辫子的意思。

现在成了民国了。以上所说的两个问题，已经完全消灭。所以我不能知道现在说这话的是那一流人，这话的背后藏着什么意思了。

可是保存国粹的正面意思，我也不懂。

什么叫“国粹”？照字面看来，必是一国独有，他国所无的事物了。换一句话，便是特别的东西。但特别未必定是好，何以应该保存？

譬如一个人，脸上长了一个瘤，额上肿出一颗疮，的确是与众不同，显出他特别的样子，可以算他的“粹”。然而据我看来，还不如将这“粹”割去了，同别人一样的好。

倘说：中国的国粹，特别而且好；又何以现在糟到如此情形，新派摇头，旧派也叹气。

倘说：这便是不能保存国粹的缘故，开了海禁的缘故，所以必须保存。但海禁未开以前，全国都是“国粹”，理应好了；何以春秋战国五胡十六国闹个不休，古人也都叹气。

倘说：这是不学成汤文武周公的缘故；何以真正成汤文武周公时代，也先有桀纣暴虐，后有殷顽作乱；后来仍旧弄出春秋战国五胡十六国闹个不休，古人也都叹气。

我有一位朋友说得好：“要我们保存国粹，也须国粹能保存我们。”

保存我们，的确是第一义。只要问他有无保存我们的力量，不管他是否国粹。

随感录三十六

现在许多人有大恐惧；我也有大恐惧。

许多人所怕的，是“中国人”这名目要消灭；我所怕的，是中国人要从“世界人”中挤出。

我以为“中国人”这名目，决不会消灭；只要人种还在，总是中国人。譬如埃及犹太人，无论他们还有“国粹”没有，现在总叫他埃及犹太人，未尝改了称呼。可见保存名目，全不必劳力费心。

但是想在现今的世界上，协同生长，挣一地位，即须有相当的进步的智识、道德、品格、思想，才能够站得住脚：这事极须劳力费心。而国粹多的国民，尤为劳力费心，因为他的“粹”太多。粹太多，便太特别。太特别，便难与种种人协同生长，挣得地位。

有人说：“我们要特别生长；不然，何以为中国人！”

于是乎要从“世界人”中挤出。

于是乎中国人失了世界，却暂时仍要在这世界上住！——这便是我的大恐惧。

随感录三十七

近来很有许多人，在那里竭力提倡打拳。记得先前也曾有过一回，但那时提倡的，是满清王公大臣，现在却是民国的教育家，位分略有不同。至于他们的宗旨，是一是二，局外人便不得而知。

现在那班教育家，把“九天玄女传与轩辕黄帝，轩辕黄帝传与尼姑”的老方法，改称“新武术”，又是“中国式体操”，叫青年去练习。听说其中好处甚多，重要的举出两种来，是：

一，用在体育上。据说中国人学了外国体操，不见效验；所以须改习本国式体操（即打拳）才行。依我想来：两手拿着外国铜锤或木棍，把手脚左伸右伸的，大约于筋肉发达上，也该有点“效验”。无如竟不见效验！那自然只好改途去练“武松脱铐”那些把戏了。这或者因为中国人生理上与外国人不同的缘故。

二，用在军事上。中国人会打拳，外国人不会打拳：有一天见面对打，中国人得胜，是不消说的了。即使不把外国人“板油扯下”，只消一阵“乌龙扫地”，也便一齐扫倒，从此不能爬起。无如现在打仗，总用枪炮。枪炮这件东西，中国虽然“古时也已有过”，可是此刻没有了。籐牌操法，又不练习，怎能御得枪炮？我想（他们不曾说明，这是我的“管窥蠡测”）：打拳打下去，总可达到“枪炮打不进”的程度（即内功？）。这件事从前已经试过一次，在一千九百年。可惜那一回真是名誉的完全失败了。且看这一回如何。

随感录三十八

中国人向来有点自大。——只可惜没有“个人的自大”，都是“合群的爱国的自大”。这便是文化竞争失败之后，不能再见振拔改进的原因。

“个人的自大”，就是独异，是对庸众宣战。除精神病学上的夸大狂外，这种自大的人，大抵有几分天才——照 Nordau 等说，也可说就是几分狂气，他们必定自己觉得思想见识高出庸众之上，又为庸众所不懂，所以愤世疾俗，渐渐变成厌世家，或“国民之敌”。但一切新思想，多从他们出来，政治上宗教上道德上的改革，也从他们发端。所以多有这“个人的自大”的国民，真是多福气！多幸运！

“合群的自大”，“爱国的自大”，是党同伐异，是对少数的天才宣战——至于对别国文明宣战，却尚在其次。他们自己毫无特别才能，可以夸示于人，所以把这国拿来做个影子；他们把国里的习惯制度抬得很高，赞美的了不得；他们的国粹，既然这样有荣光，他们自然也有荣光了！倘若遇见攻击，他们也不必自去应战，因为这种蹲在影子里张目摇舌的人，数目极多，只须用mob的长技，一阵乱噪，便可制胜。胜了，我是一群中的人，自然也胜了；若败了时，一群中有许多人，未必是我受亏：大凡聚众滋事时，多具这种心理，也就是他们的心理。他们举动，看似猛烈，其实却很卑怯。至于所生结果，则复古，尊王，扶清灭洋等等，已领教得多了。所以多有这"合群的爱国的自大"的国民，真是可哀，真是不幸！

不幸中国偏只多这一种自大：古人所作所说的事，没一件不好，遵行还怕不及，怎敢说到改革？这种爱国的自大家的意见，虽各派略有不同，根柢总是一致，计算起来，可分作下列五种：

甲云："中国地大物博，开化最早；道德天下第一。"这是完全自负。

乙云："外国物质文明虽高，中国精神文明更好。"

丙云："外国的东西，中国都已有过；某种科学，即某子所说的云云。"这两种都是"古今中外派"的支流；依据张之洞的格言，以"中学为体，西学为用"的人物。

丁云："外国也有叫化子——（或云）也有草舍——娼妓——臭虫。"这是消极的反抗。

戊云："中国便是野蛮的好。"又云："你说中国思想昏乱，那正是我民族所造成的事业的结晶。从祖先昏乱起，直要昏乱到子孙；从过去昏乱起，直要昏乱到未来。……（我们是四万万人，）你能把我们灭绝么？"这比"丁"更进一层，不去拖人下水，反以自己的丑恶骄人；至于口气的强硬，却很有《水浒传》中牛二的态度。

五种之中，甲乙丙丁的话，虽然已很荒谬，但同戊比较，尚觉情有可原，因为他们还有一点好胜心存在。譬如衰败人家的子弟，看见别家兴旺，多说大话，摆出大家架子；或寻求人家一点破绽，聊给自己解嘲。这虽然极是可笑，但比那一种掉了鼻子，还说是祖传老病，夸示于众的人，总要算略高一步了。

戊派的爱国论最晚出，我听了也最寒心；这不但因其居心可怕，实因他所说的更为实在的缘故。昏乱的祖先，养出昏乱的子孙，正是遗传的定理。民族根性造成之后，无论好坏，改变都不容易的。法国 G. Le Bon 著《民族进化的心理》中，说及此事道（原文已忘，今但举其大意）——“我们一举一动，虽似自主，其实多受死鬼的牵制。将我们一代的人，和先前几百代的鬼比较起来，数目上就万不能敌了。”我们几百代的祖先里面，昏乱的人，定然不少：有讲道学的儒生，也有讲阴阳五行的道士，有静坐炼丹的仙人，也有打脸打把子的戏子。所以我们现在虽想好好做“人”，难保血管里的昏乱分子不来作怪，我们也不由自主，一变而为研究丹田脸谱的人物：这真是大可寒心的事。但我总希望这昏乱思想遗传的祸害，不至于有梅毒那样猛烈，竟至百无一免。即使同梅毒一样，现在发明了六百零六，肉体上的病，既可医治；我希望也有一种七百零七的药，可以医治思想上的病。这药原来也已发明，就是“科学”一味。只希望那班精神上掉了鼻子的朋友，不要又打着“祖传老病”的旗号来反对吃药，中国的昏乱病，便也总有全愈的一天。祖先的势力虽大，但如从现代起，立意改变：扫除了昏乱的心思，和助成昏乱的物事（儒道两派的文书），再用了对症的药，即使不能立刻奏效，也可把那病毒略略羼淡。如此几代之后待我们成了祖先的时候，就可以分得昏乱祖先的若干势力，那时便有转机，Le Bon 所说的事，也不足怕了。

以上是我对于“不长进的民族”的疗救方法；至于“灭绝”一条，那是全不成话，可不必说。“灭绝”这两个可怕的字，岂是我们人类应说的？只有张献忠这等人曾有如此主张，至今为人类唾骂；而且于实际上发生出什么效验呢？但我有一句话，要劝戊派诸公。“灭绝”这句话，只能吓人，却不能吓倒自然。他是毫无情面：他看见有自向灭绝这条路走的民族，便请他们灭绝，毫不客气。我们自己想活，也希望别人都活；不忍说他人的灭绝，又怕他们自己走到灭绝的路上，把我们带累了也灭绝，所以在此着急。倘使不改现状，反能兴旺，能得真实自由的幸福生活，那就是做野蛮也很好。——但可有人敢答应说“是”么？

随感录三十九

《新青年》的五卷四号，隐然是一本戏剧改良号，我是门外汉，开口不得；但见《再论戏剧改良》这一篇中，有“中国人说到理想，便含着轻薄的意味，觉得理想即是妄想，理想家即是妄人”一段话，却令我发生了追忆，不免又要说几句空谈。

据我的经验，这理想价值的跌落，只是近五年以来的事。民国以前，还未如此，许多国民，也肯认理想家是引路的人。到了民国元年前后，理论上的事情，著著实现，于是理想派——深浅真伪现在姑且弗论——也格外举起头来。一方面却有旧官僚的攘夺政权，以及遗老受冷不过，豫备下山，都痛恨这一类理想派，说什么闻所未闻的学理法理，横亘在前，不能大踏步摇摆。于是沉思三日三夜，意想出了一种兵器，有了这利器，才将“理”字排行的元恶大憝，一律肃清。这利器的大名，便叫“经验”。现在又添上一个雅号，便是高雅之至的“事实”。

经验从那里得来，便是从清朝得来的。经验提高了他的喉咙含含糊糊说，“狗有狗道理，鬼有鬼道理，中国与众不同，也自有中国道理。道理各各不同，一味理想，殊堪痛恨。”这时候，正是上下一心理财强种的时候，而且带着理字的，又大半是洋货，爱国之士，义当排斥。所以一转眼便跌了价值；一转眼便遭了嘲骂；又一转眼，便连他的影子，也同拳民时代的教民一般，竟犯了与众共弃的大罪了。

但我们应该明白，人格的平等，也是一种外来的旧理想；现在“经验”既已登坛，自然株连着化为妄想，理合不分首从，全踏在朝靴底下，以符列祖列宗的成规。这一踏不觉过了四五年，经验家虽然也增加了四五岁，与素未经验的生物学学理——死——渐渐接近，但这与众不同的中国，却依然不是理想的住家。一大批踏在朝靴底下的学习诸公，早经竭力大叫，说他也得了经验了。

但我们应该明白，从前的经验，是从皇帝脚底下学得；现在与将来的经验，是从皇帝的奴才的脚底下学得。奴才的数目多，心传的经验家也愈多。待到经验家二世的全盛时代，那便是理想单被轻薄，理想家单当妄人，还要算是幸福侥幸了。

现在的社会，分不清理想与妄想的区别。再过几时，还要分不清“做不到”与“不肯做到”的区别，要将扫除庭园与劈开地球混作一谈。理想家说，这花园有秽气，须得扫除——到那时候，说这宗话的人，也要算在理想党里——他却说道，他们从来在此小便，如何扫除？万万不能，也断乎不可！

那时候，只要从来如此，便是宝贝。即使无名肿毒，倘若生在中国人身上，也便“红肿之处，艳若桃花；溃烂之时，美如乳酪”。国粹所在，妙不可言。那些理想学理法理，既是洋货，自然完全不在话下了。

但最奇怪的，是七年十月下半，忽有许多经验家，理想经验双全家，经验理想未定家，都说公理战胜了强权；还向公理颂扬了一番，客气了一顿。这事不但溢出了经验的范围，而且又添上一个理字排行的厌物。将来如何收场，我是毫无经验，不敢妄谈。经验诸公，想也未曾经验，开口不得。

没有法，只好在此提出，请教受人轻薄的理想家了。

随感录四十

终日在家里坐，至多也不过看见窗外四角形惨黄色的天，还有什么感？只有几封信，说道，“久违芝宇，时切葭思”；有几个客，说道，“今天天气很好”：都是祖传老店的文字语言。写的说的，既然有口无心，看的听的，也便毫无所感了。

有一首诗，从一位不相识的少年寄来，却对于我有意义。——

爱情

我是一个可怜的中国人。爱情！我不知道你是什么。

我有父母，教我育我，待我很好；我待他们，也还不差。我有兄弟姊妹，幼时共我玩耍，长来同我切磋，待我很好；我待他们，也还不差。但是没有人曾经“爱”过我，我也不曾“爱”过他。

我年十九，父母给我讨老婆。于今数年，我们两个，也还和睦。可是这婚姻，是全凭别人主张，别人撮合：把他们一日戏言，当我们百年的盟约。仿佛两个牲口听着主人的命令：“咄，你们好好的住在一块儿罢！”

爱情！可怜我不知道你是什么！

诗的好歹，意思的深浅，姑且勿论；但我说，这是血的蒸气，醒过来的人的真声音。

爱情是什么东西？我也不知道。中国的男女大抵一对或一群——一男多女——的住着，不知道有谁知道。

但从前没有听到苦闷的叫声。即使苦闷，一叫便错；少的老的，一齐摇头，一齐痛骂。

然而无爱情结婚的恶结果，却连续不断的进行。形式上的夫妇，既然都全不相关，少的另去姘人宿娼，老的再来买妾：麻痹了良心，各有妙法。所以直到现在，不成问题。但也曾造出一个“妒”字，略表他们曾经苦心经营的痕迹。

可是东方发白，人类向各民族所要的是“人”——自然也是“人之子”——我们所有的是单是人之子，是儿媳妇与儿媳之夫，不能献出于人类之前。

可是魔鬼手上，终有漏光的处所，掩不住光明：人之子醒了；他知道了人类间应有爱情；知道了从前一班少的老的所犯的罪恶；于是起了苦闷，张口发出这叫声。

但在女性一方面，本来也没有罪，现在是做了旧习惯的牺牲。我们既然自觉着人类的道德，良心上不肯犯他们少的老的的罪，又不能责备异性，也只好陪着做一世牺牲，完结了四千年的旧账。

做一世牺牲，是万分可怕的事；但血液究竟干净，声音究竟醒而且真。

我们能够大叫，是黄莺便黄莺般叫；是鸱鸮便鸱鸮般叫。我们不必学那才从私窝子里跨出脚，便说“中国道德第一”的人的声音。

我们还要叫出没有爱的悲哀，叫出无所可爱的悲哀。……我们要叫到旧账勾消的时候。

旧账如何勾消？我说，“完全解放了我们的孩子！”

随感录四十一

从一封匿名信里看见一句话，是“数麻石片”（原注江苏方言），大约是没有本领便不必提倡改革，不如去数石片的好的意思。因此又记起了本志通信栏内所载四川方言的“洗煤炭”。想来别省方言中，相类的话还多；守着这专劝人自暴自弃的格言的人，也怕并不少。

凡中国人说一句话，做一件事，倘与传来的积习有若干抵触，须一个斤斗便告成功，才有立足的处所；而且被恭维得烙铁一般热。否则免不了标新立异的罪名，不许说话；或者竟成了大逆不道，为天地所不容。这一种人，从前本可以夷到九族，连累邻居；现在却不过是几封匿名信罢了。但意志略略薄弱的人便不免因此萎缩，不知不觉的也入了“数麻石片”党。

所以现在的中国，社会上毫无改革，学术上没有发明，美术上也没有创作；至于多人继续的研究，前仆后继的探险，那更不必提了。国人的事业，大抵是专谋时式的成功的经营，以及对于一切的冷笑。

但冷笑的人，虽然反对改革，却又未必有保守的能力：即如文字一面，白话固然看不上眼，古文也不甚提得起笔。照他的学说，本该去“数麻石片”了；他却又不然，只是莫名其妙的冷笑。

中国的人，大抵在如此空气里成功，在如此空气里萎缩腐败，以至老死。

我想，人猿同源的学说，大约可以毫无疑义了。但我不懂，何以从前的古猴子，不都努力变人，却到现在还留着子孙，变把戏给人看。还是那时竟没有一匹想站起来学说人话呢？还是虽然有了几匹，却终被猴子社会攻击他标新立异，都咬死了；所以终于不能进化呢？

尼采式的超人，虽然太觉渺茫，但就世界现有人种的事实看来，却可以确信将来总有尤为高尚尤近圆满的人类出现。到那时候，类人猿上面，怕要添出“类猿人”这一个名词。

所以我时常害怕，愿中国青年都摆脱冷气，只是向上走，不必听自暴自弃者流的话。能做事的做事，能发声的发声。有一分热，发一分光，就令萤火一般，也可以在黑暗里发一点光，不必等候炬火。

此后如竟没有炬火：我便是唯一的光。倘若有了炬火，出了太阳，我们自然心悦诚服的消失，不但毫无不平，而且还要随喜赞美这炬火或太阳；因为他照了人类，连我都在内。

我又愿中国青年都只是向上走，不必理会这冷笑和暗箭。尼采说：

> “真的，人是一个浊流。应该是海了，能容这浊流

使他干净。

“咄，我教你们超人：这便是海，在他这里，能容下你们的大侮蔑。”（《札拉图如是说》的《序言》第三节）

纵令不过一洼浅水，也可以学学大海；横竖都是水，可以相通。几粒石子，任他们暗地里掷来；几滴秽水，任他们从背后泼来就是了。

这还算不到“大侮蔑”——因为大侮蔑也须有胆力。

随感录四十二

听得朋友说，杭州英国教会里的一个医生，在一本医书上做一篇序，称中国人为土人；我当初颇不舒服，子细再想，现在也只好忍受了。土人一字，本来只说生在本地的人，没有什么恶意。后来因其所指，多系野蛮民族，所以加添了一种新意义，仿佛成了野蛮人的代名词。他们以此称中国人，原不免有侮辱的意思；但我们现在，却除承受这个名号以外，实是别无方法。因为这类是非，都凭事实，并非单用口舌可以争得的。试看中国的社会里，吃人，劫掠，残杀，人身卖买，生殖器崇拜，灵学，一夫多妻，凡有所谓国粹，没一件不与蛮人的文化（？）恰合。拖大辫，吸鸦片，也正与土人的奇形怪状的编发及吃印度麻一样。至于缠足，更要算在土人的装饰法中，第一等的新发明了。他们也喜欢在肉体上做出种种装饰：剜空了耳朵嵌上木塞；下唇剜开一个大孔，插上一支兽骨，像鸟嘴一般；面上雕出兰花；背上刺出燕子；女人胸前做成许多圆的长的疙瘩。可是他们还能走路，还能做事；他们终是未达一间，想不到缠足这好法子。……世上有如此不知肉体上的苦痛的女人，以及如此以残酷为乐，丑恶为美的男子，真是奇事怪事。

自大与好古，也是土人的一个特性。英国人乔治葛来任纽西兰总督的时候，做了一部《多岛海神话》，序里说他著书的目的，并非全为学术，大半是政治上的手段。他说，纽西兰土人是不能同他说理的。只要从他们的神话的历史里，抽出一条相类的事来做一个例，讲给酋长祭师们听，一说便成了。譬如要造一条铁路，倘若对他们说这事如何有益，他们决不肯听；我们如果根据神话，说从前某某大仙，曾推着独轮车在虹霓上走，现在要仿他造一条路，那便无所不可了。（原文已经忘却，以上所说只是大意。）中国十三经二十五史，正是酋长祭师们一心崇奉的治国平天下的谱，此后凡与土人有交涉的“西哲”，倘能人手一编，便助成了我们的“东学西渐”，很使土人高兴；但不知那译本的序上写些什么呢？

随感录四十三

进步的美术家——这是我对于中国美术界的要求。

美术家固然须有精熟的技工，但尤须有进步的思想与高尚的人格。他的制作，表面上是一张画或一个雕像，其实是他的思想与人格的表现。令我们看了，不但欢喜赏玩，尤能发生感动，造成精神上的影响。

我们所要求的美术家，是能引路的先觉，不是“公民团”的首领。我们所要求的美术品，是表记中国民族知能最高点的标本，不是水平线以下的思想的平均分数。

近来看见上海什么报的增刊《泼克》上，有几张讽刺画。他的画法，倒也模仿西洋；可是我很疑惑，何以思想如此顽固，人格如此卑劣，竟同没有教育的孩子只会在好好的白粉墙上写几个“某某是我儿子”一样。可怜外国事物，一到中国，便如落在黑色染缸里似的，无不失了颜色。美术也是其一：学了体格还未匀称的裸体画，便画猥亵画；学了明暗还未分明的静物画，只能画招牌。皮毛改新，心思仍旧，结果便是如此。至于讽刺画之变为人身攻击的器具，更是无足深怪了。

说起讽刺画，不禁想到美国画家勃拉特来（L. D. Bradley, 1853—1917）了。他专画讽刺画，关于欧战的画，尤为有名；只可惜前年死掉了。我见过他一张《秋收时之月》(*The Harvest Moon*）的画。上面是一个形如骷髅的月亮，照着荒田；田里一排一排的都是兵的死尸。唉唉，这才算得真的进步的美术家的讽刺画。我希望将来中国也能有一日，出这样一个进步的讽刺画家。

随感录四十六

民国八年正月间，我在朋友家里见到上海一种什么报的星期增刊讽刺画，正是开宗明义第一回；画着几方小图，大意是骂主张废汉文的人的；说是给外国医生换上外国狗的心了，所以读罗马字时，全是外国狗叫。但在小图的上面，又有两个双钩大字“泼克”，似乎便是这增刊的名目；可是全不像中国话。我因此很觉这美术家可怜：他——对于个人的人身攻击姑且不论——学了外国画，来骂外国话，然而所用的名目又仍然是外国话。讽刺画本可以针砭社会的锢疾；现在施针砭的人的眼光，在一方尺大的纸片上，尚且看不分明，怎能指出确当的方向，引导社会呢？

这几天又见到一张所谓《泼克》，是骂提倡新文艺的人了。大旨是说凡所崇拜的，都是外国的偶像。我因此愈觉这美术家可怜：他学了画，而且画了“泼克”，竟还未知道外国画也是文艺之一。他对于自己的本业，尚且罩在黑坛子里，摸不清楚，怎能有优美的创作，贡献于社会呢？

但“外国偶像”四个字，却亏他想了出来。

不论中外，诚然都有偶像。但外国是破坏偶像的人多；那影响所及，便成功了宗教改革，法国革命。旧像愈摧破，人类便愈进步；所以现在才有比利时的义战，与人道的光明。那达尔文易卜生托尔斯泰尼采诸人，便都是近来偶像破坏的大人物。

在这一流偶像破坏者，《泼克》却完全无用；因为他们都有确固不拔的自信，所以决不理会偶像保护者的嘲骂。易卜生说：

“我告诉你们，是这个——世界上最强壮有力的人，就是那孤立的人。”（见《国民之敌》）

但也不理会偶像保护者的恭维。尼采说：

“他们又拿着称赞，围住你嗡嗡的叫：他们的称赞是厚脸皮。他们要接近你的皮肤和你的血。”（《札拉图如是说》第二卷《市场之蝇》）

这样，才是创作者。——我辈即使才力不及，不能创作，也该当学习；即使所崇拜的仍然是新偶像，也总比中国陈旧的好。与其崇拜孔丘、关羽，还不如崇拜达尔文、易卜生；与其牺牲于瘟将军五道神，还不如牺牲于 Apollo。

随感录四十七

有人做了一块象牙片，半寸方，看去也没有什么；用显微镜一照，却看见刻着一篇行书的《兰亭序》。我想：显微镜的所以制造，本为看那些极细微的自然物的；现在既用人工，何妨便刻在一块半尺方的象牙板上，一目了然，省却用显微镜的工夫呢？

张三李四是同时人。张三记了古典来做古文；李四又记了古典，去读张三做的古文。我想：古典是古人的时事，要晓得那时的事，所以免不了翻着古典；现在两位既然同时，何妨老实说出，一目了然，省却你也记古典，我也记古典的工夫呢？

内行的人说：什么话！这是本领，是学问！

我想，幸而中国人中，有这一类本领学问的人还不多。倘若谁也弄这玄虚：农夫送来了一粒粉，用显微镜照了，却是一碗饭；水夫挑来用水湿过的土，想喝茶的又须挤出湿土里的水：那可真要支撑不住了。

随感录四十八

中国人对于异族，历来只有两样称呼：一样是禽兽，一样是圣上。从没有称他朋友，说他也同我们一样的。

古书里的弱水，竟是骗了我们：闻所未闻的外国人到了；交手几回，渐知道“子曰诗云”似乎无用，于是乎要维新。

维新以后，中国富强了，用这学来的新，打出外来的新，关上大门，再来守旧。

可惜维新单是皮毛，关门也不过一梦。外国的新事理，却愈来愈多，愈优胜，“子曰诗云”也愈挤愈苦，愈看愈无用。于是从那两样旧称呼以外，别想了一样新号：“西哲”，或曰“西儒”。

他们的称号虽然新了，我们的意见却照旧。因为“西哲”的本领虽然要学，“子曰诗云”也更要昌明。换几句话，便是学了外国本领，保存中国旧习。本领要新，思想要旧。要新本领旧思想的新人物，驼了旧本领旧思想的旧人物，请他发挥多年经验的老本领。一言以蔽之：前几年谓之“中学为体，西学为用”，这几年谓之“因时制宜，折衷至当”。

其实世界上决没有这样如意的事。即使一头牛，连生命都牺牲了，尚且祀了孔便不能耕田，吃了肉便不能搾乳。何况一个人先须自己活着，又要驼了前辈先生活着；活着的时候，又须恭听前辈先生的折衷：早上打拱，晚上握手；上午“声光化电”，下午“子曰诗云”呢？

社会上最迷信鬼神的人，尚且只能在赛会这一日抬一回神舆。不知那些学“声光化电”的“新进英贤”，能否驼着山野隐逸，海滨遗老，折衷一世？

“西哲”易卜生盖以为不能，以为不可。所以借了 Brand 的嘴说：“All or nothing！”

随感录四十九

凡有高等动物，倘没有遇着意外的变故，总是从幼到壮，从壮到老，从老到死。

我们从幼到壮，既然毫不为奇的过去了；自此以后，自然也该毫不为奇的过去。

可惜有一种人，从幼到壮，居然也毫不为奇的过去了；从壮到老，便有点古怪；从老到死，却更奇想天开，要占尽了少年的道路，吸尽了少年的空气。

少年在这时候，只能先行萎黄，且待将来老了，神经血管一切变质以后，再来活动。所以社会上的状态，先是‘少年老成”；直待弯腰曲背时期，才更加“逸兴遄飞”，似乎从此以后，才上了做人的路。

可是究竟也不能自忘其老；所以想求神仙。大约别的都可以老，只有自己不肯老的人物，总该推中国老先生算一甲一名。

万一当真成了神仙，那便永远请他主持，不必再有后进，原也是极好的事。可惜他又究竟不成，终于个个死去，只留下造成的老天地，教少年驼着吃苦。

这真是生物界的怪现象！

我想种族的延长——便是生命的连续——的确是生物界事业里的一大部分。何以要延长呢？不消说是想进化了。但进化的途中总须新陈代谢。所以新的应该欢天喜地的向前走去，这便是壮，旧的也应该欢天喜地的向前走去，这便是死；各各如此走去，便是进化的路。

老的让开道，催促着，奖励着，让他们走去。路上有深渊，便用那个死填平了，让他们走去。

少的感谢他们填了深渊，给自己走去；老的也感谢他们从我填平的深渊上走去。——远了远了。

明白这事，便从幼到壮到老到死，都欢欢喜喜的过去；而且一步一步，多是超过祖先的新人。

这是生物界正当开阔的路！人类的祖先，都已这样做了。

随感录五十三

上海盛德坛扶乩，由“孟圣”主坛；在北京便有城隍白知降坛，说他是“邪鬼”。盛德坛后来却又有什么真人下降，谕别人不得擅自扶乩。

北京议员王讷提议推行新武术，以“强国强种”；中华武士会便率领了一班天罡拳阴截腿之流，大分冤单，说他“抑制暴弃祖性相传之国粹”。

绿帜社提倡“爱世语”，专门崇拜“柴圣”，说别种国际语（如I do等）是冒牌的。

上海有一种单行的《泼克》，又有一种报上增刊的《泼克》；后来增刊《泼克》登广告声明要将送错的单行《泼克》的信件撕破。

上海有许多“美术家”；其中的一个美术家，不知如何散了伙，便在《泼克》上大骂别的美术家“盲目盲心”，不知道新艺术真艺术。

以上五种同业的内讧，究竟是什么原因，局外人本来不得而知。但总觉现在时势不很太平，无论新的旧的，都各各起哄：扶乩打拳那些鬼画符的东西，倒也罢了；学几句世界语，画几笔花，也是高雅的事，难道也要同行嫉妒，必须声明鱼目混珠，雷击火焚么？

我对于那“美术家”的内讧又格外失望。我于美术虽然全是门外汉，但很望中国有新兴美术出现。现在上海那班美术家所做的，是否算得美术，原是难说；但他们既然自称美术家，即使幼稚，也可以希望长成：所以我期望有个美术家的幼虫，不要是似是而非的木叶蝶。如今见了他们两方面的成绩，不免令我对于中国美术前途发生一种怀疑。

画《泼克》的美术家说他们盲目盲心，所研究的只是十九世纪的美术，不晓得有新艺术真艺术。我看这些美术家的作品，不是剥制的鹿，便是畸形的美人，的确不甚高明，恐怕连十“八”世纪，也未必有这类绘画：说到底，只好算是中国的所谓美术罢了。但那一位画《泼克》的美术家的批评，却又不甚可解：研究十九世纪的美术，何以便是盲目盲心？十九世纪以后的新艺术真艺术，又是怎样？我听人说：后期印象派（Postimpressionism）的绘画，在今日总还不算十分陈旧；其中的大人物如 Cézanne 与 Van Gogh 等，也是十九世纪后半的人，最迟的到一九〇六年也故去了。二十世纪才是十九年初头，好像还没有新派兴起。立方派（Cubism）未来派（Futurism）的主张，虽然新奇，却尚未能确立基础；而且在中国，又怕未必能够理解。在那《泼克》上面，也未见有这一派的绘画；不知那《泼克》美术家的所谓新艺术真艺术,究竟是指着什么?现在的中国美术家诚然心盲目盲,但其弊却不在单研究十九世纪的美术——因为据我看来,他们并不研究什么世纪的美术——所以那《泼克》美术家的话,实在令人难解。

《泼克》美术家满口说新艺术真艺术,想必自己懂得这新艺术真艺术的了。但我看他所画的讽刺画,多是攻击新文艺新思想的。——这是二十世纪的美术么?这是新艺术真艺术么?

随感录五十四

中国社会上的状态，简直是将几十世纪缩在一时：自油松片以至电灯，自独轮车以至飞机，自镖枪以至机关炮，自不许“妄谈法理”以至护法，自“食肉寝皮”的吃人思想以至人道主义，自迎尸拜蛇以至美育代宗教，都摩肩挨背的存在。

这许多事物挤在一处，正如我辈约了燧人氏以前的古人，拼开饭店一般，即使竭力调和，也只能煮个半熟；伙计们既不会同心，生意也自然不能兴旺——店铺总要倒闭。

黄郛氏做的《欧战之教训与中国之将来》中，有一段话，说得很透澈：

“七年以来，朝野有识之士，每腐心于政教之改良，不注意于习俗之转移；庸讵知旧染不去，新运不生：事理如此，无可勉强者也。外人之评我者，谓中国人有一种先天的保守性，即或迫于时势，各种制度有改革之必要时，而彼之所谓改革者，决不将旧日制度完全废止，乃在旧制度之上，更添加一层新制度。试览前清之兵制变迁史，可以知吾言之不谬焉。最初命八旗兵驻防各地，以充守备之任；及年月既久，旗兵已腐败不堪用，洪秀全起，不得已，征募湘淮两军以应急：从此旗兵绿营，并肩存在，遂变成二重兵制。甲午战后，知绿营兵力又不可恃，乃复编练新式军队：于是并前二者而变成三重兵制矣。今旗兵虽已消灭，而变面换形之绿营，依然存在，总是二重兵制也。从可知吾国人之无澈底改革能力，实属不可掩之事实。他若贺阳历新年者，复贺阴历新年；奉民国正朔者，仍存宣统年号。一察社会各方面，盖无往而非二重制。即今日政局之所以不宁，是非之所以无定者，简括言之，实亦不过一种‘二重思想’在其间作祟而已。”

此外如既许信仰自由，却又特别尊孔；既自命“胜朝遗老”，却又在民国拿钱；既说是应该革新，却又主张复古：四面八方几乎都是二三重以至多重的事物，每重又各各自相矛盾。一切人便都在这矛盾中间，互相抱怨着过活，谁也没有好处。

要想进步，要想太平，总得连根的拔去了“二重思想”。因为世界虽然不小，但彷徨的人种，是终竟寻不出位置的。

随感录五十六　“来了”

近来时常听得人说，“过激主义来了”；报纸上也时常写着，“过激主义来了”。

于是有几文钱的人，很不高兴。官员也着忙，要防华工，要留心俄国人；连警察厅也向所属发出了严查“有无过激党设立机关”的公事。

着忙是无怪的，严查也无怪的；但先要问：什么是过激主义呢？

这是他们没有说明，我也无从知道，我虽然不知道，却敢说一句话：“过激主义”不会来，不必怕他；只有“来了”是要来的，应该怕的。

我们中国人，决不能被洋货的什么主义引动，有抹杀他扑灭他的力量。军国民主义么，我们何尝会同别人打仗；无抵抗主义么，我们却是主战参战的；自由主义么，我们连发表思想都要犯罪，讲几句话也为难；人道主义么，我们人身还可以买卖呢。

所以无论什么主义，全扰乱不了中国；从古到今的扰乱，也不听说因为什么主义。试举目前的例，便如陕西学界的布告，湖南灾民的布告，何等可怕，与比利时公布的德兵苛酷情形，俄国别党宣布的列宁政府残暴情形，比较起来，他们简直是太平天下了。德国还说是军国主义，列宁不消说还是过激主义哩！

这便是“来了”来了。来的如果是主义，主义达了还会罢；倘若单是“来了”，他便来不完，来不尽，来的怎样也不可知。

民国成立的时候，我住在一个小县城里，早已挂过白旗。

有一日，忽然见许多男女，纷纷乱逃：城里的逃到乡下，乡下的逃进城里。问他们什么事，他们答道，“他们说要来了。”

可见大家都单怕“来了”，同我一样。那时还只有“多数主义”，没有“过激主义”哩。

随感录五十七　现在的屠杀者

高雅的人说，“白话鄙俚浅陋，不值识者一哂之者也。”

中国不识字的人，单会讲话，“鄙俚浅陋”，不必说了。“因为自己不通，所以提倡白话，以自文其陋”如我辈的人，正是“鄙俚浅陋”，也不在话下了。最可叹的是几位雅人，也还不能如《镜花缘》里说的君子国的酒保一般，满口“酒要一壶乎，两壶乎，菜要一碟乎，两碟乎”的终日高雅，却只能在呻吟古文时，显出高古品格；一到讲话，便依然是“鄙俚浅陋”的白话了。四万万中国人嘴里发出来的声音，竟至总共“不值一哂”，真是可怜煞人。

做了人类想成仙；生在地上要上天；明明是现代人，吸着现在的空气，却偏要勒派朽腐的名教，僵死的语言，侮蔑尽现在，这都是“现在的屠杀者”。杀了“现在”，也便杀了“将来”。——将来是子孙的时代。

随感录五十八　人心很古

慷慨激昂的人说，“世道浇漓，人心不古，国粹将亡，此吾所为仰天扼腕切齿三叹息者也！”

我初听这话，也曾大吃一惊；后来翻翻旧书，偶然看见《史记·赵世家》里面记着公子成反对主父改胡服的一段话：

> “臣闻中国者，盖聪明徇智之所居也，万物财用之所聚也，贤圣之所教也，仁义之所施也，《诗》《书》礼乐之所用也，异敏技能之所试也，远方之所观赴也，蛮夷之所义行也；今王舍此而袭远方之服，变古之教，易古之道，逆人之心，而怫学者，离中国，故臣愿王图之也。”

这不是与现在阻抑革新的人的话，丝毫无异么？后来又在《北史》里看见记周静帝的司马后的话：

> “后性尤妒忌，后宫莫敢进御。尉迟迥女孙有美色，先在宫中，帝于仁寿宫见而悦之，因得幸。后伺帝听朝，阴杀之。上大怒，单骑从苑中出，不由径路，入

山谷间三十余里；高颎杨素等追及，扣马谏，帝太息曰，‘吾贵为天子，不得自由。’”

这又不是与现在信口主张自由和反对自由的人，对于自由所下的解释，丝毫无异么？别的例证，想必还多，我见闻狭隘，不能多举了。但即此看来，已可见虽然经过了这许多年，意见还是一样。现在的人心，实在古得很呢。

中国人倘能努力再古一点，也未必不能有古到三皇五帝以前的希望，可惜时时遇着新潮流新空气激荡着，没有工夫了。

在现存的旧民族中，最合中国式理想的，总要推锡兰岛的Vedda族。他们和外界毫无交涉，也不受别民族的影响，还是原始的状态，真不愧所谓“羲皇上人”。

但听说他们人口年年减少，现在快要没有了：这实在是一件万分可惜的事。

随感录五十九 “圣武”

我前回已经说过“什么主义都与中国无干”的话了；今天忽然又有些意见，便再写在下面：

我想，我们中国本不是发生新主义的地方，也没有容纳新主义的处所，即使偶然有些外来思想，也立刻变了颜色，而且许多论者反要以此自豪。我们只要留心译本上的序跋，以及各样对于外国事情的批评议论，便能发见我们和别人的思想中间，的确还隔着几重铁壁。他们是说家庭问题的，我们却以为他鼓吹打仗；他们是写社会缺点的，我们却说他讲笑话；他们以为好的，我们说来却是坏的。若再留心看看别国的国民性格，国民文学，再翻一本文人的评传，便更能明白别国著作里写出的性情，作者的思想，几乎全不是中国所有。所以不会了解，不会同情，不会感应；甚至彼我间的是非爱憎，也免不了得到一个相反的结果。

新主义宣传者是放火人么，也须别人有精神的燃料，才会着火；是弹琴人么，别人的心上也须有弦索，才会出声；是发声器么，别人也必须是发声器，才会共鸣。中国人都有些不很像，所以不会相干。

几位读者怕要生气，说，“中国时常有将性命去殉他主义的人，中华民国以来，也因为主义上死了多少烈士，你何以一笔抹杀？吓！”这话也是真的。我们从旧的外来思想说罢，六朝的确有许多焚身的和尚，唐朝也有过砍下臂膊布施无赖的和尚；从新的说罢，自然也有过几个人的。然而与中国历史，仍不相干。因为历史结帐，不能像数学一般精密，写下许多小数，却只能学粗人算帐的四舍五入法门，记一笔整数。

中国历史的整数里面，实在没有什么思想主义在内。这整数只是两种物质——是刀与火，“来了”便是他的总名。

火从北来便逃向南，刀从前来便退向后，一大堆流水帐簿，只有这一个模型。倘嫌“来了”的名称不很庄严，“刀与火”也触目，我们也可以别想花样，奉献一个谥法，称作“圣武”便好看了。

古时候，秦始皇帝很阔气，刘邦和项羽都看见了；邦说，“嗟乎！大丈夫当如此也！”羽说，“彼可取而代也！”羽要“取”什么呢？便是取邦所说的“如此”。“如此”的程度，虽有不同，可是谁也想取；被取的是“彼”，取的是“丈夫”。所有“彼”与“丈夫”的心中，便都是这“圣武”的产生所，受纳所。

何谓“如此”？说起来话长；简单地说，便只是纯粹兽性方面的欲望的满足——威福，子女，玉帛——罢了。然而在一切大小丈夫，却要算最高理想（？）了。我怕现在的人，还被这理想支配着。

大丈夫“如此”之后，欲望没有衰，身体却疲敝了；而且觉得暗中有一个黑影——死——到了身边了。于是无法，只好求神仙。这在中国，也要算最高理想了。我怕现在的人，也还被这理想支配着。

求了一通神仙，终于没有见，忽然有些疑惑了。于是要造坟，来保存死尸，想用自己的尸体，永远占据着一块地面。这在中国，也要算一种没奈何的最高理想了。我怕现在的人，也还被这理想支配着。

现在的外来思想，无论如何，总不免有些自由平等的气息，互助共存的气息，在我们这单有“我”，单想“取彼”，单要由我喝尽了一切空间时间的酒的思想界上，实没有插足的余地。

因此，只须防那“来了”便够了。看看别国，抗拒这“来了”的便是有主义的人民。他们因为所信的主义，牺牲了别的一切，用骨肉碰钝了锋刃，血液浇灭了烟焰。在刀光火色衰微中，看出一种薄明的天色，便是新世纪的曙光。

曙光在头上，不抬起头，便永远只能看见物质的闪光。

随感录六十一　不满

欧战才了的时候，中国很抱着许多希望，因此现在也发出许多悲观绝望的声音，说“世界上没有人道”，“人道这句话是骗人的”。有几位评论家，还引用了他们外国论者自己责备自己的文字，来证明所谓文明人者，比野蛮尤其野蛮。

这诚然是痛快淋漓的话，但要问：照我们的意见，怎样才算有人道呢？那答话，想来大约是“收回治外法权，收回租界，退还庚子赔款……”现在都很渺茫，实在不合人道。

但又要问：我们中国的人道怎么样？那答话，想来只能“……”。对于人道只能“……”的人的头上，决不会掉下人道来。因为人道是要各人竭力挣来，培植，保养的，不是别人布施，捐助的。

其实近于真正的人道，说的人还不很多，并且说了还要犯罪。若论皮毛，却总算略有进步了。这回虽然是一场恶战，也居然没有“食肉寝皮”，没有“夷其社稷”，而且新兴了十八个小国。就是德国对待比国，都说残暴绝伦，但看比国的公布，也只是囚徒不给饮食，村长挨了打骂，平民送上战线之类。这些事情，在我们中国自己对自己也常有，算得什么希奇？

人类尚未长成，人道自然也尚未长成，但总在那里发荣滋长。我们如果问问良心，觉得一样滋长，便什么都不必忧愁；将来总要走同一的路。看罢，他们是战胜军国主义的，他们的评论家还是自己责备自己，有许多不满。不满是向上的车轮，能够载着不自满的人类，向人道前进。

多有不自满的人的种族，永远前进，永远有希望。

多有只知责人不知反省的人的种族，祸哉祸哉！

随感录六十二　恨恨而死

古来很有几位恨恨而死的人物。他们一面说些“怀才不遇”“天道宁论”的话，一面有钱的便狂嫖滥赌，没钱的便喝几十碗酒——因为不平的缘故，于是后来就恨恨而死了。

我们应该趁他们活着的时候问他：诸公！您知道北京离昆仑山几里，弱水去黄河几丈么？火药除了做鞭爆，罗盘除了看风水，还有什么用处么？棉花是红的还是白的？谷子是长在树上，还是长在草上？桑间濮上如何情形，自由恋爱怎样态度？您在半夜里可忽然觉得有些羞，清早上可居然有点悔么？四斤的担，您能挑么？三里的道，您能跑么？

他们如果细细的想，慢慢的悔了，这便很有些希望。万一越发不平，越发愤怒，那便“爱莫能助”。——于是他们终于恨恨而死了。

中国现在的人心中，不平和愤恨的分子太多了。不平还是改造的引线，但必须先改造了自己，再改造社会，改造世界；万不可单是不平。至于愤恨，却几乎全无用处。

愤恨只是恨恨而死的根苗，古人有过许多，我们不要蹈他们的覆辙。

我们更不要借了“天下无公理，无人道”这些话，遮盖自暴自弃的行为，自称“恨人”，一副恨恨而死的脸孔，其实并不恨恨而死。

随感录六十三　“与幼者”

做了《我们现在怎样做父亲》的后两日，在有岛武郎《著作集》里看到《与幼者》这一篇小说，觉得很有许多好的话。

> “时间不住的移过去。你们的父亲的我，到那时候，怎样映在你们（眼）里，那是不能想像的了。大约像我在现在，嗤笑可怜那过去的时代一般，你们也要嗤笑可怜我的古老的心思，也未可知的。我为你们计，但愿这样子。你们若不是毫不客气的拿我做一个踏脚，超越了我，向着高的远的地方进去，那便是错的。
>
> “人间很寂寞。我单能这样说了就算么？你们和我，像尝过血的兽一样，尝过爱了。去罢，为要将我的周围从寂寞中救出，竭力做事罢。我爱过你们，而且永远爱着。这并不是说，要从你们受父亲的报酬，我对于‘教我学会了爱你们的你们’的要求，只是受取我的感谢罢了……像吃尽了亲的死尸，贮着力量的小狮子一样，刚强勇猛，舍了我，踏到人生上去就是了。

“我的一生就令怎样失败，怎样胜不了诱惑；但无论如何，使你们从我的足迹上寻不出不纯的东西的事，是要做的，是一定做的。你们该从我的倒毙的所在，跨出新的脚步去。但那里走，怎么走的事，你们也可以从我的足迹上探索出来。

“幼者呵！将又不幸又幸福的你们的父母的祝福，浸在胸中，上人生的旅路罢。前途很远，也很暗。然而不要怕。不怕的人的面前才有路。

“走罢！勇猛着！幼者呵！”

有岛氏是白桦派，是一个觉醒的，所以有这等话；但里面也免不了带些眷恋凄怆的气息。

这也是时代的关系。将来便不特没有解放的话，并且不起解放的心，更没有什么眷恋和凄怆；只有爱依然存在。——但是对于一切幼者的爱。

随感录六十四 有无相通

南北的官僚虽然打仗，南北的人民却很要好，一心一意的在那里“有无相通”。

北方人可怜南方人太文弱，便教给他们许多拳脚：什么“八卦拳”“太极拳”，什么“洪家”“侠家”，什么“阴截腿”“抱桩腿”“谭腿”“戳脚”，什么“新武术”“旧武术”，什么“实为尽美尽善之体育”，“强国保种尽在于斯”。

南方人也可怜北方人太简单了，便送上许多文章：什么“……梦”“……魂”“……痕”“……影”“……泪”，什么“外史”“趣史”“秽史”“秘史”，什么“黑幕”“现形”，什么“淌牌”“吊膀”“拆白”，什么“噫嘻卿卿我我”“呜呼燕燕莺莺”“吁嗟风风雨雨”“耐阿是勒浪勿要面孔哉！”

直隶山东的侠客们，勇士们呵！诸公有这许多筋力，大可以做一点神圣的劳作；江苏浙江湖南的才子们，名士们呵！诸公有这许多文才，大可以译几叶有用的新书。我们改良点自己，保全些别人；想些互助的方法，收了互害的局面罢！

随感录六十五　暴君的臣民

从前看见清朝几件重案的记载，“臣工”拟罪很严重，“圣上”常常减轻，便心里想：大约因为要博仁厚的美名，所以玩这些花样罢了。后来细想，殊不尽然。

暴君治下的臣民，大抵比暴君更暴；暴君的暴政，时常还不能餍足暴君治下的臣民的欲望。

中国不要提了罢。在外国举一个例：小事件则如 Gogol 的剧本《按察使》，众人都禁止他，俄皇却准开演；大事件则如巡抚想放耶稣，众人却要求将他钉上十字架。

暴君的臣民，只愿暴政暴在他人的头上，他却看着高兴，拿“残酷”做娱乐，拿“他人的苦”做赏玩，做慰安。

自己的本领只是“幸免”。

从“幸免”里又选出牺牲，供给暴君治下的臣民的渴血的欲望，但谁也不明白。死的说“阿呀”，活的高兴着。

随感录六十六　生命的路

想到人类的灭亡是一件大寂寞大悲哀的事；然而若干人们的灭亡，却并非寂寞悲哀的事。

生命的路是进步的，总是沿着无限的精神三角形的斜面向上走，什么都阻止他不得。

自然赋与人们的不调和还很多，人们自己萎缩堕落退步的也还很多，然而生命决不因此回头。无论什么黑暗来防范思潮，什么悲惨来袭击社会，什么罪恶来亵渎人道，人类的渴仰完全的潜力，总是踏了这些铁蒺藜向前进。

生命不怕死，在死的面前笑着跳着，跨过了灭亡的人们向前进。

什么是路？就是从没路的地方践踏出来的，从只有荆棘的地方开辟出来的。

以前早有路了，以后也该永远有路。

人类总不会寂寞，因为生命是进步的，是乐天的。

昨天，我对我的朋友L说，“一个人死了，在死者自身和他的眷属是悲惨的事，但在一村一镇的人看起来不算什么；就是一省一国一种……”

L很不高兴，说，“这是Natur（自然）的话，不是人们的话。你应该小心些。”

我想，他的话也不错。

智识即罪恶

我本来是一个四平八稳，给小酒馆打杂，混一口安稳饭吃的人，不幸认得几个字，受了新文化运动的影响，想求起智识来了。

那时我在乡下，很为猪羊不平；心里想，虽然苦，倘也如牛马一样，可以有一件别的用，那就免得专以卖肉见长了。然而猪羊满脸呆气，终生胡涂，实在除了保持现状之外，没有别的法。所以，诚然，智识是要紧的！

于是我跑到北京，拜老师，求智识。地球是圆的，元质有七十多种，x+y=z，闻所未闻，虽然难，却也以为是人所应该知道的事。

有一天，看见一种日报，却又将我的确信打破了。报上有一位虚无哲学家说：智识是罪恶，赃物……虚无哲学，多大的权威呵，而说道智识是罪恶。我的智识虽然少，而确实是智识，这倒反而坑了我了。我于是请教老师去。

老师道："呸，你懒得用功，便胡说，走！"

我想："老师贪图束脩罢。智识倒也还不如没有的稳当，可惜粘在我脑里，立刻抛不去，我赶快忘了他罢。”

然而迟了。因为这一夜里，我已经死了。

半夜，我躺在公寓的床上，忽而走进两个东西来，一个“活无常”，一个“死有分”。但我却并不诧异，因为他们正如城隍庙里塑着的一般。然而跟在后面的两个怪物，却使我吓得失声，因为并非牛头马面，而却是羊面猪头！我便悟到，牛马还太聪明，犯了罪，换上这猪公了，这可见智识是罪恶……我没有想完，猪头便用嘴将我一拱，我于是立刻跌入阴府里，用不着久等烧车马。

到过阴间的前辈先生多说，阴府的大门是有匾额和对联的，我留心看时，却没有，只见大堂上坐着一位阎罗王。希奇，他便是我的隔壁的大富豪朱朗翁。大约钱是身外之物，带不到阴间的，所以一死便成为清白鬼了，只是不知道怎么又做了大官。他只穿一件极俭朴的爱国布的龙袍，但那龙颜却比活的时候胖得多了。

“你有智识么？”朗翁脸上毫无表情的问。

“没……”我是记得虚无哲学家的话的，所以这样答。

“说没有便是有——带去！”

我刚想：阴府里的道理真奇怪……却又被羊角一叉，跌出阎罗殿去了。

其时跌在一坐城池里，其中都是青砖绿门的房屋，门顶上大抵是洋灰做的两个所谓狮子，门外面都挂一块招牌。倘在阳间，每一所机关外总挂五六块牌，这里却只一块，足见地皮的宽裕了。这瞬息间，我又被一位手执钢叉的猪头夜叉用鼻子拱进一间屋子里去，外面有牌额是：

“油豆滑跌小地狱”。

进得里面，却是一望无边的平地，满铺了白豆拌着桐油。只见无数的人在这上面跌倒又起来，起来又跌倒。我也接连的摔了十二交，头上长出许多疙瘩来。但也有竟在门口坐着躺着，不想爬起，虽然浸得油汪汪的，却毫无一个疙瘩的人，可惜我去问他，他们都瞠着眼不说话。我不知道他们是不听见呢还是不懂，不愿意说呢还是无话可谈。

我于是跌上前去，去问那些正在乱跌的人们。其中的一个道：

“这就是罚智识的，因为智识是罪恶，赃物……我们还算是轻的呢。你在阳间的时候，怎么不昏一点？……”他气喘吁吁的断续的说。

“现在昏起来罢。”

“迟了。”

“我听得人说，西医有使人昏睡的药，去请他注射去，好么？”

“不成，我正因为知道医药，所以在这里跌，连针也没有了。”

“那么……有专给人打吗啡针的，听说多是没智识的人……我寻他们去。”

在这谈话时，我们本已滑跌了几百交了。我一失望，便更不留神，忽然将头撞在白豆稀薄的地面上。地面很硬，跌势又重，我于是胡里胡涂的发了昏……

阿！自由！我忽而在平野上了，后面是那城，前面望得见公寓。我仍然胡里胡涂的走，一面想：我的妻和儿子，一定已经上京了，他们正围着我的死尸哭呢。我于是扑向我的躯壳去，便直坐起来，他们吓跑了，后来竭力说明，他们才了然，都高兴得大叫道：你还阳了，呵呀，我的老天爷哪……

我这样胡里胡涂的想时，忽然活过来了……

没有我的妻和儿子在身边，只有一个灯在桌上，我觉得自己睡在公寓里。间壁的一位学生已经从戏园回来，正哼着“先帝爷唉唉唉”哩，可见时候是不早了。

这还阳还得太冷静，简直不像还阳，我想，莫非先前也并没有死么？

倘若并没死，那么，朱朗翁也就并没有做阎罗王。

解决这问题，用智识究竟还怕是罪恶，我们还是用感情来决一决罢。

十月二十三日

事实胜于雄辩

西哲说：事实胜于雄辩。我当初很以为然，现在才知道在我们中国，是不适用的。

去年我在青云阁的一个铺子里买过一双鞋，今年破了，又到原铺子去照样的买一双。

一个胖伙计，拿出一双鞋来，那鞋头又尖又浅了。

我将一只旧式的和一只新式的都排在柜上，说道：

“这不一样……”

“一样，没有错。”

“这……”

“一样，您瞧！”

我于是买了尖头鞋走了。

我顺便有一句话奉告我们中国的某爱国大家，您说，攻击本国的缺点，是拾某国人的唾余的。试在中国上，加上我们二字，看看通不通。

现在我敬谨加上了，看过了，然而通的。

您瞧！

十一月四日

估《学衡》

我在二月四日的《晨报副刊》上，看见式芬先生的杂感，很诧异天下竟有这样拘迂的老先生，竟不知世故到这地步，还来同《学衡》诸公谈学理。夫所谓《学衡》者，据我看来，实不过聚在“聚宝之门”左近的几个假古董所放的假毫光；虽然自称为“衡”，而本身的称星尚且未曾钉好，更何论于他所衡的轻重的是非。所以，决用不着较准，只要估一估就明白了。

《弁言》说，“籀绎之作必趋雅音以崇文”，“籀绎”如此，述作可知。夫文者，即使不能“载道”，却也应该“达意”，而不幸诸公虽然张皇国学，笔下却未免欠亨，不能自了，何以“衡”人。这实在是一个大缺点。看罢，诸公怎么说：

《弁言》云，“杂志迻例弁以宣言”，按宣言即布告，而弁者，周人戴在头上的瓜皮小帽一般的帽子，明明是顶上的东西，所以“弁言”就是序，异于“杂志迻例”的宣言，并为一谈，太汗漫了。《评提倡新文化者》文中说：“或操笔以待，每一新书出版，必为之序，以尽其领袖后进之责。顾亭林曰：人之患在好为人序。其此之谓乎？故语彼等以学问之标准与良知，犹语商贾以道德，娼妓以贞操也。”原来做一篇序“以尽其领袖后进之责”，便有这样的大罪案。然而诸公又何以也“突而弁兮”的“言”了起来呢？照前文推论，那便是我的质问，却正是“语商贾以道德，娼妓以贞操也”了。

《中国提倡社会主义之商榷》中说，“凡理想学说之发生，皆有其历史上之背影。决非悬空虚构，造乌托之邦，作无病之呻者也。”查“英吉之利”的摩耳，并未做 Pia of Uto，虽曰之乎者也，欲罢不能，但别寻古典，也非难事，又何必当中加楦呢。于古未闻“睹史之陀”，在今不云“宁古之塔”，奇句如此，真可谓“有病之呻”了。

《国学摭谭》中说，“虽三皇寥廓而无极。五帝搢绅先生难言之。”人而能“寥廓”，已属奇闻，而第二句尤为费解，不知是三皇之事，五帝和搢绅先生皆难言之，抑是五帝之事，搢绅先生也难言之呢？推度情理，当从后说，然而太史公所谓“搢绅先生难言之”者，乃指“百家言黄帝”而并不指五帝，所以翻开《史记》，便是赫然的一篇《五帝本纪》，又何尝“难言之”。难道太史公在汉朝，竟应该算是下等社会中人么？

《记白鹿洞谈虎》中说，“诸父老能健谈。谈多称虎。当其摹示扑噬之状。闻者鲜不色变。退而记之。亦资诙噱之类也。”姑不论其“能”“健”“谈”“称”，床上安床，“扑噬之状”，终于未记，而“变色”的事，但“资诙噱”，也可谓太远于事情。倘使但“资诙噱”，则先前的闻而色变者，简直是呆子了。记又云，“伥者。新鬼而嘗虎牙者也。”刚做新鬼，便“嘗虎牙”，实在可悯。那么，虎不但食人，而且也食鬼了。这是古来未知的新发见。

《渔丈人行》的起首道：“楚王无道杀伍奢。覆巢之下无完家。”这“无完家”虽比“无完卵”新奇，但未免颇有语病。假如“家”就是鸟巢，那便犯了复，而且“之下”二字没有着落，倘说是人家，则掉下来的鸟巢未免太沉重了。除了大鹏金翅鸟（出《说岳全传》），断没有这样的大巢，能够压破彼等的房子。倘说是因为押韵，不得不然，那我敢说：这是“挂脚韵”。押韵至于如此，则翻开《诗韵合璧》的“六麻”来，写道“无完蛇”“无完瓜”“无完叉”，都无所不可的。

还有《浙江采集植物游记》，连题目都不通了。采集有所务，并非漫游，所以古人作记，务与游不并举，地与游才相连。匡庐峨眉，山也，则曰纪游，采硫访碑，务也，则曰日记。虽说采集时候，也兼游览，但这应该包举在主要的事务里，一列举便不“古”了。例如这记中也说起吃饭睡觉的事，而题目不可作《浙江采集植物游食眠记》。

以上不过随手拾来的事，毛举起来，更要费笔费墨费时费力，犯不上，中止了。因此诸公的说理，便没有指正的必要，文且未亨，理将安托，穷乡僻壤的中学生的成绩，恐怕也不至于此的了。

总之，诸公掊击新文化而张皇旧学问，倘不自相矛盾，倒也不失其为一种主张。可惜的是于旧学并无门径，并主张也还不配。倘使字句未通的人也算在国粹的知己，则国粹更要惭惶煞人！“衡”了一顿，仅仅“衡”出了自己的铢两来，于新文化无伤，于国粹也差得远。

我所佩服诸公的只有一点，是这种东西也居然会有发表的勇气。

为“俄国歌剧团”

我不知道——其实是可以算知道的，然而我偏要这样说——俄国歌剧团何以要离开他的故乡，却以这美妙的艺术到中国来博一点茶水喝。你们还是回去罢！

我到第一舞台看俄国的歌剧，是四日的夜间，是开演的第二日。

一入门，便使我发生异样的心情了：中央三十多人，旁边一大群兵，但楼上四五等中还有三百多的看客。

有人初到北京的，不久便说：我似乎住在沙漠里了。

是的，沙漠在这里。

没有花，没有诗，没有光，没有热。没有艺术，而且没有趣味，而且至于没有好奇心。

沉重的沙……

我是怎么一个怯弱的人呵。这时我想：倘使我是一个歌人，我的声音怕要销沉了罢。

沙漠在这里。

然而他们舞蹈了，歌唱了，美妙而且诚实的，而且勇猛的。

流动而且歌吟的云……

兵们拍手了，在接吻的时候。兵们又拍手了，又在接吻的时候。

非兵们也有几个拍手了，也在接吻的时候，而一个最响，超出于兵们的。

我是怎么一个褊狭的人呵。这时我想：倘使我是一个歌人，我怕要收藏了我的竖琴，沉默了我的歌声罢。倘不然，我就要唱我的反抗之歌。

而且真的，我唱了我的反抗之歌了！

沙漠在这里，恐怖的……

然而他们舞蹈了，歌唱了，美妙而且诚实的，而且勇猛的。

你们漂流转徙的艺术者，在寂寞里歌舞，怕已经有了归心了罢。你们大约没有复仇的意思，然而一回去，我们也就被复仇了。

比沙漠更可怕的人世在这里。

呜呼！这便是我对于沙漠的反抗之歌，是对于相识以及不相识的同感的朋友的劝诱，也就是为流转在寂寞中间的歌人们的广告。

四月九日

无题

私立学校游艺大会的第二日，我也和几个朋友到中央公园去走一回。

我站在门口帖着“昆曲”两字的房外面，前面是墙壁，而一个人用了全力要从我的背后挤上去，挤得我喘不出气。他似乎以为我是一个没有实质的灵魂了，这不能不说他有一点错。

回去要分点心给孩子们，我于是乎到一个制糖公司里去买东西。买的是“黄枚朱古律三文治”。

这是盒子上写着的名字，很有些神秘气味了。然而不的，用英文，不过是 Chocolate apricot sandwich。

我买定了八盒这“黄枚朱古律三文治”，付过钱，将他们装入衣袋里。不幸而我的眼光忽然横溢了，于是看见那公司的伙计正揸开了五个指头，罩住了我所未买的别的一切“黄枚朱古律三文治”。

这明明是给我的一个侮辱！然而，其实，我可不应该以为这是一个侮辱，因为我不能保证他如不罩住，也可以在纷乱中永远不被偷。也不能证明我决不是一个偷儿，也不能自己保证我在过去现在以至未来决没有偷窃的事。

但我在那时不高兴了，装出虚伪的笑容，拍着这伙计的肩头说：

“不必的，我决不至于多拿一个……”

他说：“那里那里……”赶紧掣回手去，于是惭愧了。这很出我意外——我预料他一定要强辩——于是我也惭愧了。

这种惭愧，往往成为我的怀疑人类的头上的一滴冷水，这于我是有损的。

夜间独坐在一间屋子里，离开人们至少也有一丈多远了。吃着分剩的“黄枚朱古律三文治”；看几叶托尔斯泰的书，渐渐觉得我的周围，又远远地包着人类的希望。

四月十二日

“以震其艰深”

上海租界上的“国学家”，以为做白话文的大抵是青年，总该没有看过古董书的，于是乎用了所谓“国学”来吓呼他们。

《时报》上载着一篇署名“涵秋”的《文字感想》，其中有一段说：

“新学家薄国学为不足道故为钩辀格磔之文以震其艰深也一读之欲呕再读之昏昏睡去矣。”

领教。我先前只以为“钩辀格磔”是古人用他来形容鹧鸪的啼声，并无别的深意思；亏得这《文字感想》，才明白这是怪鹧鸪啼得“艰深”了，以此责备他的。但无论如何，“艰深”却不能令人“欲呕”，闻鹧鸪啼而呕者，世固无之，即以文章论，“粤若稽古”，注释纷纭，“绛即东雍”，圈点不断，这总该可以算是艰深的了，可是也从未听说，有人因此反胃。呕吐的原因决不在乎别人文章的“艰深”，是在乎自己的身体里的，大约因为“国学”积蓄得太多，笔不及写，所以涌出来了罢。

“以震其艰深也”的“震”字，从国学的门外汉看来也不通，但也许是为手民所误的，因为排字印报也是新学，或者也不免要“以震其艰深”。

否则，如此“国学”，虽不艰深，却是恶作，真是“一读之欲呕”，再读之必呕矣。

国学国学，新学家既“薄为不足道”，国学家又道而不能亨，你真要道尽途穷了！

九月二十日

所谓“国学”

现在暴发的“国学家”之所谓“国学”是什么?

一是商人遗老们翻印了几十部旧书赚钱,二是洋场上的文豪又做了几篇鸳鸯蝴蝶体小说出版。

商人遗老们的印书是书籍的古董化,其置重不在书籍而在古董。遗老有钱，或者也不过聊以自娱罢了，而商人便大吹大擂的借此获利。还有茶商盐贩，本来是不齿于“士类”的，现在也趁着新旧纷扰的时候，借刻书为名，想挨进遗老遗少的“士林”里去。他们所刻的书都无民国年月，辨不出是元版是清版，都是古董性质，至少每本两三元，绵连，锦帙，古色古香，学生们是买不起的。这就是他们之所谓“国学”。

然而巧妙的商人可也决不肯放过学生们的钱的,便用坏纸恶墨别印什么“菁华”什么“大全”之类来搜括。定价并不大，但和纸墨一比较却是大价了。至于这些“国学”书的校勘，新学家不行,当然是出于上海的所谓“国学家”的了,然而错字叠出,破句连篇（用的并不是新式圈点），简直是拿少年来开玩笑。这是他们之所谓“国学”。

洋场上的往古所谓文豪，“卿卿我我”“蝴蝶鸳鸯”诚然做过一小堆，可是自有洋场以来，从没有人称这些文章（？）为国学，他们自己也并不以“国学家”自命的。现在不知何以，忽而奇想天开，也学了盐贩茶商，要凭空挨进“国学家”队里去了。然而事实很可惨，他们之所谓国学，是“拆白之事各处皆有而以上海一隅为最甚（中略）余于课余之暇不惜浪费笔墨编纂事实作一篇小说以饷阅者想亦阅者所乐闻也”。（原本每句都密圈，今从略，以省排工，阅者谅之。）

“国学”乃如此而已乎？

试去翻一翻历史里的儒林和文苑传罢，可有一个将旧书当古董的鸿儒，可有一个以拆白饷阅者的文士？

倘说，从今年起，这些就是“国学”，那又是“新”例了。

你们不是讲“国学”的么？

儿歌的“反动”

一　儿歌

胡怀琛

“月亮！月亮！
还有半个哪里去了？”
“被人家偷去了。”
“偷去做甚么？”
“当镜子照。”

二　反动歌

小孩子

天上半个月亮，
我道是“破镜飞上天”，
原来却是被人偷下地了。

有趣呀，有趣呀，成了镜子了！

可是我见过圆的方的长方的八角六角

的菱花式的宝相花式的镜子矣，

没有见过半月形的镜子也。

我于是乎很不有趣也！

谨案：小孩子略受新潮，辄敢妄行诘难，人心不古，良足慨然！然拜读原诗，亦存小失，倘能改第二句为“两半个都那里去了”，即成全璧矣。胡先生夙擅改削，当不以鄙言为河汉也。夏历中秋前五日，某生者谨注。

十月九日

“一是之学说”

我从《学灯》上看见驳吴宓君《新文化运动之反应》这一篇文章之后，才去寻《中华新报》来看他的原文。

那是一篇浩浩洋洋的长文，该有一万多字罢——而且还有作者吴宓君的照相。记者又在论前介绍说，“泾阳吴宓君，美国哈佛大学硕士，现为国立东南大学西洋文学教授。君既精通西方文学，得其神髓，而国学复涵养甚深。近主撰《学衡》杂志，以提倡实学为任，时论崇之”。

但这篇大文的内容是很简单的。说大意，就是新文化本也可以提倡的，但提倡者“当思以博大之眼光。宽宏之态度。肆力学术。深窥精研。观其全体。而贯通澈悟。然后平情衡理。执中驭物。造成一是之学说。融合中西之精华。以为一国一时之用。”而可恨“近年有所谓新文化运动者。本其偏激之主张。佐以宣传之良法。……加之喜新盲从者之多。”便忽而声势浩大起来。殊不知“物极必反。理有固然。”于是“近顷于新文化运动怀疑而批评之书报渐多”了。这就谓之“新文化运动之反应”。然而“又所谓反应者非反抗之谓……读者幸勿因吾论列于此。而遂疑其为不赞成新文化者”云。

反应的书报一共举了七种，大体上都是“执中驭物”，宣传“正轨”的新文化的。现在我也来绍介一回：一《民心周报》，二《经世报》，三《亚洲学术杂志》，四《史地学报》，五《文哲学报》，六《学衡》，七《湘君》。

此外便是吴君对于这七种书报的“平情衡理”的批评（?）了。例如《民心周报》，“自发刊以至停版。除小说及一二来稿外。全用文言。不用所谓新式标点。即此一端。在新潮方盛之时。亦可谓砥柱中流矣。”至于《湘君》之用白话及标点，却又别有道理，那是“《学衡》本事理之真。故拒斥粗劣白话及英文标点。《湘君》求文艺之美。故兼用通妥白话及新式标点”的。总而言之，主张偏激，连标点也就偏激，那白话自然更不“通妥”了。即如我的白话，离通妥就很远；而我的标点则是“英文标点”。

但最“贯通澈悟”的是拉《经世报》来做“反应”，当《经世报》出版的时候，还没有“万恶孝为先”的谣言，而他们却早已发过许多崇圣的高论，可惜现在从日报变了月刊，实在有些萎缩现象了。至于“其于君臣之伦。另下新解”“《亚洲学术杂志》议其牵强附会。必以君为帝王”，实在并不错，这才可以算得“新文化之反应”，而吴君又以为“则过矣”，那可是自己“则过矣”了。因为时代的关系，那时的君，当然是帝王而不是大总统。又如民国以前的议论，也因为时代的关系，自然多含革命的精神，《国粹学报》便是其一，而吴君却怪他谈学术而兼涉革命，也就是过于“融合”了时间的先后的原因。

此外还有一个太没见识处，就是遗漏了《长青》《红》《快活》《礼拜六》等近顷风起云涌的书报，这些实在都是“新文化运动的反应”，而且说“通妥白话”的。

十一月三日

不懂的音译

一

凡有一件事，总是永远缠夹不清的，大约莫过于在我们中国了。

翻外国人的姓名用音译，原是一件极正当，极平常的事，倘不是毫无常识的人们，似乎决不至于还会说费话。然而在上海报（我记不清楚什么报了，总之不是《新申报》便是《时报》）上，却又有伏在暗地里掷石子的人来嘲笑了。他说，做新文学家的秘诀，其一是要用些“屠介纳夫”“郭歌里”之类使人不懂的字样的。

凡有旧来音译的名目：靴、狮子、葡萄、萝卜、佛、伊犁……都毫不为奇的使用，而独独对于几个新译字来作怪；若是明知的，便可笑；倘不，更可怜。

其实是，现在的许多翻译者，比起往古的翻译家来，已经含有加倍的顽固性的了。例如南北朝人译印度的人名：阿难陀，实叉难陀，鸠摩罗什婆……决不肯附会成中国的人名模样，所以我们到了现在，还可以依了他们的译例推出原音来。不料直到光绪末年，在留学生的书报上，说是外国出了一个“柯伯坚”，倘使粗粗一看，大约总不免要疑心他是柯府上的老爷柯仲软的令兄的罢，但幸而还有照相在，可知道并不如此，其实是俄国的Kropotkin。那书上又有一个“陶斯道”，我已经记不清是Dostoievski呢，还是Tolstoi了。

这“屠介纳夫”和“郭歌里”，虽然古雅赶不上“柯伯坚”，但于外国人的氏姓上定要加一个《百家姓》里所有的字，却几乎成了现在译界的常习，比起六朝和尚来，已可谓很“安本分”的了。然而竟还有人从暗中来掷石子，装鬼脸，难道真所谓“人心不古”么?

我想，现在的翻译家倒大可以学学“古之和尚”，凡有人名地名，什么音便怎么译，不但用不着白费心思去嵌镶，而且还须去改正。即如“柯伯坚”，现在虽然改译“苦鲁巴金”了，但第一音既然是K不是Ku，我们便该将“苦”改作“克”，因为K和Ku的分别，在中国字音上是办得到的。

而中国却是更没有注意到，所以去年Kropotkin死去的消息传来的时候，上海《时报》便用日俄战争时旅顺败将Kuropatkin的照相，把这位无治主义老英雄的面目来顶替了。

十一月四日

二

自命为“国学家”的对于译音也加以嘲笑，确可以算得一种古今的奇闻；但这不特显示他的昏愚，实在也足以看出他的悲惨。

倘如他的尊意，则怎么办呢？我想，这只有三条计。上策是凡有外国的事物都不谈；中策是凡有外国人都称之为洋鬼子，例如屠介纳夫的《猎人日记》，郭歌里的《巡按使》，都题为“洋鬼子著”；下策是，只好将外国人名改为王羲之、唐伯虎、黄三太之类，例如进化论是唐伯虎提倡的，相对论是王羲之发明的，而发见美洲的则为黄三太。

倘不能，则为自命为国学家所不懂的新的音译语，可是要侵入真的国学的地域里来了。

中国有一部《流沙坠简》，印了将有十年了。要谈国学，那才可以算一种研究国学的书。开首有一篇长序，是王国维先生做的，要谈国学，他才可以算一个研究国学的人物。而他的序文中有一段说，“案古简所出为地凡三，（中略）其三则和阗东北之尼雅城及马咱托拉拔拉滑史德三地也”。

这些译音，并不比“屠介纳夫”之类更古雅，更易懂。然而何以非用不可呢？就因为有三处地方，是这样的称呼；即使上海的国学家怎样冷笑，他们也仍然还是这样的称呼。当假的国学家正在打牌喝酒，真的国学家正在稳坐高斋读古书的时候，沙士比亚的同乡斯坦因博士却已经在甘肃新疆这些地方的沙碛里，将汉晋简牍掘去了；不但掘去，而且做出书来了。所以真要研究国学，便不能不翻回来；因为真要研究，所以也就不能行我的三策：或绝口不提，或但云“得于华夏”，或改为“获之于春申浦畔”了。

而且不特这一事。此外如真要研究元朝的历史，便不能不懂“屠介纳夫”的国文，因为单用些“鸳鸯”“蝴蝶”这些字样，实在是不够敷衍的。所以中国的国学不发达则已，万一发达起来，则敢请恕我直言，可是断不是洋场上的自命为国学家“所能厕足其间者也”的了。

但我于序文里所谓三处中的“马咱托拉拔拉滑史德”，起初却实在不知道怎样断句，读下去才明白二是“马咱托拉”，三是“拔拉滑史德”。

所以要清清楚楚的讲国学，也仍然须嵌外国字，须用新式的标点的。

十一月六日

对于批评家的希望

前两三年的书报上，关于文艺的大抵只有几篇创作（姑且这样说）和翻译，于是读者颇有批评家出现的要求，现在批评家已经出现了，而且日见其多了。

以文艺如此幼稚的时候，而批评家还要发掘美点，想扇起文艺的火焰来，那好意实在很可感。即不然，或则叹息现代作品的浅薄，那是望著作家更其深，或则叹息现代作品之没有血泪，那是怕著作界复归于轻佻。虽然似乎微辞过多，其实却是对于文艺的热烈的好意，那也实在是很可感谢的。

独有靠了一两本“西方”的旧批评论，或则捞一点头脑板滞的先生们的唾余，或则仗着中国固有的什么天经地义之类的，也到文坛上来践踏，则我以为委实太滥用了批评的权威。试将粗浅的事来比罢：譬如厨子做菜，有人品评他坏，他固不应该将厨刀铁釜交给批评者，说道你试来做一碗好的看：但他却可以有几条希望，就是望吃菜的没有“嗜痂之癖”，没有喝醉了酒，没有害着热病，舌苔厚到二三分。

我对于文艺批评家的希望却还要小。我不敢望他们于解剖裁判别人的作品之前，先将自己的精神来解剖裁判一回，看本身有无浅薄卑劣荒谬之处，因为这事情是颇不容易的。我所希望的不过愿其有一点常识，例如知道裸体画和春画的区别，接吻和性交的区别，尸体解剖和戮尸的区别，出洋留学和“放诸四夷”的区别，笋和竹的区别，猫和老虎的区别，老虎和番菜馆的区别……更进一步，则批评以英美的老先生学说为主，自然是悉听尊便的，但尤希望知道世界上不止英美两国；看不起托尔斯泰，自然也自由的，但尤希望先调查一点他的行实，真看过几本他所做的书。

还有几位批评家，当批评译本的时候，往往诋为不足齿数的劳力，而怪他何不去创作。创作之可尊，想来翻译家该是知道的，然而他竟止于翻译者，一定因为他只能翻译，或者偏爱翻译的缘故。所以批评家若不就事论事，而说些应当去如此如彼，是溢出于事权以外的事，因为这类言语，是商量教训而不是批评。现在还将厨子来比，则吃菜的只要说出品味如何就尽够，苦于此之外，又怪他何以不去做裁缝或造房子，那是无论怎样的呆厨子，也难免要说这位客官是痰迷心窍的了。

十一月九日

反对“含泪”的批评家

现在对于文艺的批评日见其多了，是好现象；然而批评日见其怪了，是坏现象，愈多反而愈坏。

我看了很觉得不以为然的是胡梦华君对于汪静之君《蕙的风》的批评，尤其觉得非常不以为然的是胡君答复章鸿熙君的信。

一，胡君因为《蕙的风》里有一句“一步一回头瞟我意中人”，便科以和《金瓶梅》一样的罪：这是锻炼周纳的。《金瓶梅》卷首诚然有“意中人”三个字，但不能因为有三个字相同，便说这书和那书是一模样。例如胡君要青年去忏悔，而《金瓶梅》也明明说是一部“改过的书”，若因为这一点意思偶合，而说胡君的主张也等于《金瓶梅》，我实在没有这样的粗心和大胆。我以为中国之所谓道德家的神经，自古以来，未免过敏而又过敏了，看见一句“意中人”，便即想到《金瓶梅》，看见一个“瞟”字，便即穿凿到别的事情上去。然而一切青年的心，却未必都如此不净；倘竟如此不净，则即使“授受不亲”，后来也就会“瞟”，以至于瞟以上的等等事，那时便是一部《礼记》，也即等于《金瓶梅》了，又何有于《蕙的风》？

二，胡君因为诗里有“一个和尚悔出家”的话，便说是诬蔑了普天下和尚，而且大呼释迦牟尼佛：这是近于宗教家而且援引多数来恫吓，失了批评的态度的。其实一个和尚悔出家，并不是怪事，若普天下的和尚没有一个悔出家的，那倒是大怪事。中国岂不是常有酒肉和尚，还俗和尚么？非“悔出家”而何？倘说那些是坏和尚，则那诗里的便是坏和尚之一，又何至诬蔑了普天下的和尚呢？这正如胡君说一本诗集是不道德，并不算诬蔑了普天下的诗人。至于释迦牟尼，可更与文艺界“风马牛”了，据他老先生的教训，则做诗便犯了“绮语戒”，无论道德或不道德，都不免受些孽报，可怕得很的！

三，胡君说汪君的诗比不上歌德和雪利，我以为是对的。但后来又说，“论到人格，歌德一生而十九娶，为世诟病，正无可讳。然而歌德所以垂世不朽者，乃五十岁以后忏悔的歌德，我们也知道么？”这可奇特了。雪利我不知道，若歌德即 Goethe，则我敢替他呼几句冤，就是他并没有“一生而十九娶”，并没有“为世诟病”，并没有“五十岁以后忏悔”。而且对于胡君所说的“自‘耳食’之风盛，歌德，雪利之真人格遂不为国人所知，无识者流，更妄相援引，可悲亦复可笑！”这一段话，也要请收回一些去。

我不知道汪君可曾过了五十岁，倘没有，则即使用了胡君的论调来裁判，似乎也还不妨做“一步一回头瞟我意中人”的诗，因为以歌德为例，也还没有到“忏悔”的时候。

临末，则我对于胡君的“悲哀的青年，我对于他们只有不可思议的眼泪!”“我还想多写几句，我对于悲哀的青年底不可思议的泪已盈眶了。”这一类话,实在不明白“其意何居”。批评文艺,万不能以眼泪的多少来定是非。文艺界可以收到创作家的眼泪，而沾了批评家的眼泪却是污点。胡君的眼泪的确洒得非其地，非其时，未免万分可惜了。

起稿已完，才看见《青光》上的一段文章，说近人用先生和君，含有尊敬和小觑的差别意见。我在这文章里正用君，但初意却不过贪图少写一个字，并非有什么《春秋》笔法。现在声明于此，却反而多写了许多字了。

十一月十七日

即小见大

北京大学的反对讲义收费风潮，芒硝火焰似的起来，又芒硝火焰似的消灭了，其间就是开除了一个学生冯省三。

这事很奇特，一回风潮的起灭，竟只关于一个人。倘使诚然如此，则一个人的魄力何其太大，而许多人的魄力又何其太无呢。

现在讲义费已经取消，学生是得胜了，然而并没有听得有谁为那做了这次的牺牲者祝福。

即小见大，我于是竟悟出一件长久不解的事来，就是：三贝子花园里面，有谋刺良弼和袁世凯而死的四烈士坟，其中有三块墓碑，何以直到民国十一年还没有人去刻一个字。

凡有牺牲在祭坛前沥血之后，所留给大家的，实在只有“散胙”这一件事了。

十一月十八日

望勿“纠正”

汪原放君已经成了古人了，他的标点和校正小说，虽然不免小谬误，但大体是有功于作者和读者的。谁料流弊却无穷，一班效颦的便随手拉一部书，你也标点，我也标点，你也作序，我也作序，他也校改，这也校改，又不肯好好的做，结果只是糟蹋了书。

《花月痕》本不必当作宝贝书，但有人要标点付印，自然是各随各便。这书最初是木刻的，后有排印本；最后是石印，错字很多，现在通行的多是这一种。至于新标点本，则陶乐勤君序云，“本书所取的原本，虽属佳品，可是错误尚多。余虽都加以纠正，然失检之处，势必难免。……”我只有错字很多的石印本，偶然对比了第二十五回中的三四叶，便觉得还是石印本好，因为陶君于石印本的错字多未纠正，而石印本的不错字儿却多纠歪了。

“钗黛直是个子虚乌有，算不得什么。……”

这“直是个”就是“简直是一个”之意，而纠正本却改作“真是个”，便和原意很不相同了。

“秋痕头上包着绉帕……突见痴珠，便含笑低声说道，‘我料得你挨不上十天，其实何苦呢？’”

“……痴珠笑道，‘往后再商量罢。’……”

他们俩虽然都沦落，但其时却没有什么大悲哀，所以还都笑。而纠正本却将两个“笑”字都改成“哭”字了。教他们一见就哭，看眼泪似乎太不值钱，况且“含哭”也不成话。

我因此想到一种要求，就是印书本是美事，但若自己于意义不甚了然时，不可便以为是错的，而奋然“加以纠正”，不如“过而存之”，或者倒是并不错。

我因此又起了一个疑问，就是有些人攻击译本小说“看不懂”，但他们看中国人自作的旧小说，当真看得懂么？

一月二十八日

（这一篇短文发表之后，曾记得有一回遇见胡适之先生，谈到汪先生的事，知道他很康健。胡先生还以为我那“成了古人”云云，是说他做过许多工作，已足以表见于世的意思。这实在使我“诚惶诚恐”，因为我本意实不如此，直白地说，就是说已经“死掉了”。可是直到那时候，我才知这先前所听到的竟是一种毫无根据的谣言。现在我在此敬向汪先生谢我的粗疏之罪，并且将旧文的第一句订正，改为：“汪原放君未经成了古人了。”一九二五年九月二十四日，身热头痛之际，书。）